낯선 것들과 마주하기

이 도서의 국립중앙도서관 출판예정도서목록(CIP)은 서지정보유통지원시스템 홈페이지(http://seoji.nl.go.kr)와 국가자료공동목록시스템(http://www.nl.go.kr/kolisnet)에서 이용하실 수 있습니다. (CIP제어번호 : CIP2015013093)

낯선 것들과 마주하기

이수경 산문집

한울

　신문사 신춘문예에 당선되어 소설가로 발을 떼어놓은 지 17년이 지났다. 소설집보다 산문집을 먼저 출간하게 되었다. 유명하지 않은 작가의 산문집을 내줄 출판사가 드물 것 같아 일부 출판사 홈페이지에서 원고 투고 메일 주소를 찾아 출간을 문의해보았다. 이틀 만에 도서출판 한울에서 연락을 주었고, 이 원고는 한울과 인연을 맺게 되었다.

　파주출판도시를 두어 번 지나쳐다녔으나 이곳에 있는 출판사에서 계약서를 쓰게 될 날이 올 거라고는 생각해보지 못했다. '어떻게 하면 살 수 있을까'를 궁리하느라, 또 달라진 삶의 걸음마를 익히느라 책 출간 같은 것을 떠올려볼 겨를이 없었기 때문이다.

　그해 겨울에도 그랬다. 집 근방에 있는 병원 앞을 수없이 오갔지만 내가 그곳에서 4기 암 진단을 받고 병원의 단골 고객이자 장기 고객이 될 거라고는 한 번도 생각해보지 못했었다.

　생각해보지 않았던 일들, 상상해보지 못했던 일들이 벌어지기도 하는 것이 인생인 모양이다. 그런 일들 중에는 삶을 송두리째 바꿔놓는 일도 있다. 이 산문집은 어느 날 갑자기 내게 벌어졌던 낯선 일들, 그리하여 내 인생을 통째로 바꿔놓고 마침내 내 인생이 되어버린 것들에 대한 이야기이다.

시련을 겪었다는 사실이 삶을 응시하는 시선의 깊이를 가늠해주는 척도라고는 생각하지 않는다. 어떤 면에서는 시련의 경험 때문에 오히려 시선이 굴절되어 있을 수도 있겠다. 그럼에도 불구하고 깊게 울어본 사람으로서, 자기 삶의 어느 귀퉁이에서 혼자 울고 있는 분들에게 이 책에 실린 70편의 글을 드리고 싶다.

고통 속에서 삶의 에너지가 고갈되었다고 느끼는 누군가가, 나처럼 암 치료를 받고 있는 누군가가, 마음이나 생활이 막다른 골목에 다다랐다고 느끼는 누군가가, 글을 읽으며 삶은 새로운 문을 열어주기 위해 언제나 우리를 기다리고 있음을 믿게 되기를 바란다. 지난날을 잊어보고 새롭게 살아보게 되기를 진심으로 바란다.

앞날을 기약할 수 없던 내 옆에 끝까지 남아 있어준 사람들, 또 나 못지않게 낯설었을 길을 기꺼이 동행해준 사람들의 얼굴이 떠오른다. 나 역시 그분들이 어떤 인생길을 가더라도 끝까지 곁을 지키는 것으로 고마운 마음을 갚아가려 한다.

원고에 대한 신뢰만으로 기꺼이 출판을 허락해준 도서출판 한울과 수고해주신 모든 분들께 감사를 드린다.

2015년 5월
햇살 따뜻한 어느 날
이수경

차례

7. 암과 더불어 웃고 행복하게

I. 선물 상자의 리본을 풀다

'우리에게 주어지는 하루하루가 멋진 선물이니, 설레는
마음으로 리본을 풀어라'라는 말이 있습니다. 그날은 제
생일이었습니다. 상자의 리본을 풀었을 때 안에서 튀어
나온 것은 뜻밖에도 '암'이라는 선물이었습니다.

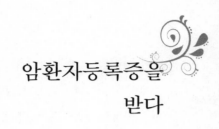

암환자등록증을
받다

그해 서른여덟 살이던 내 주요 일과 중의 하나는 우리 꼬마의 끝없는 질문을 받아주는 일이었습니다. '엄마, 바닷속에는 뭐 살아?', '엄마, 강에는 뭐 살아?' 궁금한 것이 생기면 꽁무니를 따라다니면서 하루에도 수십 번씩 질문을 반복하는 아들아이로부터 잠시 놓여나고 싶어질 때면 슬그머니 비디오를 틀었습니다. 당시 우리 꼬마가 좋아하던 비디오는 디즈니사에서 제작한 만화영화, 〈라이언 킹〉이었습니다. 실의와 슬픔에 빠져 있는 주인공 어린 사자 심바를 위해, 티몬과 품바가 경쾌한 리듬과 율동으로 「하쿠나 마타타」를 부르는 장면을 아이는 특히 좋아했고, 같은 장면을 수백 번 반복해서 보는 사이에 나도 그 곡을 익히게 되었습니다.

'하쿠나 마타타Hakuna Matata!'

이 말은 '염려하지 마시오No worries!'라는 뜻이라고 합니다. 엄마를 닮아 아이는 걱정이 많았습니다. 산길을 갈 때는 뱀이 나올까 봐, 텔레비전 뉴스에서 화재 소식을 들으면 집에 불이 날까 봐, 천둥이 치면 아파트가 무너질까 봐 걱정을 했고, 그럴 때마다 저는 아이에게 '하쿠나 마타타'를 외쳤습니다. 겁이 많은 엄마지만 아이는 겁을 덜 내도록 키우고 싶어서 '노 워리즈No worries!'를 입에 달고 살았습니다. 일어나지 않은 일에 대해 걱정하지 않기, 잘될 테니 염려하지 않기, 이런 메시지를 아이에게 끊임없이 주어왔던 것 같습니다.

엄마의 소망대로 아이는 씩씩해졌고 이제 175센티미터가 넘는 키에 신발 사이즈 275밀리미터를 신는 탄탄한 청소년이 되어 성장하고 있습니다. 다음 달이면 중학교를 졸업하고 곧 고등학생이 될 것입니다.• 매일 산의 맑은 공기를 마시는 것이 암 치유에 좋다고 해서 오늘 집 근처에 있는 산에 올랐습니다. 오르고 내리는 데 30여 분밖에 걸리지 않는 소담한 산이지만, 산꼭대기에 있는 정자에 올라서면 신도시의 풍광이 한눈에 들어오면서 기분이 청량해집니다. 정자에서 햇살을 받고 있는데 문득 가슴을 따뜻하게 치고 지나가는 말이 있었습니다. 오랫동안 잊고 있었던 말입니다. '하쿠나 마타타!'

심바는 고통스러운 자신의 과거를 잊기 위해 티몬, 품바와 함께 '하쿠나 마타타'를 부르며 과거의 기억으로부터 탈출합니다. 그리

• 이 글은 2008년 1월에 쓴 것입니다.

고 스스로의 힘으로 왕국을 되찾습니다. 걱정 많고 소심하던 우리 집 꼬마는 엄마의 '하쿠나 마타타'를 들으며 긍정적이고 낙관적인 청소년으로 성장했고, 이제 넓은 세상을 향한 꿈을 키우며 자신의 미래를 열어가게 될 것입니다.

그동안 국가에서 공인한 자격증이라고는 운전면허증밖에 갖고 있지 않던 저는 작년 연말에 국가에서 발행한 암환자등록증을 받음으로써, 두 개의 국가 공인 자격증을 갖게 되었습니다. 그러나 또 하나의 자격증을 받아들었다고 해서 지금 당장 제 인생행로가 크게 변할 것은 없어 보입니다. 다만 지금까지는 사랑하는 주변 사람들을 위해서 '하쿠나 마타타'를 외치며 사는 데 에너지를 쏟아왔다면, 앞으로는 그 에너지를 제 내부로 돌려 스스로에게 '하쿠나 마타타'를 속삭이며 살아가야 하는 지점에 다다른 것 같습니다. 하느님은 누구에게나 그 사람에게 가장 적절하고 좋은 길을 열어주심을 믿고 있습니다. 제가 고통 속에 있을 때는 고통을 극복할 수 있는 힘과 지혜를 보내주실 거라고 생각합니다. 지금 제 인생행로에 빨간불이 깜빡이고 있는 이 상황을 달리 해석하자면, 그 빨간불은 제 에너지의 방향을 돌리라는 신호이며, 과거의 기억들로부터 탈출하라는 암시이며, 그리하여 새로운 미래를 열어가라는 미션일 수도 있습니다.

친구 한 명이 제게 놀랍도록 긍정적이라는 말을 한 적이 있습니다. 어떤 최악의 상황에서도 좋은 면을 찾아낸다는 것입니다. 어쩌면 그것은 겁 많고 걱정 많고 소심한 사람인 제가 세상 속에서 스스로를 지켜내고 세상을 살아가기 위한 방편으로 키워온 역설적인 힘인지도 모르겠습니다. 그러나 어떻게 키워진 힘이든 간에, 이런 긍정과 낙천성이 저를 지켜주는 기운임을 느낍니다.

저는 오늘 이렇듯 싱싱하게 살아 있습니다. 산에서 받은 햇살은 너무도 따사로워 행복했고, 그 행복감을 안고 지금 첫 에세이essay 를 쓰고 있습니다.

'하쿠나 마타타!'

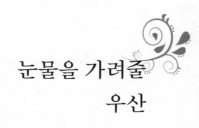

눈물을 가려줄
우산

마음의 날씨는 바깥 날씨와 관계가 없는 것일까요. 오늘 이곳은 몹시 춥습니다.● 자동차 온도계로는 영하 7도네요. 보통 때 같았으면, 아프기 전에는, 이렇게 추운 날씨에 무엇을 하고 있었을까요.

일하러 나가지 않는 날이면 원두커피를 끓였을 겁니다. 커피향이 거실 가득히 번지는 것이 좋아서 혼자서 마시기에는 좀 많다 싶은 양의 원두커피를 뽑고, 컴퓨터를 켜고 좋아하는 음악을 들으면서 인터넷 서핑surfing을 하거나 글을 쓰거나 책을 읽었을 겁니다. 저녁 메뉴를 생각하고 집 근처의 가게나 대형마트에 가서 장을 봐왔을 것이고 아이가 학원에서 돌아오는 시간을 챙겨가면서 따뜻한

● 이 글은 2008년 1월에 쓴 것입니다.

음식을 만들었겠지요. 그런 보통의 날들에 제 마음의 날씨는 어땠던 것일까요. 잘 생각나지 않습니다. 아마도 평화롭고 무난한 날에는 마음에 비가 내리지 않는 모양입니다.

추웠습니다. 외투를 입고 목도리를 두르고 병원에 유방암 환자 교육을 받으러 갔습니다. 아주 잠시, 거기에 앉아 있다는 것이 믿어지지 않았습니다. 이 지역으로 이사하고 15년이 흘렀지만, 집 근처에 있는 병원 앞을 수없이 지나다녔지만, 제가 암 환자가 되어 이 병원에서 치료받을 거라고는 생각해보지 못했습니다.

하지만 저는 적응을 잘합니다. 모험을 즐기거나 진취적이지는 못해도 제가 처한 상황에서 해야 할 일들을 최선을 다해 하는 편입니다. 저는 열심히 강의를 들었고, 앞으로 있을 다른 교육 프로그램의 내용과 일시를 수첩에 잘 옮겨 적었고, 치료 기간이 몇 년씩 된 활달하기 그지없는 다른 참가자들을 부러운 눈으로 바라보았고, 참가자들에게 나눠준 인절미와 포도 주스를 감사의 인사와 함께 공손하게 받아들었습니다. 다 함께 노래 부르는 시간에는 "전라도와 경상도를 가로지르는 섬진강 줄기 따라 화개장터엔……" 하는 「화개장터」 노래를 피아노 반주에 맞춰 흥얼거리며 조금 따라 부르기까지 했습니다.

언제부터 걸었던 것일까요. 강의가 끝나고 인절미를 가방에 넣었던 것까지는 기억이 납니다. 걷다 보니 병원 밖이었고 또 한참 걷다 보니 단독 주택가였습니다. 마음에는 비가 퍼붓고 있었습니다.

마치 소설을 쓰고 있는 듯한 기분이었지요. 노트북에 써야 할 소설을 제 인생으로 쓰고 있는 듯한 기분이었습니다.

감정 과잉이다. 주의해라. 제 이성의 신호등이 깜빡였습니다. 이미 학습된 것들에 자신을 내맡기지 마라. 제 안의 제가 경고하고 있었습니다. 경고를 받고 보니 제가 텔레비전 드라마나 영화 속의 암 환자를 흉내 내고 있는 듯한 기분이 들었습니다. 이건 아니지요. 저는 암 환자를 연기하는 연기자가 아니라 진짜 암 환자인 것입니다. 게다가 이미 임파선에까지 암 전이가 되어 있고 다른 곳의 전이 여부를 확인하기 위해 검사를 앞두고 있는 환자입니다. 침착하고 냉정해져야 하는 것이지요. 저는 감기에 걸리지 않기 위해 목도리를 여미고 다시 병원을 향해 걸었고, 병원 근처에 있는 음식점에서 나물을 듬뿍 넣은 비빔밥을 먹었습니다. 집에 돌아와서는 원두커피 대신 홍삼차와 녹차를 마셨습니다.

돌아보면 빗속에는 추억이 있었습니다. 따뜻한 기억이든 춥고 메마른 기억이든, 그리운 기억이든 잊고 싶은 기억이든, 비를 배경으로 어느 장소, 어느 누구, 어떤 이야기 같은 것들이 있었습니다. 그래서 빗속에는 압축적으로 인생이 있고 사람들이 있고 사람들이 살아가는 이야기가 있다고 생각해왔었지요. 오늘 제가 배운 것은 마음에 내리는 빗속에도 치열한 인생이 있다는 것입니다. 전라도와 경상도를 가로지르는 섬진강 줄기처럼 삶과 죽음의 경계를 맛보게 하는 마음의 어느 공간에 오늘처럼 비가 내리면, 당신은 무슨 우산을 쓰시려는지요. 화개장터처럼 있어야 할 건 다 있고 없을 건 없는 이 저녁에 저는 낡은 노트북 앞에서 이 글을 쓰고 있습니다. 눈물을 가려줄 작은 우산 하나 갖고 있음에 감사와 위안을 느낍니다.

쓸쓸히
깨닫는 것

조직검사를 받던 날로부터 어느새 한 달 가까운 시간이 흐르고 있습니다. 누구나 이런 상황에서는 비슷한 감정을 경험할 것 같습니다만, 저 역시 제가 처한 상황이 바뀌고 보니 세상이 달리 보이더군요. 지금까지 익숙하게 느껴졌던 것들이 낯설게 보이기도 하고, 안 보이던 것들이 새롭게 보이기도 하더군요. 제 병을 알았을 때 물론 크게 놀랐습니다. 입안이 마르고 혀가 말리는 느낌이었지요. '암'이라는 소리에 잠시 세상이 멈춰 서는 것 같았습니다. 어느 낯선 별에, 어디로 나아가야 할지 알 수 없는 막다른 골목에 강제로 떨어트려진 기분이었다고나 할까요.

하루 이틀 시간이 지나 마음이 좀 가라앉고, 암에 대한 정보를 모아 읽고 공부하면서, 암과 더불어 살아가고 있는 사람들에게서 조언을 듣고 나도 저렇게 살아갈 수 있겠구나 하는 희망을 갖게 되면서, 또 암을 어떻게 바라볼 것인가 하는 제법 사색적인 질문들 앞에서 이런저런 생각을 해보기 시작하면서, 막연하던 두려움의 농도는 조금씩 옅어지기 시작했습니다.

지금도 거울 앞에 서서, 항암 치료를 하면 이 머리카락이 다 빠진단 말이지, 눈썹도 빠진단 말이지, 이런 생각이 들면 우울해집니다. 머리카락이 빠진다는 것이 어떤 느낌일지 상상이 안 되면서도, 뭔가 제 소중한 것들을 하나씩 박탈당해가는 듯한 무력감이 밀려오기도 합니다. 그러나 어쩌겠습니까. 우울해해서 머리카락이 빠지지 않는다면 얼마든지 우울해할 수 있지만, 울어서 암이 낫는 거라면 얼마든지 대성통곡을 하고 울 수 있지만, 그게 아닌걸요. 그렇다면 머리카락이 빠짐에도 불구하고 지금 현재 여기에서, 주어진 상황에서 제가 할 수 있는 것에 집중하면서 암 환자로서의 생활에 충실해야겠지요. 이래도 제 인생, 저래도 제 인생인데 이왕이면 웃으면서 충실해야겠지요.

작은 병은 사람을 서서히 변화시키고 큰 병은 사람을 한꺼번에 변화시키는 것일까요. 살아오면서 이렇게 해보면 어떨까, 이렇게 하면 참 재미있을 것 같은데, 생각만 해오던 것들이 있었습니다. 해보고 싶었지만 용기가 없어서, 체면을 생각해서, 또는 다음에 해도 되니까, 그렇게 행동하는 것이 유난스러운 것 같아서 미뤄온 것들이 많았습니다. 그런데 병이 저를 한꺼번에 변화시킵니다. 제게 달리 사는 법을 가르칩니다. 아주 짧은 문장 하나로요. "두 잇 나우

Do it now!" 생각나는 것들을, 하고 싶은 것들을 그 자리에서 실천하기. 미루지 말고 행동으로 옮기기.

소극적이고 내성적인 성격 때문에 또 남 앞에서 튀는 것을 힘들어하는 성격 때문에, 저는 어느 자리에서나 있는 듯 없는 듯 살아온 편이었습니다. 그러던 제가 암 진단 이후 참으로 적극적으로 행동하고 있습니다. 지금 쓰고 있는 이 글만 해도 그렇습니다. 여느 때의 저 같으면 소소한 제 이야기를, 또 속마음을 풀어놓는 글을 잘 쓰지 않았을 겁니다. 차라리 소설 주제로 괜찮은 게 뭐가 있을까 싶어서 다른 사람들이 쓴 에세이집을 읽거나, 학위논문을 준비하기 위해 딱딱하기 그지없는 어휘들을 메모지에 옮겨 적고 있었을 겁니다. 지금은 아닙니다. 쓰고 싶은가?, 예스Yes, 남에게 피해를 주는 일인가?, 노No, 그럼 하자, 그리고 당장 움직입니다.

내일은 오전에도 오후에도 병원에 가는 날입니다.• 병원에 갈 때 가더라도 즐겁고 꽉 찬 오늘을 보내고 싶었고 또 그렇게 보냈습니다. 하루를 충만하게 보내고 집으로 돌아오는 길에 서점에 들러 내일 병원에서 짬짬이 저를 웃게 해줄 책을 몇 권 골라왔습니다. 병원에 갈 때마다 재밌는 책들을 들고 가려 합니다. 제가 좋아하는 만화책도 좋겠고 다음 내용이 궁금해지는 추리소설집도 좋을 것 같습니다. 힘들다는 치료 때문에 앞으로 이래저래 몰골이 말이 아니

• 이 글은 2008년 1월에 쓴 것입니다.

게 되더라도, 재밌는 책 한 권 손에 들고 웃는 시간들을 보내고 싶습니다. 몸의 병은 고쳐가면서 살 수 있겠지만 마음이 무너져버리면 그건 너무 쓸쓸하니까요. 늘 열린 인생을 잘 살고 계신 분들은 실감 못 하겠지만 저처럼 스스로 많은 규율을 만들어놓고 그 안에 갇혀 살아왔던 사람에게는 이 병이 큰 스승이 될 것 같은 예감이 듭니다. 열쇠 하나 손에 들고 있으면서도 그 열쇠를 사용하지 못한 채 닫힌 인생을 살아온 저를 봅니다. 어쩌면 저는 지금까지 마음이 무너져 내린 인생을 살아왔는지도 모르겠어요. 그렇다면 이 병이 무너진 마음을 일으켜 세워볼 기회를 주려는 것일까요.

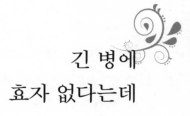

긴 병에
효자 없다는데

저희 부부는 별로 우아하게 사는 편이 못 됩니다. 좀 다투는 편이지요. 아니, 사실은 상당히 많이 다투는 편입니다. 궁합이 잘 안 맞는 것일까요? 아니면 결혼생활 동안 산전수전 공중전, 다 겪었음에도 불구하고 서로 융화하는 법을 익히지 못한 것일까요?

가령 저는 군것질을 좋아합니다. 땅콩, 곶감, 강냉이, 쥐포, 초콜릿 같은 것들인데요. 식탁 한쪽에 놓아두고 오며 가며 집어 먹습니다. 제 배우자는 딱 하루 세 끼 식사, 그뿐입니다. 그러니까 제가 '강냉이 먹자' 하면 제 배우자는 '그래, 같이 먹자', 또는 '당신 먹어라', 이렇게 밝게 응대하는 타입이 아니고요. 인상을 팍 찌푸리면서 '안 먹을래' 합니다. 그 말투가 얼마나 퉁명스러운지 말 꺼낸 사람이 무안해지고 거친 표정 앞에서 주눅이 들어버립니다. 일단 제 기부터 꺾어놓고 그는 군것질이 몸에 왜 좋지 않은지를 계속 설명하고 저를 설득하려고 하는 타입입니다. 저는 또 상대편이 그러거나 말거나 혼자서 즐겁게 먹고 편하게 사는 성격이 못 되고요, 상대편의 말투나 태도에 스트레스를 받아서 입맛까지 사라지는 타입입니다. 그러니 강냉이 먹자로 시작했던 말이, 왜 나한테 이렇게 스트레스를 주느냐로 이어지고, 상대편은 자기가 무슨 스트레스를 줬다고 그러느냐 하면서 말다툼을 시작하게 되는 게지요. 일단 다툼이 시작되면 어디 한 가지 일 갖고 싸우게 되나요. 쌓여 있던 미움이 터져 나와 제 마음속에서는 예전의 일들이 영화 장면처럼 스쳐가고, 제가 속 끓이던 일들을 기억조차 못 하고 있는 상대편을 보면 더 미워져서 큰 싸움으로 번져가는 게지요.

하지만 다퉈봤자 손해 보는 사람은 저입니다. 싸움에서 이기는 사람은 남편입니다. 다투다가도 식사 시간이 되면 그는 밥을 먹습니다. 저는 열을 받아 군것질은커녕 밥조차 먹을 수가 없어요. 제가 밥 못 먹는 것을 남편이 알까요? 아니오, 잘 모릅니다. 왜냐면 그는 본인 외의 다른 사람들에게는 별로 관심이 없기 때문입니다. 제가 무슨 생각을 하는지, 어떻게 느끼는지, 마음이 즐거운지 슬픈지, 그런 거에 관심이 없습니다. 제가 밥을 먹든지 말든지 자기가 밥 먹으면 그것으로 오케이입니다. 제가 끼니를 연속해서 굶을 때 한마디 한 적이 있긴 했었습니다. "당신이 밥 굶는 것을 안타까워할 사람은 이 세상에 당신 부모님밖에 없다. 부모하고 남편은 다르다." 틀린 말은 아니지만 이런 칼날 같은 이야기들이 부부 사이를 편안하게 하는 것은 아니겠지요. 여하튼 관심이 있는 사람과 없는 사람이 싸우면, 기억을 전혀 하지 않으려는 사람과 기억이 제대로 나는 사람이 싸우면 어느 쪽이 이기겠습니까. 저 혼자 팔팔 뛰다 보면 상대편은 어느새 밖으로 나가버리고 없습니다. 암 진단을 받았을 때 제가 처음 한 생각 중의 하나가, 결혼생활에서 누적되어온 스트레스가 제 암의 원인일지도 모른다는 생각이었습니다.

운전해서 어디 갈 때도 마찬가지입니다. 저는 길을 모르면 차 잠시 세우고 물어보고 가자는 편인데요. 또 네비게이션 같은 걸 설치하자고 주장하는 편입니다. 제 배우자는 다른 사람한테 뭔가 물어보는 것을 질색합니다. 기계도 엄청 싫어합니다. 저는 수동변속기 자동차를 운전하기가 아주 힘이 들어요. 클러치를 밟으려면 의자를 바짝 앞으로 당겨야만 제 발이 닿기 때문에 관절이 아파요. 그래서 자동차를 새로 구입할 때 이번에는 자동변속기 자동차를 사자고 했습니다. 그러나 그는 제 말에는 귀 기울이지 않고, 수동이 자동보다 좋은 이유를 종이에 길게 적어서 제게 매일 설명하고 설득하기를 한 달 넘게 했습니다. 저는 결국 지쳐서 양보하고 말았습니다. 길을 모르면 남편은 그냥 자기 짐작대로 가서 맞으면 맞고 아니면 되돌아 나오는 겁니다. 잘못된 길로 접어들어서 많이 둘러 가게 되어도 자기가 선택한 길이 옳다고 우기기도 하고요. 언젠가는 이런 고집 때문에 약속 시간에 많이 늦은 적이 있어요. 제가 짜증을 좀 냈더니, 자기도 길을 제대로 못 찾는 스스로한테 화가 나고 있는데 옆에서 저까지 짜증내면 어떻게 하느냐며 도리어 큰소리를 칩니다. 이런 상황에서 제가 듣고 싶은 것은 미안하다, 그 한마디인데, 남편의 주장은 속으로 당연히 미안해하고 있는데 그걸 꼭 말로 표현해야만 하냐는 것입니다. 이렇게 생각이 다르고 표현 방법이 다르고 선택이 다르니 생활 속에서 소소하게 부딪치는 일이 어디 한두 가지뿐이겠습니까.

제 병을 알고 나서도 벌써 두어 번 크게 다퉜답니다. 제일 크게 다툰 것은 '요료법尿療法' 때문인데요. 한학자이자 동양학에 조예가 깊은 L 선생님이 제 병을 듣고 민간요법인 요료법을 강력하게 권하셨나 봅니다. L 선생님에게는 상당히 미안합니다만 요료법이 자기 소변을 먹는다는 것인데요, 저는 비위가 약해서 저녁 식탁에서 이야기를 전해 듣다가 수저를 놓고 말았습니다. 제가 그만 듣고 싶다고 하는데도 남편은 믿을 만한 선생님이 추천한 방법이니 미련이 남았는지 저를 따라다니면서 계속 설명하는 겁니다. 병원 치료와 민간요법을 병행하자는 건데 왜 이야기를 다 들어보지도 않느냐면서 오히려 제게 서운해하기도 했고요. 저는 약을 먹고 항암 치료를 하면 소변을 통해 약과 항암제가 배출되는 것인데 그 소변을 먹는 게 말이 되느냐, 자꾸 이러니까 밥 몇 수저 먹은 것마저 느글거려서 토하겠다고 성질을 냈고요. 그러다 다투고 말았습니다. 암 환자에게 먼저 식사를 제대로 하게 해주고, 스트레스 받는다고 하면 어떤 이야기든 그만 멈춰주면 좋겠건만, 그의 고집은 이런 식으로 하늘을 찌릅니다. 오죽하면 당신이 이러니까 내가 암에 걸렸다고 악을 썼을까요. 그날 밤 이후 요료법 이야기는 두 번 다시 안 꺼냅니다.

그런데 다투면서도 제 배우자가 전에는 안 하던 행동들을 요즘 하고 있습니다. 병이 저만 변화시키는 것이 아니라 상대편까지도 변화시키는 것일까요. 산책 나간다면서 외출했다가 제 것을 하나씩 둘씩 사들고 옵니다. 어느 날은 예쁜 실내화를 사와서 당신 발에 티눈 있는데 이게 편할 것 같다 하고, 또 어느 날은 땅콩과 곶감을 사와 제 옆에 앉아 함께 군것질을 합니다. 더 큰 변화는 '미안하다'입니다. 당연히 미안하다고 말해야 할 상황에서도 미안하단 말을 그렇게 아끼던 사람이, 요즘은 별로 미안해할 상황이 아닌데도 '미안하다'를 연발합니다. 예전에는 미안하단 말을 할 줄 모르는 상대편이 그리 미웠는데 요즘은 시도 때도 없이 미안하다고 하는 것을 보고 있으면 마음이 좀 처연해지기도 합니다. 며칠 전에는 밤에 자다 깨어보니 제 침대 옆에 웅크리고 앉아 어둠 속에서 묵주기도를 하고 있더군요. 계속 자는 척하며 돌아누웠지만 마음에 있던 미움 덩어리에서 작은 조각 하나가 떨어져나가는 것 같기도 했습니다.

차 안에서 운전대를 잡고 있던 남편이 지금 자기 소원이 뭔지 아느냐면서 제게 말을 걸었습니다. 제가 음악을 들으면서 멍하니 차창 밖을 보고 있었나 봅니다. 뭐냐고 물었더니 전에처럼 길 틀렸다고, 과속한다고, 천천히 가라고 자기에게 잔소리 좀 해주는 거랍니다. "빨리 나아서 나한테 잔소리 좀 해줘라. 그래야 내가 사는 맛이 나지." 저는 마음 끝이 시큰해져서 심술궂게 답하고 말았습니다. "병 나으면 잔소리할 시간이 어디 있어. 하고 싶은 일이 얼마나 많은데." 제가 입 열어주는 것만도 고맙다는 듯 자상하게 대꾸하는 사람이 아무래도 예전의 제 배우자 같지가 않습니다. "그래, 그래, 낫기만 해라, 당신 하자는 대로 다할게."

저 하자는 대로 뭘 다하겠습니까. 암 진단을 받은 사람을 앞에 두고도 자기 고집을 못 꺾어 한 달이 안 되는 동안에 벌써 두어 번이나 다투었는걸요. 하지만 사람 몸에 병이 나는 것이 한순간이듯이 사람의 마음이 변화하는 것 역시 한순간일 수 있으니, 다시 꺾일 희망의 꽃일망정 제 마음에 작은 꽃씨 하나 슬그머니 심어볼까요. 긴 병에 효자 없다는 말이 있습니다. 자기를 낳고 길러준 부모의 병조차도 길게는 못 견디는 것이 사람일진데, 좋았던 기억보다는 다투고 힘들던 기억이 훨씬 선명한 부부 사이에는 이런 경우 얼마간의 밀월 기간이 주어지는 것일까요. 언제까지 같은 방향을 바라보며 동행할 수 있는 것일까요.

또 하나의 선물,
4기 암

　　　나흘 전, 병원에서 최종 검사결과가 나왔습니다.*
4기라고 합니다. 암세포가 임파선과 뼈로 전이되어 이런 경우 병기
를 4기로 진단하며, 수술과 완치가 불가능하다고 합니다. 수술을
받기 위해 외과에 등록되어 있던 제 차트chart는 그날부터 혈액종양
내과로 넘어갔고, 혈액종양내과에서 '생명 연장'을 위한 항암 치료
를 시작하게 될 거라고 했습니다. 결과를 알려준 외과의사 선생님
은 저 같은 경우 예전 같았으면 잔여 수명이 6개월 정도였지만 요
즘은 항암제가 좋아져서 잘만 치료받으면 2년 정도 살 수 있을 거
라고 했습니다.
　　이 나흘 동안 제 인생에 무엇이 스쳐갔다고 짐작되시는지요? 아

---

* 이 글은 2008년 1월에 쓴 것입니다.

마 당신이 짐작하는 것들이 틀림없이 제 삶을 스쳐갔을 겁니다. 암, 수술, 항암, 이런 상황만으로도 긴장감이 최고조에 달해 있었는데 느닷없이 수술조차 불가능하다니요. 전이, 4기, 생명 연장, 잔여 수명 같은 단어들이 낯설기만 했습니다. 암 진단을 받았을 때 저를 엄습하던 두려움, 슬픔, 막막함에서부터, 4기라는 이야기를 들었을 때의 어리둥절함, 고립감, 무력감 같은 것들을 거쳐, 이 글을 쓰고 있는 현재의 멍멍한 마음에 이르기까지, 어쩌면 인간에게 존재하는 온갖 시린 감정이 한꺼번에 저를 치고 지나간 것 같기도 합니다.

지난 나흘 중 하루는 병원의 외래 주사실 침대에 누워 항암 주사를 맞았습니다. 두 가지 약제를 순서대로 맞아야 해서 거의 종일 주사를 맞았습니다. 혈관에 꽂힌 주삿바늘이 생소했습니다. 제 몸이 제 것이 아닌 것 같았습니다. 항암 화학요법의 부작용에 대해서는 여러 이야기들이 돌아다니지요. 병원에서 준 안내서에도 항암 화학요법의 부작용을 어떻게 관리할 것인가 하는 내용이 주로 담겨 있습니다. 그러나 어떤 문제점에도 불구하고, 수술이 불가능한 제게 적용될 수 있는 항암요법이 있음에 감사하고 있습니다. 저는 이 시점까지 의학이 성취해온 것들로부터 최선의 도움을 받게 될 것이고, 그 도움을 통해 생명을 연장해가게 될 것입니다.

지난 나흘 중 이틀 동안은 책을 읽었습니다. 본능적으로 책을 손에 들었습니다. 갑작스럽게 닥친 상황 속에서 아는 것만큼 덜 두려워지고, 암에 대한 지식을 가질수록 몸이 보내는 신호를 좀 더 예민하게 감지할 수 있고, 또 절망감에서 벗어나 스스로 무엇을 해가야 할지를 고민하고 결정할 수 있기 때문입니다. 우선 지인들이 선물한 책 세 권을 읽었습니다. 간암이 폐로 전이된 상황에서 암을 극복해낸 한만청 전 서울대학교 병원장의 『암과 싸우지 말고 친구가 돼라』는 책과, 미국 예일대학교 부설 뉴헤이븐 병원 외과의사인 버니 시겔Bernie S. Siegel이, 모든 사람은 스스로 치료에 대한 잠재력을 갖고 있고 이것을 발휘할 수 있다는 관점에서 쓴 『사랑은 의사Love, Medicine & Miracles』라는 책 등입니다. 책에서 제가 붙잡은 메시지는 '희망'입니다. 저는 다음과 같이 저 자신을 다독이게 되었습니다. 수술이 불가능한 병기라고 해서 절망할 이유는 없단다, 내 삶은 오로지 하나뿐이고 유일무이한 것이니 몇 기의 몇 년 생존율 같은 통계 자료로 내 삶을 규정하지는 말자꾸나, 나를 사랑하고 나 자신을 포기하지 않는 한 몸의 면역체계가 살 수 있는 쪽으로 움직여간단다, 몸은 언제나 내 소리를 듣고 있고 그것을 무의식 속에서 실현해가므로, 내가 할 수 있는 최선은 살 수 있다는 것을 스스로 추호의 의심도 없이 믿는 것이란다.

제가 책 읽기만큼의 시간을 쏟아 한 일이 또 하나 있습니다. 그것은 조용히 제 내부로 걸어 들어가 보는 일이었습니다. 암의 심리적인 측면을 연구한 자료들에 따르면, 암 환자들은 인생 역정에서 적절한 감정의 배출구를 가지지 못했다는 공통점이 있다고 합니다. 타인의 실수나 잘못에는 너그러우면서도 자기 실수나 잘못에는 더 엄격한 측면이 있었고, 타인보다 자신에게 더 엄중한 도덕적 잣대를 대는 경향이 있다고 합니다. 특히 유방암 환자들은 발병 6개월에서 1년 6개월 전 사이에 인간관계에서 중요한 상실감을 경험한 사람들이 많다고 합니다. 다 저를 두고 하는 이야기 같았습니다. 저는 감정을 억압하는 편이었습니다. 감정을 표현하고 드러내는 것보다는 이성으로 다스리고 통제하는 것이 더 나은 삶이라고 배워왔고 또 그렇게 살려고 애써왔습니다. 게다가 저는 요즘 세상을 사는 데 필요한 덕목 중의 하나인 자기주장이나 경쟁의식, 그리고 성취욕 같은 부분에서 아주 소극적이고 포기가 빠른 편입니다. 가령 저와 타인의 이해관계가 부딪칠 때는 제가 조용히 물러서는 편이었고, 많이 참는 편이었습니다. 그것을 쉽고 즐겁게 하는 것이 아니라 어렵게 참으면서 하니까 제 내면에는 늘 긴장감이나 스트레스가 흐르고 있었던 것 같습니다. 타인의 잘못은 쉽게 잊어버리고 쉽게 잊히지 않을 때는 용서하기 위해 제 에너지를 사용하면서도, 제가 저질러온 실수나 시행착오, 잘못에 대해서는 오래, 그리고 깊이 힘들어했습니다. 암 진단을 받기 얼마 전에는 건강하던 어머니가 욕실에서 뇌출혈로 쓰러졌고 자식들 얼굴을 알아보지 못할 만큼 병세가 심해 요양병원에 입원해 계셨습니다. 어머니의 갑작스러운 병과 아버지의 수술·입원 등으로 저는 충격을 받았을 뿐만 아니라 휴식 시간이 전혀 없는 생활을 하고 있었습니다. 이와 동시에 일하던 대학 연구원에서도 힘든 스트레스가 몰려오기 시작했습니다.

명상이라고 이름 붙이기에는 좀 뭣하지만 마음을 차분히 가라앉힌 채 내면으로 여행해본 이 일은 제게 찾아온 병이 무언가의 다른 이름일 수 있겠다, 라는 짐작을 하게 해주었습니다. 내 안에 무엇이 있었기에 암에 걸린 것일까, 혹시라도 삶의 어느 순간, 차라리 암에라도 걸리고 싶다는 무의식적인 소망을 가진 적이 있었던 것일까, 내 삶을 내어주고 싶을 정도로 스트레스를 받았던 적이 있었던 것일까, 그 스트레스를 어떻게 다뤄왔는가, 나 자신을 사랑했는가, 충분히 용서하고 충분히 너그러웠는가, 나는 현실의 무엇에 좌절했고 무엇으로부터 도망치고 싶었는가, 내 안에서 어떤 모습의 내가 울고 있는가, 내 안의 무엇을 달래주고 위무해주어야 하는가, 나는 내 삶이 어떤 방향으로 향하기를 원하는가. 마음에는 삶 못지않게 참으로 여러 개의 문과 미로들이 있더군요. 그래서일까요. 마음과 몸의 연관성에 큰 비중을 두는 의사들은 암은 원천적으로 병이 아니라고까지 표현하기도 하더군요. 암은 체내의 방어력을 약화시키는 일련의 환경에 대한 반동이라는 것이지요.

책 읽기와 내면 여행을 통해 마음에서 공포감과 두려움이 어느 만큼 사라지고 그 자리에 살려는 의지가 충만해졌을 때, 저는 비로소 중학교 졸업을 앞둔 아들에게 제 병기에 대해 자세히 설명해줄 수 있었습니다. 버니 시겔은 참다운 행복은 정신을 고양시켜 슬픔을 견딜 수 있는 힘을 배양한 다음에 얻어지는 것이며, 더욱 큰 새로운 사랑으로 옛사랑을 넘어서야 한다고 이야기합니다.

그의 이야기처럼 새로운 꿈을 꾸려면 옛사랑보다 더욱 큰 새로운 사랑이 필요하겠지요. 저는 병을 통해 자식을 새롭게 사랑하는 법을 배웁니다. 아이가 슬픔에도 견딜 수 있는 힘을 배양해가도록, 감춰진 현실이 아니라 드러난 사실들을 다루고 통제하는 힘을 키워가도록, 자식을 새로운 사랑으로 대하는 법을 배웁니다. 아들아이 또한 엄마를 새롭게 사랑하는 법을 배우고 있을 것입니다. 그러고 보니 엄마와 아이 사이의 옛사랑도 참으로 따뜻했지만, 이제 강인한 새 사랑이 그 옛사랑을 넘어서게 될 것입니다.

앞의 일들에 소요된 시간을 제외한 나머지 시간은 오롯이 몸이 원하는 즐거움을 위해 사용되었습니다. 산책하고 체조를 합니다. 항암제의 영향으로 약간씩 어지럽고 균형을 잃기도 하지만 그래도 조심조심 즐겁게 움직입니다. 그러면서 몸에게 부드럽게 속삭입니다. 사랑한다고, 정말 소중하다고, 꼭 살아가자고, 살 수 있는 쪽으로 움직여가자고, 격려하고 쓰다듬어줍니다. 가슴에 생긴 암이라는 작은 멍울에게도 말을 겁니다. 미안하다고, 건강한 세포였던 너를 이렇게 아프게 해서 참 미안하다고, 잘 돌보지 못하고 병들게 한 것을 진심으로 후회하고 반성한다고 말합니다. 이제 잘 보살피고 사랑할 테니 그만 화내고 건강한 세포로 회복해가자고 부탁을 합니다.

지난 나흘의 시간은 희망을 부르면 희망이 달려오고 절망을 부르면 절망이 달려온다는 것을 실감하기에 충분한 시간이었습니다.

제 삶이 가장 낮고 어두운 바닥을 치고 있는 이 지점에서 저는 진심을 모아 희망을 부르고 있습니다. 의식 속에서나 무의식 속에서나, 말로나 생각으로나, 희망을 부르고 있습니다. 이런 소리들을 제 몸이 듣고 저를 살려갈 것임을 확신하면서 말입니다.

외롭지 않아도
사람인데

제가 듣고 있는 〈양희은 35주년 앨범〉에 담긴 다섯 번째 노래는 「외로우니까 사람이다」입니다. 정호승 시인의 시를 작곡·편곡한 것입니다. 사람이 살아가는 일 자체가 외로운 과정이라고 노래하는 것 같습니다.

돌아보면 저는 외로움을 많이 타는 사람이었습니다. 늘 외로움을 준비해놓고 있었다고 해도 과언이 아닐 겁니다. 가령 운명적인 것 같은 사랑에 빠져들 때, 정말 피할 수 없는 운명적인 누군가를 만나서 사랑에 빠져드는 것일까요? 그렇게 운 좋은 경우도 있을 수 있겠지요. 그러나 운명적인 사랑을 해보고 싶어 온갖 각본들을 마음 안에 만들어놓고 상상을 하다가, 누구라도 상대편 배우 역할을 해줄 만한 사람을 만나면 그 각본대로 따라가다 자기 발을 자기가 밟고 넘어지는 경우도 많지 않겠습니까? 돌아보니 외로움도 마찬가지였던 것 같습니다. 인간이니까 외로워서, 삶의 본질이 외로움과 닿아 있어서 외로움을 갖고 살았다기보다는, 외로움이 외롭지 않는 것보다 좀 더 진중한 삶의 요소 같아서, 좀 더 깊이 있는 무엇 같아서 외로움을 선택하면서 살아왔던 것 같기도 합니다.

그런데 아프니까 요즘 외롭지가 않습니다. 늦은 밤, 잠에서 문득 깨면 예전에는 외로웠던 적이 많았지요. 좀 과장해서 표현하자면 노래 가사처럼 가슴이 빠개지도록 외로움이 사무쳤던 때도 있었을 겁니다. 그러나 요즘은 늦은 밤에 어쩌다 잠에서 깨서 눈을 뜨면 외로움은 그림자조차 없습니다. 그렇게 마음이 포근할 수가 없습니다. 제 몸에 피가 도는 소리가 들립니다. 따뜻하고, 조금씩 피로가 가셔가고, 조금씩 맑은 기운으로 변화해가는 듯한 피가 제 몸을 도는 소리가 들립니다. 손목에서 건강하게 맥박이 뛰고 심장이 일하는 것이 느껴집니다. 살아 있다는 환희, 이 밤중에 살아 있어서 저 자신에게 사랑한다고 속삭일 수 있는 감동, 그 환희와 감동이 외로움과 같은 소극적이고 어두운 감정들을 지워버립니다. 저는 늘 살아 있었는데, 살아 있다는 것이 이렇듯 삶의 가장 찬란한 축복인 것은 알지 못했습니다. 저는 늘 살아 있었는데, 제대로 살기 위해 더 많은 뭔가를 이뤄야 한다는 생각을 했었지, 이렇듯 살아 있는 자체가 이미 제대로 살고 있는 것임을 알지는 못했습니다.

누군가를 꼭 안아본 적이 있으시지요. 누군가를 껴안을 때 느껴지는 편안함과 아늑함, 그리고 간지러운 행복감 등을 기억하시겠지요. 밤에 슬그머니 잠에서 깨었을 때, 그리고 뒤이어 살아 있음에 대한 감사와 환희가 저를 채울 때, 제가 즐겨하는 놀이가 하나 생겼습니다. 그건 제가 사랑하는 사람들을 한 명씩 떠올리면서 마음을 모아 따뜻하게 포옹하는 겁니다. 그 사람을 품에 가만히 안고 속삭이는 겁니다. 사랑한다고 말입니다. 그렇게 상상하고 있으면 신기하게도 마음이 한없이 평화로워지면서 슬그머니 다시 깊은 잠 속으로 빠져듭니다. 그래서 하룻밤에 여러 명을 안지는 못합니다. 하지만 앞으로도 잠에서 깨어나는 밤들이 있을 테니, 사랑하는 사람들을 모두 안아볼 수 있을 겁니다. 상상만으로도 이렇게 햇살 같은 사랑을 나눌 수 있는데, 저는 왜 인간은 외로운 존재라고만 생각하고 살았던 것일까요. 아프고 나서야 깨닫습니다. 외롭지 않아도 사람임을.

이미 충분히 가진 것은
그립지 않으니

매주 금요일은 제가 주사를 맞는 날입니다. 오전 8시쯤에 병원에 도착해서 채혈실에서 피를 뽑는 것으로 항암 절차가 시작됩니다. 대략 10시간 정도 병원에 머물게 됩니다. 외래 주사실에서 항암 주사를 맞는 데 걸리는 시간만 따진다면 6시간가량 되는 것 같습니다. 항암제 두 종류를 포함해서 무려 열 가지에 가까운 주사액이 1초도 쉬지 않고 제 몸으로 흘러들어옵니다. 마지막 주사약이 조금 남은 저녁 무렵이 되면 몸과 마음은 더할 나위 없이 지칩니다. 어제는 저녁 7시쯤에 주사실을 나섰습니다.● 집에 돌아와서 죽을 조금 먹었는데 다 토하고 겨우 잠들었습니다. 새벽에 잠이 깼지요. 통증 때문에 그 시간에 살아 있다는 환희, 기쁨, 그런 감

● 이 글은 2008년 2월에 쓴 것입니다.

정은 생기지 않았습니다. 다만 마음으로 저를 꼭 안았습니다. 괜찮아, 괜찮아, 다 괜찮아질 거야, 정말 괜찮아질 거야, 스스로를 다독거렸습니다.

이 글을 쓰고 있는 지금은 토요일 저녁입니다. 방금 전에 흰죽을 먹었습니다. 다행히 소화시킬 수 있을 것 같습니다. 이렇게 소화가 되기 시작하면 조금씩 다른 음식을 먹고, 구역감이 완전히 가라앉으면 단백질 섭취를 위해 고기 종류를 많이 먹습니다. 그리고 또 금요일에, 만약 금요일이 공휴일이면 목요일이나 토요일에 주사를 맞으러 갑니다. 그 중간 중간에도 병원 일정들이 잡혀 있습니다. 제가 맞는 항암제가 심장에 부담을 주는 약이라 심장 검사를 받거나 뼈 검사를 받기 위해 약속된 시간에 병원에 가야 합니다. 모레인 월요일 아침에도 병원 검사 예약이 되어 있습니다.

요즘 제 생활은 이렇게 단조로워졌습니다. 병원에 가는 것 그리고 병원에 가기 위해 먹는 것, 이게 생활에서 가장 큰 두 개의 축이 되었고요. 외출을 자유롭게 못 하고 사람들을 마음대로 못 만나고 귀의 통증 때문에 전화 통화를 길게 못 하니 생활이 단조로울 뿐만 아니라 썩 갑갑합니다. 그래서 책을 읽습니다. 친구들이 보내준 책들, 인터넷 서점에서 구입한 책들, 예전에 읽었던 책들, 어떤 것이든 손에 잡히는 대로 읽습니다. 그래도 시간은 매우 더디게 지나갑니다. 지금처럼 글을 쓰는 일이 갑갑함을 조금쯤은 덜어줍니다.

주변 분들이 제게 비슷한 내용의 조언을 해주었습니다. 항암을 받는 일이 매우 지치고 힘들 텐데, 너무 참지 말고 힘들 때는 힘들다고 소리치고, 아플 때는 아프다고 말하라는 내용의 조언이었지요. 이런 격려의 말을 듣는 것만으로도 힘들고 아픈 것이 다소 경감되는 것 같아 감사한 마음입니다. 그런데 사람은 자기가 이미 충분히 가지고 있는 것은 부럽지도 않고 그립지도 않은 모양입니다. 이미 넉넉히 갖고 있어서 더 갖고 싶은 마음이 조금도 안 생기니, 그것을 이야기하게 되거나 글로 쓰게 되지가 않습니다. 제 하루하루의 생활이 육체적으로, 정신적으로 매우 곤하고 힘겹다고 해서, 그 힘겨운 것을 반복해서 이야기하는 것이 제게 무슨 도움이 되겠습니까. 이미 충분히 가진 것들을 되새길 필요는 없을 것 같습니다. 그 대신에 제가 충분히 가지고 싶지만 아직 넉넉하게 가지지 못한 것들을 자꾸 불러보게 됩니다. 제 병과의 화해, 희망, 용기, 새로운 삶, 이런 것들이지요. 글을 쓰면서 자꾸 희망에 관한 이야기를 하게 되는 것도 제가 대단한 의지의 소유자라서가 아니라, 제 안에 결핍된 것들이 그립고 필요해서일 겁니다. 그리운 것들의 이름을 저절로 불러보게 되는 것이지요.

희망 이야기를 하다 보니 생각나는 일이 있습니다. 인생이 참 아이러니한 게, 저는 희망과 용기가 간절히 필요해서 이렇게 글을 쓰고 있는데, 저를 만나는 사람들은 제게서 희망과 용기를 얻는다고 합니다. 저처럼 처음부터 4기 진단을 받는 사람은 아무래도 많지 않으니 병원에서 마주치는 환우들은 저보다는 낮은 병기에 속하는 경우가 많아 보였습니다. 몇 기냐고 물어서 4기라고 대답하면, 그 분들은 저를 안타깝게 여기면서도 최소한 저 사람보다는 내가 더 안전하다, 또는 저 사람보다는 내가 더 오래 살 것 같다는 안도감 비슷한 감정을 느끼는 것 같았습니다. 또 4기인 사람이 잘 견디는 걸 보니 나도 정말 괜찮아지겠다고 용기를 얻는 것 같았습니다. 어제 아침에 병원 탈의실에서 옷을 갈아입을 때도 그런 일이 있었습니다. 상의를 벗고 병원 가운으로 갈아입고 있는데, 옆에 있던 아주머님 한 분이 제가 무안할 정도로 제 가슴을 자꾸 쳐다보면서 부러워했습니다. 그래서 처음부터 4기 진단을 받아 수술을 못 했다고 말씀드렸습니다. 그때 아주머님 얼굴을 스쳐가는 여러 감정들이 보이더군요. 큰일 날 것을 부러워할 뻔 했다는 가벼운 낭패감이 아주머님 얼굴을 스쳐갔고, 비록 한쪽 가슴을 잃었지만 수술을 할 수 있었던 자신의 처지가 얼마나 다행인가 하는 안도감, 그리고 저에 대한 안쓰러움과 잠시나마 저를 무안하게 했던 것에 대한 미안함 등 복합적인 감정들이 찰나의 시간 동안 아주머님 얼굴에 스치는 것을 느낄 수 있었습니다. 건강한 사람들도 마찬가지입니다. 이런 저런 문제로 마음을 썩이고 자기 삶에 불만을 가지고 있었는데, 어느 날 갑자기 암 환자가 되어 살려고 안간힘을 쓰는 저를 보면서, 아, 저런 경우도 있는데 이만하면 행복한 거구나, 괜찮은 거구나, 겸손해져야지, 감사하고 살아야지, 하는 위안을 느끼는 듯했습니다. 자기보다 더한 누군가의 고난이 적나라한 위안이 되고 희망과 용기를 얻는 통로가 될 수 있다는 것, 좀 씁쓸한 일이긴 하지만 우리가 경험하는 지극히 인간적인 감정이기도 하겠지요.

　제가 이미 충분히 가진 것은 그리움의 대상이 아니라 감사의 대상이겠지요. 인생을 송두리째 다시 보게 한다는 점에서 병조차도 감사의 대상인 것 같습니다.

2. 살고 싶다,
사는 법을 배워야 했다

엄마가 중학교 졸업식에는 못 갔지만 잘 나아서, 꼭 잘
나아서, 고등학교 졸업식에는 참석할게……. 의사가 남
았다고 한 제 잔여 수명보다는 훨씬 더 살아야 아이의
고등학교 졸업식에 참석할 수 있으니…… 살아야지요.
살고 싶습니다.

시간은
희망의 다른 얼굴

지금 제 책상 위에는 탁상용 캘린더, 전기스탠드, 전화기, 노트북 등이 놓여 있습니다. 그리고 싱싱한 생명력이 넘치는 해바라기 그림이 그려진 카드 한 장이 세워져 있습니다. 가만히 바라보고 있으면 여름 꽃이 안고 있는 정열과 열기, 생명의 환희 같은 것들이 혈관 속으로 슬그머니 흘러드는 것만 같습니다. 책상에 앉을 때마다 자연스럽게 눈에 들어오는 카드를 보면서 다짐합니다. 그래, 우리 아파트 화단에 해바라기 꽃이 필 무렵이면 나는 병을 털고 일어날 거야. 6개월이란 시간은 내 안의 우주가 변하는 데 충분한 시간이고말고.

저희 아파트 화단에는 해마다 여름이면 해바라기 꽃이 핍니다. 그 해바라기 꽃 옆에서 싱그럽게 활짝 웃고 있는 제 모습을 상상합니다. 약 한 달 전, 새해가 밝아올 때 저는 무슨 소망을 가졌던 것일까요?* 제 머릿속에는 떠오르는 것이 아무것도 없습니다. 설날에

떡국을 먹었는지 안 먹었는지, 아이의 세배를 받았는지 안 받았는지, 무엇을 했었는지 생각나는 게 없습니다. 그때 정신적으로, 심리적으로 공황 상태가 아니었나 싶습니다. 충격을 받아서 살아 있어도 살아 있는 것을 느끼지 못했던 것이지요.

그런데 그때로부터 시간이 얼마 흐르지 않은 지금, 저는 아파트 화단에 해바라기 꽃이 필 무렵이면 병을 털고 일어나겠다는 각오를 다지고 있습니다. 반드시 건강해지겠다는 명확한 꿈을 갖고, 이 꿈을 향해 나아갈 계획을 세우며 하루하루의 생활을 감사해하고 행복해하고 있습니다. 구정舊正이 있는 것이, 새해가 다시 밝아오는 것이, 저처럼 새해를 새해답게 맞이할 한 번의 기회를 놓쳤던 사람들에게는 얼마나 다행스럽고 감사한 일인지요. 불과 몇 주 간의 시간은, 잔여 수명이 얼마 남지 않았다는 선고를 받았던 암 환자가 절망감에서 벗어나 새 꿈을 야무지게 꾸기에 충분한 시간이었습니다. 그러니 아마도 1년이란 긴 시간은 자신의 삶에서 바꾸고 싶은 것을 다 바꿔보기에 충분한 시간이기도 할 것 같습니다. 화분에 심은 티끌같이 작은 씨앗에서도 하나의 계절이 가면 무성한 잎과 탐스러운 꽃이 피어나는데, 우리에게는 봄부터 겨울까지의 사계절이, 그것도 해마다 주어진다니 '시간'이란 은총의 선물이 새삼 경이롭게 느껴지는 저녁입니다.

● 이 글은 2008년 2월에 쓴 것입니다.

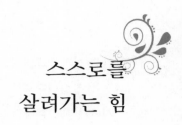

스스로를
살려가는 힘

예전에 제 소설에 썼던 이야기이기도 합니다만, 심리학 용어 중에 '자성적 예언'이라는 것이 있습니다. 일종의 자기 암시인데, 스스로에게 일정한 관념을 되풀이하여 예언함으로써 저절로 그러한 관념이 마음에 새겨지고, 결과적으로 상황이 예언대로 되어갈 가능성이 높아진다는 이야기지요. 론다 번Rhonda Byrne 의 베스트셀러『시크릿The Secret』역시 인간의 내면에 잠재되어 있는 숨겨진 힘과 그 힘이 가져오는 놀라운 결과들에 대해 이야기합니다. 『사랑은 의사』의 저자인 버니 시겔 또한 '자기 달성적인 예언self-fulfilling prophecy'에 대해 언급하면서, 치유란 여타의 모든 창조적 행위와 마찬가지로 피땀 어린 노력과 헌신이 요구되는 창조적 행위임을 설명하고 있습니다. 원하는 자신의 모습을 스스로에게 예언하고, 잠재된 내면의 힘을 통해서 그 예언을 우주에 전송하고, 최

선의 헌신과 노력으로 그것을 창조해가기 ― 대략 이렇게 요약이
되는 것 같습니다.

지난주부터 혼자서 산을 다니기 시작했습니다. 기운이 없을 때
는 주저앉기도 합니다만, 비상사태를 대비해서는 휴대폰이 있으니
까 용기를 냈습니다. 처음에는 집안일과 저를 간호하는 일 때문에
바쁜 남편에게 쉴 시간을 주기 위해 시도했는데, 몇 번 다니다 보니
홀가분하게 혼자 다니는 재미가 썩 좋아서 가능하면 혼자 가려고
고집하고 있습니다. 저희 아파트 단지 뒤편에 있는 산은 높이가 90
여 미터인 나지막한 산입니다. 하지만 산등성이가 수백 미터씩 넓
게 퍼져 있고 산자락이 넓어서, 일단 산길로 들어서면 마치 깊은 산
중에 온 것처럼 고요하고 맑고 청량한 산기운을 느끼게 됩니다. 드
문드문 저처럼 산책 나온 사람들을 만납니다만 몇 초간의 스침이
지나고 나면 산길 전체가 온전하게 혼자만의 공간이 되지요. 그래
서 마음껏 소리 내어 이야기를 하면서 걸어도 제 소리가 다른 사람
들에게 잘 들리지 않습니다.

한 시간 남짓한 산책 시간 동안에 참으로 여러 가지가 흘러갑니
다. 지나온 제 인생이 흘러갑니다. 제 안에서 미워했던 것들을 던져
버리고 용서하지 못했던 것들을 용서하고 그 파편들이 마음의 금
밖으로 슬그머니 밀려나는 것을 지켜봅니다. 제가 용서를 빌어야
할 것들에 대해 겸허하게 용서를 빌고, 사랑했던 것들을 떠올리며
행복해하기도 합니다. 끝내 내려놓지 못한 채 집착하고 스스로를

괴롭게 했던 것들을 내려놓는 연습을 하는 것도 이 시간입니다.

산길을 한 등성이 넘고 다른 등성이를 넘으면서 마음이 후련해질 때쯤이면 제 현재를 생각해보게 됩니다. 감사할 것들이 많음을 느낍니다. 몸이 건강해지기를 바라는 것 외에 무엇을 더 크게 욕심내서는 안 된다는 것을 느낍니다. 건강을 잃으면 다 잃는 것이라고 합니다만, 사람이 긴 인생을 살면서 한 번도 크게 안 아픈 사람이 얼마나 되겠습니까. 건강도 잃을 때가 있는 것이고 잘 견디다 보면 고통이 지나가는 것이라고 생각하고 싶어집니다. 걸어 다닐 수 있는 두 다리, 산의 풍경을 즐길 수 있는 두 눈, 산자락에 자리한 아담한 카페에서 원두커피 한잔 정도는 사 먹을 수 있는 주머니 속의 용돈, 커피 향을 느끼는 미각……. 감사한 것들을 하나하나 떠올리면서 감사합니다, 감사합니다, 이야기하다 보면 어느 순간 마음에서 기쁜 감정이 맑은 샘처럼 솟아나는 것이 느껴집니다. 산길에서 놀고 있는 까치한테도 감사하고, 튼튼하게 겨울을 견디고 있는 나무들한테도 감사하고, 나뭇가지 사이로 눈부시게 달려오는 햇살에게도 감사해집니다.

여러 개의 산책로 중에서 제가 가장 좋아하는 길은 가장 한적한 길입니다. 그 길을 나중에 걷습니다. 그 길에는 두 개의 나무 벤치가 있습니다. 하나는 산책로 초입에 있고 다른 하나는 산책로가 끝나가는 자리에 있습니다. 이 두 개의 나무 벤치에 저만 아는 예쁜 이름을 각각 붙여주었습니다. 그리고 거기에 앉아 쉬면서 꿈을 꿈니다. 남은 인생에서 바라는 것들을 떠올리며 마음껏 꿈을 꿉니다. 자성적 예언일 수 있겠지요. 또 새로운 희망을 우주에 전송하는 것일 수 있고, 스스로 치유를 창조해가는 행위일 수도 있겠습니다. 꿈을 꾸면서 꿈속으로 걸어 들어가 꿈과 하나가 되는 그 시간, 빈틈없이 충만해지는 저를 발견합니다. 마음에 힘이 생기는 것을 느끼는 순간이기도 합니다.

긴 세월 동안 마음 안의 힘을 쓰면서만 살았습니다. 황폐해지고 쇠해진 줄도 모르고 계속 쓸 수 있는 마음의 힘이 무한정 남아 있는 줄 알았습니다. 아니 마음의 힘은 아무리 써도 고갈되지 않는, 무한정의 것인 줄 알았습니다. 비록 몸의 건강을 잃었지만, 마음의 힘이 완전히 고갈되어 바닥을 보이기 전에 이렇게나마 점검해보고 충전을 시작할 수 있음에 감사를 느낍니다. 마음이든 몸이든 하나는 기운이 남아 있어야 다른 하나를 고쳐가며 살 수 있겠지요. 산책을 통해서든 꿈꾸기를 통해서든 명상을 통해서든 아니면 다른 무엇을 통해서든 제 내면과 깊은 대화를 나누고 싶습니다. 그 안에 힘이 있고 생명이 있는 것 같습니다. 스스로를 살려가는 길이 있는 것 같습니다.

웃고 행복해야
낫는 병

매일 그런 것은 아닙니다만, 가끔씩은 통증 때문에 썩 힘든 날이 있습니다. 마치 아픈 게 뭔지 제대로 가르쳐주겠다는 듯이 맹렬하게 아프지요. 오늘 그랬습니다.● 오후 내내 누워 있었습니다. 열이 38도가 되면 응급실로 와야 한다는 주의사항을 들었던 터라 자주 체온을 잽니다. 몸이 이렇게 아픈 날이면 좀 서글퍼집니다. 통증이 심해 책을 읽어도 글자가 눈에 들어오지 않고, 생각이나 공상조차 잘 되지 않습니다. 그러다 보면 슬그머니 심술이 나기도 합니다. 이 세상은 내가 아프거나 말거나 상관없이 잘 흘러가고 있는 것 같은데, 봄빛은 저리 선연한데, 가벼운 외출조차 못하고 침대에 뻗어 있는 제 모습이 답답하고 속상합니다. 제가 주변

● 이 글은 2008년 2월에 쓴 것입니다.

사람들에게 긍정적인 이야기를 주로 하다 보니, 제 행복감이 부럽다고 하는 철없는 친구가 있었습니다. 저는 그 친구에게 부럽다고 한 말 얼른 떼어서 버리라고 말했습니다. 생과 사를 가르는 갈림길에서 서성여야 하는 사람이 아무리 낙관을 노래한들 건강한 사람보다 평화롭고 행복할 리가 있겠습니까. 먹을 때나 잠들 때나 병을 의식하며 생활해야 하는 환경에 놓인 사람이, 주어진 상황을 극복해보고자 긍정적인 노래들을 부른다 한들, 그것이 어찌 건강한 사람의 부러움의 대상이 될 수 있겠습니까.

하지만 이렇게 힘든 날에도 어떻게든 식사를 하고 거실이라도 몇 바퀴 돌고 움직여서 제 면역력으로 고비를 넘어가려고 애를 쓰게 됩니다. 그러다 보니 지금처럼 노트북 앞에 앉아 타자를 치는 시간도 가질 수 있게 되었습니다. 무엇이 저를 일으켜 세우는 것일까요?

사람마다 처한 상황에 따라 다르겠지만, 저 같은 경우에는 제가 '엄마'이기 때문인 것 같습니다. 지난주 금요일에 아이가 중학교를 졸업했습니다. 저는 항암 주사를 맞으러 병원에 가는 날이어서 졸업식에 참석하지 못했습니다. 주사실에 함께 있던 남편이 아이의 졸업식이 끝난 뒤에 잠시 학교로 달려갔다가 다시 병원으로 달려왔습니다. 학교 정문 앞에서 졸업식 꽃다발을 팔던 노점상들이 파장한 뒤라 간신히 꽃다발을 샀다고 했는데, 나중에 집에서 보니 시든 꽃 두 송이만 달랑 있는 볼품없는 꽃다발이었습니다. 열여섯 살이면 다 컸다고도 할 수 있겠지만, 그래도 엄마 마음에는 이제 중학교를 졸업하는 아이인데 졸업식 사진을 같이 찍고 어디 음식점에 가서 밥이라도 사주고 싶었는데, 아무것도 제가 할 수 있는 건 없었습니다. 사진 한 장조차 같이 찍지를 못했습니다.

아이 졸업식에는 꼭 참석하고 싶어서 항암 일정을 하루라도 당기거나 늦춰 조정해보려 했었지만 뜻대로 되지 않았습니다. 그날 마음이 몹시 아리면서 외래 주사실에서 계속 생각했습니다. 엄마가 중학교 졸업식에는 못 갔지만 잘 나아서, 꼭 잘 나아서 고등학교 졸업식에는 참석할게……. 풍성한 꽃다발을 만들어 아이의 고등학교 졸업식에, 그리고 대학교 졸업식에 참석하는 제 모습을 상상해봅니다. 대학에 입학한 아이에게 양복을 선물해주는 장면을 상상해봅니다. 아이와 약속했던 대로 외국 여행 떠나는 것을 상상해봅니다. 병원에서 남았다고 한 제 잔여 수명보다는 훨씬 더 살아야 아이의 고등학교 졸업식에 참석할 수 있고 또 아이와 했던 여행 약속을 지킬 수가 있으니, 아무리 다리가 후들거리고 힘이 없어도 좁은 거실 몇 바퀴 돌면서 걷고 운동하는 것쯤 못 하겠습니까. 못 걸으면 기어서라도 움직여야지요.

제 어머니는 몇 년 전 봄에 뇌출혈로 쓰러졌습니다. 병원 중환자실과 입원실, 재활치료 병동, 요양병원 등 지난한 과정을 거쳐서 지금은 집에서 간병인과 함께 생활하고 있습니다. 간병인의 도움 없이는 어머니 혼자서는 앉지도 일어서지도 못하고, 화장실도 못 가고 식사도 못 합니다. 자식들 얼굴을 알아볼 만큼은 회복되었지만 여전히 의식이 혼미한 때가 잦았습니다.

그러던 어머니가 막내딸이 암에 걸렸다는 소식을 전해 듣고부터 바로 묵주기도를 시작했다고 합니다. 혼자 앉지를 못하니 거의 엎드리다시피 해서 매일 아침마다 저를 위해 기도한다고 합니다. 어머니는 쓰러지기 전까지는 거의 매일 새벽 미사를 다녀오고 성당에서 봉사활동을 했었습니다. 지난 일요일에는 어머니가 불편한 몸을 이끌고 저희 집에 다녀갔습니다. 그리고 제게 힘주어 이야기했습니다. "내가 살 만큼 산 것 같아서 언제 떠나도 되겠다 싶었는데, 네가 아프다는 이야기를 들으니까 내가 어떻게든 살아서 기도해서 너를 살려놓아야겠다 싶어졌다. 엄마가 기도할게. 하느님이 살려주실 게다. 아무 걱정 말고 즐겁게 지내."

어머니를 보니 눈물이 솟더군요. 제 눈물을 닦아주면서 어머니가 이야기합니다. "울지 마라. 울어서 낫는 병 같으면 며칠이라도 울지. 통곡이라도 하고 울지. 하지만 네 병은 울어서 낫는 병이 아니야. 웃고 행복해야 낫는 병이야. 그러니까 자꾸 웃어. 엄마를 보렴. 마음에 안 드는 일이 있어도, 속상한 일이 있어도 나는 모릅니다, 나는 바보입니다, 하고 웃잖니. 그러니까 병이 낫고 있잖아. 너도 속없는 사람처럼 자꾸 웃어. 하느님이 살려주실 게야. 그러니 너는 아무 염려하지 말고 웃기만 해. 오늘 하루 뭐하고 웃고 놀까, 그것만 생각해."

어머니는 쓰고 왔던 예쁜 털모자를 저희 집 안방 이부자리 속에 가만히 파묻어놓고 가셨습니다. 딸이 병원에 다닐 때 추울까 봐 따뜻한 털모자를 쓰게 하고 싶은 어머니의 마음이지요. 그날 어머니가 가고 나서, 저는 어머니의 체온이 담긴 털모자를 쓰다듬으면서 울다가 웃다가 했습니다. 제가 누군가의 딸이라는 것, 제가 누군가의 엄마라는 것. 이것처럼 애잔하고 강한 것이 또 있을까 싶어지는 날이었습니다.

몸이 건강하지 못함을 느끼는 날, 서글퍼지니 생각이 많아집니다. 그러나 이런 감정 또한 지나가는 것이겠지요. 다행스럽게도 힘들 때 복용하는 강력한 진통제 하나를 갖고 있습니다. 엄마라는 이름의 약입니다. 자식에게 더도 말고 덜도 말고 내 엄마 같은 엄마가 되고 싶습니다. 자식에게 힘든 일이 있을 때 염려 마라, 하느님이 돌봐주실 게야, 엄마가 기도할게, 하는 엄마가 되고 싶습니다.

대보름입니다. 이웃 친구가 오곡밥과 나물을 풍성하게 나눠줘서 저녁 식탁이 따뜻합니다. 감사하게 먹고 보름달을 보면서 마음을 모아 소원을 빌고 싶습니다. 그 보름달 안에 꼭 어머니의 얼굴이 있을 것만 같지 않습니까. 우리들 누구에게나 다 있는 저마다의 소중한 어머니 얼굴이.

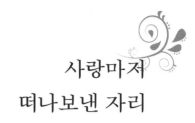

사랑마저
떠나보낸 자리

봄입니다. 가벼워진 흙과 바람이, 공기와 하늘이, 연두색 싹이 돋는 나무들이 3월의 기운을 머금고 있습니다. 오늘 봄빛 속에서 사랑니를 뽑고 왔습니다. 몹시 피곤할 때 잠시 욱신거린다든지 하는 가벼운 증상을 제외하고는 수십 년 동안 별 탈 없이 제 안에서 지내오던 사랑니가 항암 치료를 시작하면서부터 본격적으로 쑤시고 아프기 시작했습니다. 항암 중에 발치를 하는 것은 안 좋다고 합니다만 어떻게 하겠습니까? 당장 견딜 수 없이 아픈 걸요. 다행히 주치의 선생님이 4기는 항암이 길어지니까 발치하는 것이 좋겠다면서 병원 구강종양 클리닉에서 수술을 받도록 조치해주었습니다. 몇 가지 검사와 절차를 밟아 드디어 오늘 치료를 받은 것이지요.

언제부터 사랑니가 돋기 시작했는지는 기억이 가물가물합니다만 제가 고등학교를 졸업하던 무렵에는 사랑니가 돋아 있었던 것이 분명한 것 같습니다. 왜냐면 그즈음 찾았던 치과에서 사랑니가 비스듬하게 돋고 있으니 미리 발치해두라는 권고를 받았던 기억이 나니까요. 그리고 보니 오래전에 뽑았으면 좋았을 사랑니를 여태 데리고 살아왔나 봅니다. 마취를 했지만 무겁고 둔탁한 느낌과 함께 사랑니가 뽑혀져 나가는 것을 감지할 수 있었습니다. 한 달 가까이 욱신거리던 이가 뽑히는 바로 그 순간에 마음의 깊은 곳에서도 뭔가가 뿌리째 뽑혀져 나가는 것 같았습니다. 미련스러울 만큼 붙잡고 놓지 못했던 무언가가 거짓말처럼 어느 한순간에 놓아지는 것 같았습니다. 마음이 홀가분해졌습니다. 마치 따뜻한 봄날에 두껍고 무거운 겨울 코트를 입고 외출해서 땀을 흘리다가 코트를 벗어버린 듯한 기분이랄까요. 좀 과장해서 말하자면 모든 시련이 끝난 듯한 느낌이었습니다. 제 인생에서 지긋지긋하게 힘들던 무엇인가를 비로소 떠나보낸 기분이었습니다.

저는 중년의 이 나이에도 언젠가는 사랑을 할 거야, 하고 남녀 간의 사랑에 대해 일말의 환상을 갖고 있던 아줌마였습니다. 사랑에 대한 환상을 놓지 못하고 살아왔다는 것은 뒤집어 말하면 제가 경험해온 현실 속의 사랑이 그만큼 차고 가파르고 비어 있었다는 이야기가 될 것입니다. 그랬습니다. 제가 겪어온 사랑은 상대편보다 내가 훨씬 더 참고 더 넓게 이해하고 더 희생을 해야만 관계가 평탄하던 사랑이었습니다.

20년 넘게 결혼생활을 해온 제 배우자와의 사랑이 그럴 겁니다. 직장에서 선후배 사이로 지내다가 그해 늦가을의 어느 날인가부터 둘이서 만나기 시작했습니다. 사귀던 도중에 상대편의 형편이나 상황이 너무나 힘들다는 것을 알게 되었지만, 그런 외적인 조건을 이유로 헤어지는 것은 비인간적이라고 느꼈던 것 같습니다. 그러나 나는 아무래도 괜찮으니까 네가 행복하면 돼, 하는 식의 순정만화에서나 나올 법한 제 마음은 결혼과 동시에 이리저리 휘둘려지기 시작했습니다. 아들 하나만 바라보고 평생을 혼자 살아왔던 시어머니는 며느리라는 존재 자체를 못 견뎌했고, 험난한 세월을 어머니와 함께 해왔던 제 배우자가 어머니에 대해 품고 있는 연민의 감정은 다른 어떤 감정보다도 우선하는 것이었습니다. 제가 이룬 가정은 마치 지진이 잦은 지역의 절벽 끝에 위태롭게 세워져 있는 남루한 집 한 채 같아서, 지진의 기미가 있을 때마다 절벽은 무너져 내리고 집은 흔적조차 없이 침몰할 것처럼 불안하기만 했습니다. 황폐한 시간을 견디며 살다 보니 제 배우자가 들으면 서운하겠지만, 제 마음 안에는 배우자를 향한 극과 극의 애증이 있었던 것 같습니다. 연민과 애정, 그리고 분노와 미움이 극렬하게 대비되면서 제 의식과 무의식 속을 흘러 다녔을 겁니다. 오늘 사랑니를 뽑음과 동시에 마음 깊은 곳에서 함께 뽑아버린 것은 이런 자기 파괴적인 상극의 감정들과 긴 세월 제 마음에 깊이 얼룩져 있던 상흔이었을 겁니다. 마음에서 내려놓음과 마음에서 떠나보냄이 이처럼 한순간에 이뤄질 수도 있는 것인데, 어찌 그리도 먼 길을 돌아야 했던 것인지요.

어떻게 하면 인생을 잘살 수 있는가를 안내하는 책들에서는 사람이 마음에서 미움과 증오를 내려놓으면 자유로워진다고 이야기합니다. 마음의 평화를 얻기 위해서는 미움을 버리고 미웠던 상대편을 용서해야 한다는 것이지요. 그러나 저는 이제 느낍니다. 사랑을 내려놓으면 미워할 이유조차 없어진다는 것을요. 사랑은 남겨놓은 채 미움만을 버리려고 안간힘 쓰기보다는, 그 버거운 사랑마저 내려놓으면 순식간에 자유로워질 수도 있다는 것을요. 애증을 버리지 못해 그 틈 사이를 방황하며 괴로웠던 제 영혼이 비로소 새로운 바람 한 줄기를 만난 듯싶었습니다.

사랑니처럼 몸의 취약했던 부분들이 항암 치료를 받으면서 여기저기 탈이 나기 시작합니다. 마치 이 병을 통과하면서 몸에서 고장이 날 만한 곳들을 모두 고치라고 하는 것 같아요. 비단 몸뿐만이 아닙니다. 사랑니를 발치하면서 마음 안의 괴로운 사랑과 미움을 뽑아냈듯이, 몸을 고쳐가면서 마음 또한 건강하게 고쳐가라고 하는 것 같습니다. 그 반대일 수도 있겠지요. 마음을 고치면 몸이 고쳐지고, 마음이 튼실해지면 더 이상 몸이 아플 필요가 없을지도 모르겠습니다. 어쩌면 제가 겪고 있는 이 병은 저 자신에게 있어 이 세상에서 가장 소중한 존재인 스스로를 방치하고 외면한 채, 서둘러 타인을 먼저 사랑하고 보살피려 했던 순서의 혼란이 가져온 병인지도 모르겠단 생각을 해보게 됩니다. 이제부터라도 스스로의 행복을 우선순위에 놓고 살아가라고 기회를 주려는 것 같습니다.

사랑니를 뽑은 날, 사랑조차도 버린 날, 자유로운 한 줄기 바람을 만난 날, 저는 아기가 걸음마를 배우듯이 새로운 사랑을 익히기 시작합니다. 바로 저 자신과의 건강한 사랑입니다. 억압하고 살아왔던 제 내면의 소리들을 해방시킵니다. 평화롭고 행복한, 또한 건설적인 사랑이 3월의 봄꽃처럼 피어나기 시작할 겁니다. 그리고 이 사랑이, 이 사랑이 내재하고 있는 힘이, 인생의 새로운 막을 열어가게 할 것입니다. 나를 울리는 것이 아니라 나를 기쁘게 하고 웃게 하는 사랑, 환상으로서가 아니라 느껴지고 믿어지는 사랑, 이런 사랑이 이토록 가까운 곳에, 바로 내 안에서 오랜 시간 나를 기다려왔음을 이제야 깨닫다니요.

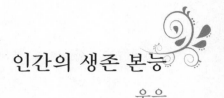

인간의 생존 본능

웃음

널리 알려진 암 치료 보조요법 중의 하나가 바로 '웃음'입니다. 우리가 즐거워서 크게 웃으면, 아니 꼭 즐겁지 않더라도 일부러 소리 내어 크게 웃는 시늉이라도 하면, 우리 뇌 속에서 엔도르핀endorphin이라는 호르몬 분비가 촉진된다고 합니다. 엔도르핀은 천연적인 진통제의 역할을 할 뿐 아니라 우리 몸의 면역력을 크게 높여준다지요. 전문가들은 뇌가 참과 거짓을 구분해내지 못하기 때문에 우리가 정말 즐거워서 웃든 또는 억지로 웃든 뇌는 유사하게 반응을 한다고 말합니다. 그래서 어떤 심리학자는 "행복해서 웃는 것이 아니라 웃기 때문에 행복해진다"고 이야기하기도 합니다. 웃음의 효과는 이뿐만이 아닙니다. 웃을 때마다 암세포를 억제하는 역할을 하는 NK세포natural killer cell가 활성화되고, 스트레스 호르몬의 일종인 코르티솔cortisol의 혈액 내 농도는 감소된다고 하지요.

그래서 웃음은 암 예방과 치료에서뿐만 아니라 다이어트를 하거나 스트레스를 해소하는 데도 아주 탁월한 효과가 있다고 합니다. 이쯤 되면 웃음은 건강을 향해 날아가는 요술 담요임이 틀림없는 것 같습니다. 웃음의 효과가 의학적으로 입증되기 시작하면서 환자들을 위한 '웃음요법' 강좌를 개최하는 병원들도 생겨나고 있고, '웃음요법'을 주제로 한 학술논문 역시 여러 편 발표되고 있습니다.

암 진단을 받은 이래, 아들아이는 제게 시시때때로 별것들을 다 물어왔습니다. 가령 이런 식입니다. "엄마, 부락의 우두머리를 뭐라 그래요?" "추장?" "응, 그럼 추장보다 높은 건?" "글쎄, 뭘까." "고추장." "하하하" "고추장보다 더 높은 건요?" "몰라." "초고추장. 초고추장보다 더 높은 건요?" "그건 뭐니?" "태양초고추장." 제 입에서 하하하하 웃음이 터져 나오면 아이는 흡족해하면서 귤이라도 하나 더 달게 먹었습니다. 아들아이는 저를 웃기기 위해 온갖 우스개 소리들을 질문하거나 이야기했고, 저는 아이가 편안해하며 잘 먹는 모습을 보고 싶어서 때로는 무슨 내용인지 이해가 안 갈 때도 그냥 크게 하하하하 웃음을 터트렸습니다.

아이는 지난주에 학교 기숙사에 입소했습니다.● 늘 비좁아 보이던 집이 아이가 떠나고 나자 갑자기 텅 빈 듯 고요하고 넓어졌습니다. 아이가 떠난 첫날은 비어버린 아이 방에 들어가 괜히 이것저

● 이 글은 2008년 3월에 쓴 것입니다.

것 만져보며 서성거렸습니다. 중학교 졸업식에도 참석 못 하고 고등학교 입학식에도 못 가보고, 짐 싸는 것도 도와주지 못하고, 기숙사에 입소하는 것도 지켜보지 못하는, 해줄 수 있는 것이 없는 엄마가 되었다는 생각에 마음이 잠시 어두워지려 했습니다.

그러나 저는 곧 긍정의 끈을 꽉 붙잡았습니다. 오히려 잘된 일이라고 생각했습니다. 아이가 학교 기숙사에서 먹고 자고 공부하니 저는 아이에 대한 염려를 내려놓은 채 제 병 치료에만 전념할 수 있는 환경이 되었고, 아이 역시 매일 엄마의 아픈 모습을 보며 속을 태우지 않아도 되니, 무엇 하나 나쁜 건 없다고 저를 다독였습니다. 저는 고추장, 초고추장 같은, 아이가 제게 들려주었던 여러 우스개 이야기들을 하나씩 기억해내면서 웃음을 향해 제 마음의 조깅을 시작했습니다.

누구에게나 생존 본능이 있을 겁니다. 어떤 다급한 상황에 처하게 되었을 때 살기 위해서는 어떻게 하는 것이 좋을지 본능적으로, 또 직감적으로 느껴지는 바가 있을 겁니다. 저 역시 그랬습니다. 이런 것들을 이렇게 하지 않으면 내가 도저히 살 수가 없겠다, 또는 이렇게 해야만 내가 살 수 있겠다 싶은 것들이 있었습니다.

암 진단을 받고 제가 제일 먼저 시도했던 것 중 하나는, 인간관계에서 파괴적이고 끊임없이 제 에너지를 소모하게 하던 관계들을 정리한 것입니다. 너무 많은 스트레스를 주고 견디기 어렵도록 저를 힘들게 하던 사람들을 인생의 금 밖으로 밀어냈습니다. 다 용서

한다, 그러나 두 번 다시 만나지는 않겠다. 미워하지는 않겠다, 그러나 더 이상 인연을 맺지도 않겠다. 그렇게 정리하고 마음과 생활 밖으로 떠나보냈습니다. 과거의 어떤 일을 용서한다는 것은 그 과거와의 완전한 결별이 전제될 때 가능한 것 같습니다. 용서란 과거의 파괴적인 상황이나 왜곡된 관계를 그대로 포용하고 이해하고 유지하겠다는 의미가 아니니까요. 제가 인연을 끊었다고 해서 그것을 버림받았다고 생각하거나 슬퍼하거나 낙담할 사람은 별로 없는 것 같습니다. 그 사람들에게는 제가 소중한 존재가 아니었기 때문에 저를 그렇게 대했던 것이고, 그 사람들과의 인연을 저 스스로 붙잡고 있었던 것뿐이니까요. 사람 이야기가 나온 김에 한 가지 더 이야기하고 싶은 것은, 드러내놓고 나를 힘들게 하는 사람들 못지 않게 위험한 관계는, 절대 비난받을 행동은 하지 않지만 끝없이 나를 지치게 만드는 사람들인 것 같습니다. 얼굴을 마주하고 만나면 다정하고 사려 깊고 반듯해서 그 사람에게 잠시나마 서운함을 품었던 저 자신을 책망하게 되지요. 그러나 제가 간절히 그 사람과의 만남이나 대화가 필요할 때는 그 사람은 절대로 내 옆에 없습니다. 언제나 그 사람이 나를 필요로 할 때만 내가 그 사람 옆에 있게 됩니다. 뭔가 이건 인간적으로 아니다 싶고, 그 관계가 나를 힘들고 지치게 하는데, 상대편을 향해서는 뭔가를 서운해하거나 원망할 수도 없는 이상한 힘의 불균형 관계. 이런 관계는 내면의 에너지를 야금야금 갉아먹는 것 같습니다. 표면적으로는 원활한 관계인 것처럼 보이지만 에너지를 소모하게 할 뿐 정서적으로 안정감을 주지 못하는 이런 관계들도 한 번쯤 되짚어봐야겠단 생각이 듭니다.

제가 살기 위해 붙잡은 또 다른 한 가지는 앞에 이야기한 '웃음'입니다. 엔도르핀의 효과일까요. 슬픔이나 상처받은 마음을 그때그때 치유하고 새롭게 힘을 얻는 데 웃음의 효과가 매우 강력하다는 것을 실감하고 있습니다. 가령 눈물 나는 일이 생겼을 때, 인터넷에서 '초보운전자의 실수' 같은 동영상들을 찾아보며 혼자 크게 웃다 보면 슬펐던 마음의 자리에 따뜻한 에너지가 고여 오고 있음을 느끼게 됩니다. 웃음은 다른 사람에게 의존하고 싶어 하는 제 마음을 조절하는 일도 도와줍니다. 아파본 사람들은 이해하겠지만 아프면 의존하고 싶은 마음이 자꾸 생깁니다. 저는 잔여 수명이 얼마 남지 않았다는 이야기까지 들은 상황이고 보니, 만약 제게 무슨 일이 생길 때를 대비해서 가족에게 미리미리 당부해두고 싶은 것들이 떠오를 때도 있습니다. 그러고 보면 저는 병원 치료를 받으며 어쩔 수 없이 가족에게 의존해야 하는 현재 상황에서뿐만 아니라, 제게 불확실해진 미래까지도 의존하려고 하나 봅니다. 건강이 부실할 때 누군가에게 의존하고 도움을 받는 것이 나쁜 일은 아니겠지만 의존을 받아줘야 하는 입장에 있는 사람들은 더 강인한 척 해야 하고, 또 의존하는 사람은 스스로를 지탱하는 힘이 부식되어 가는 부작용도 있는 것 같습니다.

의존하려는 심리는 결국 불안감에서 비롯되는 것 같은데 웃음은 확실히 불안감을 바람직한 방향으로 통제해줍니다. 불안감을 느끼는 마음을 꼭 안아주고 미래에 대해 낙관하도록 다독여줍니다. 괜찮아, 잘될 거야, 다 괜찮아질 거야, 이런 낙관의 메시지를 선물로 안겨줍니다. 그래서 웃는 능력은 인간이 가진, 자신의 환경에 대한 적응 수단이라는 이야기가 나오나 봅니다.

언제나 새 출발은 가능할 겁니다. 언제나 웃는 것도 가능할 겁니다. 아이를 처음으로 제 옆에서 떠나보내고 갑자기 적막해진 집에서 어떤 세월을 열어가게 될까요. 여하튼 또 다른 작은 출발을 시작하는 게지요. 빛나는 웃음을 웃으면서요. 한 번 살다가는 인생인데, 암이 제게 인생을 다시 살라고 하는데, 이 소중하고 귀한 인생, 환희롭게 웃으면서 살아가고 싶습니다.

몸의 소리, 몸의 욕망

댄스

학교에서 맡았던 원고 작업을 끝내고 나면 제일 먼저 하고 싶던 일 중의 하나가 댄스를 배우는 것이었습니다. 그 당시에는 취미로 배워두면 좋겠다고 단순하게 생각했었지만, 지금 돌아보니 제 몸이 간절하게 운동을 원했던 것이 아니었나 싶기도 합니다. 저는 규칙적으로 하는 운동이 없었고 또 많이 걷지도 않았습니다. 거의 하루 종일 책상 앞에 앉아서 생활했고 돌아다니거나 움직이는 것을 좋아하지 않았으니, 아마도 숨쉬기운동 외에는 한 것이 없었을 겁니다. 온갖 스트레스를 몸에 쌓기만 하고 발산하거나 해소할 기회를 갖지 않았던 것이지요.

원고를 쓰다 지칠 때면 스포츠 댄스를 배울까, 벨리 댄스에 도전해볼까, 잠시씩 궁리해보며 춤을 추는 모습을 상상해보곤 했었습니다. 잡지사에 근무하던 이십 대 시절, 매달 잡지가 발간되고 나면 기자들이 함께 회식을 하고 나이트클럽에 가기도 했었는데 그 당시에도 무대에 나가 춤을 추지 않고 그냥 자리만 지키고 앉아 있었을 만큼 춤과는 거리가 먼 생활을 해왔습니다. 그러니 근사하게 춤추는 모습을 상상해보려 해도 상상 속에서조차 어딘가 어색하기만 했습니다. 그런 어색함에도 불구하고 댄스를 배워보고 싶은 생각이 있어 틈틈이 문화센터의 댄스강좌 프로그램을 찾아보았더랬지요. 연구원에 원고를 넘겨주자마자 정기검진을 받기 위해 병원을 찾게 되었고, 댄스를 배우려던 계획과는 달리 지금 부지런히 병원을 오가는 신세가 되었습니다.

저는 심각한 '음치'이고 또 '몸치'입니다. 사람들 눈에 띄는 것을 좋아하지 않는 데다 재주까지 없으니, 사람들과 함께 어울리는 가무에 매우 취약합니다. 그래도 분위기를 깨지 않으려고 사람들이 자꾸 노래하라고 권하면, 못하는 노래이나마 한 곡씩 부르려고 노력하는 편이었습니다. 그러다 언젠가 학교 동료로부터 좀 충격적인 이야기를 들었고 그 뒤로는 아예 입을 다물어버리게 되었습니다. 그 당시 술자리에서는 종종 운동권 노래가 울려 퍼졌습니다. 그날은 앉은 순서대로 돌아가면서 한 곡씩 불러야 하는 분위기여서, 저도 새로 익힌 운동권 노래를 열심히 불렀는데, 제 노래가 끝나자마자 바로 옆에 앉아 있던 동료 한 명이 비웃는 웃음으로 제게 이야기하는 겁니다. "자기는 노래를 참 못한다. 어떻게 하면 노래를 그렇게 못할 수 있니? 정말 웃겼어." 그 동료의 말이 제게 상처가 되었나 봅니다. 그다음부터는 사람들 앞에서 노래를 부르기가 몹시 힘들어졌습니다. 춤도 재주가 없기는 마찬가지입니다. 리듬감이 있는 사람들은 음악에 맞춰 몸을 자연스럽게 잘 움직이는데, 저는 몸을 움직이는 것 자체가 쑥스럽고 어색해서 아무리 노력해도 꾸어다놓은 보릿자루처럼 쭈뼛거리게만 됩니다.

그러나 잘하지 못한다고 해서 즐기지 못하는 것은 아니겠지요. 여러 운동 중에서 문득 댄스를 떠올렸던 것은 아마도 춤의 즐거움에 대한 기억이 희미하게나마 남아 있기 때문이 아닌가 싶습니다. 돌아보면 제 몸이 느꼈던 댄스의 즐거움, 그 원형은 아주 오랜 시간을 거슬러 올라가서 대여섯 살 무렵의 어린 시절에 있는 것 같습니다. 교육에 열성이던 어머니는 제가 초등학교에 입학하기 전부터 저를 무용, 피아노 학원 등에 보냈습니다. 피아노는 몇 년 배웠지만 무용 학원은 서너 달 다니다 그만두었던 것 같은데 그때 춤추는 몸이 느끼는 기분 좋음, 자유로움 같은 것을 잠시 맛보았던 듯싶습니다. 무용을 배우는 것이 싫어 그만둔 게 아니니 아쉬움이 남아 있기도 했을 겁니다. 무용 학원에서 제가 나이가 제일 어린 수강생이었는데, 수업 중간에 쉬는 시간이 되면 제게 환자 역할을 시키고 언니들이 병원 놀이를 하면서 주사를 놓는다고 제 팔과 엉덩이를 손가락으로 찔러댔던 것 같습니다. 환자 역할이 너무 싫어 학원 안 가겠다고, 무용 배우기 싫다고, 울며 어머니에게 떼를 썼던 기억이 납니다.

면역력이 약화된 상태라서 사람들이 많이 모인 곳에는 가지 못하고 또 뼈 전이로 인해 왼쪽 어깨와 팔을 잘 사용하지 못하니, 지금 상황에서는 문화센터 같은 데서 댄스를 배우기는 힘들고요. 무슨 방법이 없을까 궁리해보다 몸 상태가 괜찮은 날이면 인터넷 동영상을 보면서 혼자서 잠시씩 스텝을 따라 해봅니다. 또 그때그때 기분에 따라 듣고 싶은 음악을 켜놓고 몸이 원하는 대로 그냥 움직여봅니다. 댄스라고 이름 붙이기는 뭣하지만, 움직이고 싶은 대로 음악 따라 움직이며 제 몸의 소리들을 풀어놓아주는 것이지요. 날이 흐려서 몸이 더 쑤시는 것 같은 날에는 탱고 음악을, 오후의 허전한 시간에는 트로트 메들리를, 힘이 좀 생길 때는 대학 시절에 즐겨듣던 디스코 음악을 켜놓고 혼자 몸을 움직여봅니다. 5분 남짓, 길어야 10여 분 정도 움직이면 피곤이 몰려와서 멈춰야 하지만 그 짧은 시간 동안에 몸이 숨을 쉬고 활기차지고 자유로워지는 것을 느낍니다.

아프면서부터 그만둔 일들이 많습니다. 돈 버는 일을 못 하게 되었고 집안일도 못 하게 되었고 편찮으신 부모님을 매주 방문하던 일도 못 하게 되었습니다. 또 이런저런 모임과 지인들의 경조사에 참석하는 일도 못 하게 되었습니다. 반면에 새로 시작하거나 예전부터 해오던 일이지만 좀 더 규칙적으로 하게 된 일들이 있습니다. 가령 매일 산을 산책하고 기도하고 명상하는 일, 제때 먹고 자고 피곤하면 쉬는 일, 자꾸 웃고 춤을 추는 일 등입니다. 지금은 혼자서

춤 흉내를 내면서 놀고 있지만 언젠가는 학원이나 문화센터에서
더 잘 배울 날이 있을 거라고 생각합니다. 그러다 보면 댄스를 즐기
는 은발의 할머니로 노년을 흥겹게 살아갈 수도 있겠지요.

나를 살게 하는 것들

숲, 봄빛, 햇살

산으로 걸어가는 길, 몸에 와 닿는 햇살이 너무도 따뜻했습니다. 우주를 감도는 봄의 선연한 기운들이 몸 안으로 쏟아져 들어오는 것 같았습니다. 편안한 기분으로 산 입구에 들어서면서 어느 날처럼 산에게 먼저 인사를 건넵니다. 산아, 잘 잤니. 나도 푹 잘 잤어. 이렇게 집 가까운 곳에 네가 있어서 참 좋구나. 매일 숲길을 걸을 수 있게 해줘서 감사해. 나무들아, 잘 잤니. 하룻밤 자고 나더니 더 싱그러워지고 푸르러졌네. 정말 반갑구나. 이렇게 튼튼하게 자라고 있어서 참 고마워. 흙아, 잘 잤니. 너한테서 풍기는 흙냄새가 참 좋구나. 네가 몸에 기운을 주는 것이 느껴져. 저는 운동화 끝에 닿는 돌멩이에게도, 맑은 공기에게도 차례차례 아침 인사를 합니다. 숲길을 걷는 동안 제가 하는 일은 여러 가지인데, 그중 하나는 정신을 집중해서 몸이 온전하게 치유되는 상상을 하는 것입니다. 상상은 주로 다음과 같은 순서로 진행되지요.

빛나는 햇살 줄기가 몸 안으로 깊숙이 들어옵니다.

스며들어온 햇살이 아픈 세포를 하나하나 부드럽게 어루만집니다.

햇살은 세포의 상처를 정성껏 닦아주고 치료해줍니다.

아파서 까맣게 변했던 세포의 까만색이 조금씩 벗겨집니다.

햇살이 만져줄수록 세포는 맑고 깨끗해지기 시작합니다.

어느 순간 햇살이 세포에게 이야기해줍니다.

참 많이 아팠겠구나. 얼마나 힘이 들었니. 정말 고생이 많았다. 그러나 이제는 괜찮아. 아픈 곳을 아주 잘 치료했단다. 두 번 다시는 아프지 않을 거야. 곧 건강해질 거야.

햇살의 뒤를 이어서 저도 세포에게 속삭입니다.

아주 잘 보살필게. 충분히 먹고 자고 쉬면서 네가 기운을 되찾고 튼튼해지도록 잘 돌볼게. 아픈 곳을 닦아내니 이렇게 예쁜데 그동안 잘 지켜주지 못해 정말 미안하구나. 아픈 거 견디며 지금까지 살아 있어줘서 참 고맙다.

햇살이 세포에게 다시 이야기합니다.

이제 일어나서 아주 조금씩 움직여볼까. 주변을 둘러보렴. 건강한 세포 친구들이 너를 사랑하고 응원하고 있단다. 네가 잘 나은 다음에 함께 신나게 놀려고 너를 기다리고 있단다. 그래, 움직여지지? 네가 일어나니까 친구들이 기뻐하고 좋아하는구나. 정말 장하

다. 훌륭해. 아픈 것 잘 털고 일어섰구나. 이제 틀림없이 건강해질
거야.

저는 계속 상상합니다.

아팠던 세포가 머물던 어두운 공간에 햇빛이 풍성해집니다.
건강한 세포들은 힘을 모아 신나게 청소를 시작합니다.
유리창을 열어 환기를 시키고, 요술쟁이들처럼 빗자루를 타고 날
아다니며 구석구석 깨끗이 쓸고, 반짝반짝 윤이 나도록 바닥을 닦
습니다.
정갈하게 청소된 공간을 보며 아팠던 세포가 기분이 좋아져서 빙
긋이 웃습니다.
건강한 세포들 역시 더욱 기분이 좋아져서 크게 웃습니다.
그리고 함께 손잡고 뛰놀며 즐거워합니다.

마치 한 편의 뮤지컬을 연출하듯이 제 상상은 노래와 춤과 줄거
리가 곁들여집니다. 세포들이 어느 날은 「곰 세 마리」 같은 동요에
맞춰 흥겹게 율동을 하고, 어느 날은 함께 소꿉놀이를 하면서 진달
래 꽃잎을 땁니다. 또 어느 날은 하늘하늘한 드레스와 멋있는 턱시
도를 차려입고 파트너를 바꿔가며 웅장한 왈츠를 추기도 합니다.
상상을 마치기 전에 저는 아픈 세포들에게 꼭 이렇게 말합니다.

"새로 태어난 예쁜 내 아가들아. 엄마가 아주 잘 돌볼게. 너희가 건강하게 살아가도록 사랑하고 아끼고 보살필게. 다치지 않도록 철저하게 보호할게. 엄마하고 쬠쬠도 하고 도리도리도 하면서 무럭무럭 건강해지자. 사랑한다. 이렇게 다시 살아나줘서 참 고맙다."

그러면 갓 태어난 아가처럼 여리던 세포들은 어느새 자라나서 팔짝팔짝 뛰노는 개구쟁이가 되어 있습니다. 그리고 오히려 저를 격려해주기도 하지요.

"이제 괜찮아요. 너무 염려마세요. 주사 맞고 힘이 들어서 누워 있었는데 기운이 생겼어요. 기분이 좋아졌어요. 즐거워요. 재밌어요. 내일도 또 이렇게 놀아요."

한 등성이 걷고 나서 소나무가 많은 지점에서 휴식을 취합니다. 싱싱한 솔향기가 몸으로 스며듭니다. 중학교 때 배웠던 국민체조 동작을 떠올리면서 가볍게 체조를 하면, 숲과 제가 하나가 된 듯 마음과 몸이 푸르러져가는 것을 느낍니다. 저는 또 상상을 시작합니다. 제가 맞고 있는 항암제가 몸에 부작용을 일으키는 독한 화학 물질이 아니고, 이 숲의 솔향기와 부드러운 흙 기운과 투명한 햇살의 따뜻한 기운을 가장 좋은 비율로 담고 있는 이 세상에서 가장 근사한 약이라고 상상합니다. 나무들로부터 뿜어져 나온 피톤치드phytoncide와 청량한 공기 속의 산소와 숲의 맑은 음이온들, 그리고 태양이 공급해주는 모든 좋은 것들이 항암제 안에 알차게 담겨 있어서, 항암제가 몸의 혈관을 타고 돌면서 아픈 곳을 완벽하게 치료해주고 몸의 면역력을 높여주고 세로토닌serotonin 등의 좋은 호르몬이 듬뿍 생성되도록 도와준다고 상상합니다. 그리고 역할을 무사히 마친 항암제가 제 몸 안에 머무르지 않고 '안녕'하고 인사하며 몸 밖으로 깨끗하게 빠져나가는 것을 상상합니다. 이렇게 상상하다 보면 항암제에게 저절로 감사한 마음이 생깁니다. 마음에서 우러나서 고맙다는 인사를 하게 되지요.

> "내가 잘 낫도록 도와줘서 참 감사하구나. 네가 나를 도와주는 것이 헛되지 않도록 꼭 건강해질게. 언젠가는 웃으면서 작별할 수 있도록 건강해질게."

저는 병원 외래 주사실에서 항암 주사를 맞을 때도, 링거ringer 병에 예쁜 스마일 마크가 붙어 있는 것을 상상합니다. 그러면 마치 항암제가 '잘 낫도록 도와줄 테니까 아무 염려하지 말라'고 웃으면서 속삭이는 것 같지요. 마음 같아서는 문구점에서 스마일 마크가 크게 그려진 노란색 스티커를 사서 링거 병에다 붙여놓고 주사를 맞고 싶지만 복잡한 외래 주사실에서 유난한 행동을 하는 것 같아 그러지는 못하고, 그냥 혼자서 상상만 합니다.

매일 한두 시간 정도씩 머무는 저희 집 근처의 숲은 제게 상상을 마음껏 펼치고 놀 수 있는 스케치북과 수십 가지 색깔의 물감 역할을 해줍니다. 때로는 연주하고 싶은 음악을 마음대로 연주할 수 있도록 기타와 바이올린, 하모니카와 아코디언, 탬버린과 트라이앵글 같은 악기가 되어주기도 합니다. 숲길을 걷는 동안 황홀하게 예쁜 색깔로 제가 바라는 것들을 마음껏 그려볼 수 있습니다. 이처럼 산은 제 눈물을 닦아줄 뿐만 아니라 제가 희망을 꽉 붙잡도록 상상의 통로를 만들어주기도 합니다. 하루 이틀 산길을 걷는 날이 쌓여갈수록 마음이 평화로워지고 체력이 생기는 것을 느낍니다. 숲에는 사람을 살려가는 싱그럽고 무성한 기운이 가득한 것 같습니다.

오늘은 산길을 내려올 때 서너 걸음 뛰어보기까지 하였습니다. 비틀거리지 않고 잘 뛸 수 있었습니다. 자랑하고 싶어서 옆에서 재빠른 솜씨로 나무를 오르고 있는 다람쥐에게 말을 걸었습니다. "예쁜 다람쥐야, 봤지? 방금 나 뛰는 것 봤지? 나도 너처럼 건강해지고 있어. 나도 내가 원하는 나무를 너처럼 잘 기어오를 수 있을 거야." 다람쥐가 나뭇가지 위에서 저를 위해 박수를 쳐주는 것 같았습니다.

산에서 넉넉하게 시간을 보낸 덕분일까요? 오늘 점심밥은 특히 맛있었습니다. 어떻게든 먹어야 해서 먹는 게 아니라 건강한 허기 같은 것이 수저를 들게 했습니다. 밥 한 그릇을 깨끗이 비우고 과일을 먹었습니다. 저녁때는 망설이다가 크게 용기를 내봤습니다. 항암을 시작한 뒤로는 저녁 시간대에 외출을 해본 적이 없었는데 오늘은 잠시 나갔다와도 괜찮지 않을까 싶었습니다. 이웃 친구 두 명과 함께 집 근처의 카페에 갔습니다. 너무나 감사하고 행복하고 즐거웠습니다. 오가는 시간을 포함해서 불과 한 시간 남짓한 짧은 저녁 외출이었지만, 이 시간대에 바깥나들이를 할 수 있는 체력이 생겼다는 사실 자체가 제게 희망을 주었습니다. 한가한 찻집의 커피 향기 속에서 친구들과 대화를 나누며 제가 암 환자라는 사실을 잠시 까맣게 잊을 수 있었습니다.

씻고 자러가기 전에 이 좋은 기분을 글로 쓰고 있습니다. 하루가 달리 봄입니다. 이 아름다운 봄에 제가 오늘과 같은 기쁜 선물을 받는 것은 언제나 한결같이 저를 맞아주는 숲의 풍성한 기운을 받은 덕분인 것 같습니다. 또 가족과 지인들의 기도와 사랑 덕분이기도 하겠지요. 내일도, 모레도 저는 오늘과 같은 선물을 받을 수 있을 거라고 믿고 싶어집니다.

저처럼 몸이 심하게 아픈 사람도 봄의 충만한 기운을 받아 행복한 하루를 보냈습니다. 저 같은 암 환자 아줌마의 인생에도 봄이 오는데, 저보다 건강하거나 집안일을 더 할 수 있거나 마음대로 다닐 수 있거나 원한다면 비행기를 타고 해외에도 나갈 수 있는 사람들의 튼튼하고 자유로운 인생에 어찌 봄날이 오지 않을 수가 있겠습니까. 누구에게나 하나밖에 없는, 나에게도 하나밖에 없는, 봄꽃들

만큼이나 찬란한 목숨이 있는 한 아무리 힘든 일이 있어도 우리의 귀중한 삶은 계속되기 마련이고, 이 아름다운 계절은 잊지 않고 해마다 우리를 찾아오겠지요.

선한 사람들
생각하기

지금까지 살면서 종종 하게 되는 생각 중의 하나
가 제가 인복이 많다는 것입니다. 주변 사람들로부터 사랑과 도움
을 받는 복을 인복이라고 한다지요. 제가 사람들에게 특별히 잘하
는 것도 없고 또 넉넉히 베푸는 것도 별로 없는데, 힘든 순간마다
누군가의 도움을 받아 고비를 무사히 넘어가게 되니 정말이지 제
게 주어진 이 과분한 복이 감사할 따름입니다.

지금 밖에서 청소기를 돌리고 있는 아주머니만 해도 그렇습니
다. 지금까지 저는 도우미 아주머니를 불러본 적이 거의 없었습니
다. 아이가 기어 다니던 시절에 손목 인대를 다쳐서 두 달 정도 도
우미 아주머니를 불렀던 것이 다였습니다. 도우미 아주머니를 부
를 만큼 넉넉한 형편도 아니었고 또 단출하게 세 식구 사는 살림에
그다지 도움받을 일이 많지도 않았습니다. 집안 살림에 다른 사람

이 손대는 것이 신경 쓰이기도 했고요. 무엇보다도 제가 다른 사람에게 뭘 지시하거나 부탁하는 일에 서툴러서 저 스스로가 스트레스를 받습니다. 〈거침없이 하이킥〉이라는 시트콤sitcom에서 나문희 여사가, 도우미가 집안일 하는 것이 황송하고 미안해서 차 끓여주고 밥 차려주고 내가 할 테니 그만 쉬라고 하고 일을 마치고 가는 도우미를 집 밖까지 배웅하면서 돈을 더 쥐어주는 장면이 나오는데, 저도 나문희 여사와 비슷한 유형의 사람일 겁니다. 요즘은 냄비하나 제대로 들지 못하는 상황인지라 도우미 아주머니를 부르긴했으나, 낯선 환경에서 일하는 아주머니보다 제가 더 긴장감을 느꼈던 것 같습니다. 그런데 아주머니가 무엇보다 마음을 썩 편안하게 해줍니다. 이것저것 묻지도 않고 마치 제가 집에 없는 것처럼 자연스럽게 일을 합니다. 제가 했을 때보다 더 마음에 쏙 들게 저희 집 일을 돌봐줍니다. 어찌나 깨끗하고 깔끔하게 일을 하는지 아주머니가 다녀간 날이면 집안이 유리알 같습니다. 말씀도 별로 없습니다. 그러나 제 건강을 위해 채소나 과일을 한 번이라도 더 깨끗하게 씻으려고 애쓰는 게 느껴집니다. 오늘은 새 김장독을 열었더니 김치가 시원하고 맛있다면서 김치를 한 통 싸갖고 왔습니다. 돈으로 계산될 수 없는 아주머니의 따뜻한 마음을 느낍니다.

항암 치료를 시작하고 몇 번의 고비가 있었습니다. 마치 심한 입덧을 하는 임산부처럼 음식 냄새를 맡기만 해도 속이 울렁거려 제대로 먹지 못할 때도 있었고, 통증 때문에 몹시 앓아야 했던 때도 있었습니다. 그럴 때마다 기다렸다는 듯이 마음에 희망을 지피고 힘든 것들을 극복하게 하는 도움들이 있었습니다. 음식을 못 먹던 때는 토마토 주스가 저를 살렸습니다. 암 환자를 가족으로 둔 분이 특별히 만들었다는 걸쭉한 토마토 주스 여러 병을 선물 받았는데, 다 토하는 중에도 그 주스만은 달게 마실 수 있었습니다. 마음이 움츠러들고 두려움이 엄습할 때는 또 기다렸다는 듯이 용기를 주는 책들이 우편으로 배달되어왔습니다. 항암 주사가 몹시 힘들던 어느 날인가는 수북이 쌓인 메일과 그 안에 담긴 진솔한 사연들이 저를 웃게 해주었지요. 어떤 날은 너 살려달라고 평생 처음으로 간절한 기도를 하고 있다는 전화 속 아버지의 목소리가 저를 일으켜 세우기도 했습니다. 힘든 고비들이 있지만 그 힘든 순간을 넘어갈 수 있게 하는 사랑과 도움들이 함께 오는 것을 느낍니다.

이웃 친구가 했던 말이 떠오릅니다. "누구든지 자기 주변에 인생을 선하게 살고 있는 사람을 10명 정도 가지고 있는 사람은 대단한 행운아"라는 이야기를 들었답니다. 찬찬히 헤아려보았더니 자기가 정말 대단한 행운아임을 알게 되었다고 했습니다. 그 이야기를 들은 날, 저도 잠들기 전에 곰곰이 헤아려보았습니다. 그리고 저 또한 얼마나 대단한 행운아인가를 뿌듯하게 깨달았습니다.

마음의 평온함을 유지하려 애쓰다가도 어느 순간 휘청할 때가 있습니다. 기적이 일어나지 않는 한 살아 있는 동안 계속될 거라는 항암 치료를, 또 살기 위해서는 계속 받아야 한다는 항암 치료를 내가 언제까지 견뎌줄까 하는 생각이 들면 우울해집니다. 그러나 마음을 추스릅니다. 기적은 멀리 있거나 멀리서 오는 것이 아니라 힘들 때마다 누군가의 도움으로 이렇게 고비를 넘고 있는 자체가 바로 기적이라는 생각을 하면, 내일 일을 미리 걱정할 게 아니다 싶어집니다.

오늘도 산에서 길게 산책을 했습니다. 봄이라 유치원 꼬마들이 소풍을 나왔더군요. 귀여운 제 조카들 생각이 나기도 하고 또 꼬마들이 눈부시게 밝고 예뻐서 한참을 바라보았습니다. 인생에서 배워야 할 모든 것은 유치원 시절에 배웠다는 책 제목이 있었던 것 같습니다. 어린 시절에 천진난만하게 느끼는 것들이 삶에서 배워야 할 것들의 본질일 수도 있을 겁니다. 유치원 시절에 배운 것들을 제가 제대로 실천하고 있는 것은 아픈 다음부터인 것 같습니다. 내일의 걱정은 내일에 맡기고 삶의 유한함 속에서 오늘을 마음껏 기뻐하고 즐기고 행복해하기. 삶이 주는 경이로운 축복들을 온몸으로 느끼고 받아들이기. 저 햇살처럼, 저 나무들처럼, 묵묵히 자기 자리에서 하루하루를 살아가기.

저녁때는 도우미 아주머니가 가져온 김치를 쫑쫑 썰고 콩나물을 서너 줌 넣어 시원한 김칫국을 만들어 먹고 싶습니다. 토실토실 살이 오른 갈치구이와 함께요. 제가 직접 음식을 하지는 못합니다. 말로만 하지요. 감사할 정도로 인복을 누릴 뿐만 아니라 인생을 선하게 살아가는 사람들을 10명보다 훨씬 더 많이 가까이 두는 행운을 누리고 있습니다. 게다가 이렇게 입으로 이야기하는 것만으로 먹고 싶은 것을 먹고 있으니 이것 또한 얼마나 고마운 일인지 모르겠습니다. 아픈 것 하나 빼면 더할 것도 덜할 것도 없이 만족스러운 것 같은 내 삶. 그런데 아프기 전에는 어찌 그리 만족스럽지 못했던 것일까요. 지금은 아프면서도 마음 내려놓을 곳이 이리 많은데 아프기 전에는 어찌 제 마음 하나 둘 곳이 그리도 없었던 것일까요. 이래서 알다가도 모르겠는 것이 인생이라고 하나 봅니다. 인생 공부, 정말이지 끝이 없습니다.

가볍게 생각하고
가볍게 사랑하고

산으로 가는 길은 모든 옛사랑을 내려놓는 길입니다. 어제 이곳에는 하루 종일 가랑비가 내렸습니다. 잠시 망설이다 옷을 단단히 여미고 우산을 쓰고 여느 때처럼 산으로 갔습니다. 비가 와서 인적이 더욱 드물고 한산했지요. 산은 제 마음처럼 비에 젖어 있었습니다.

어느 집단의 사람에게나 사회적인 고정관념이 작용합니다. 암 환자 집단도 예외는 아닙니다. 어느 집단의 사람들이 공통적으로 어떤 특성을 갖고 있을 거라고 보는 것을 고정관념이라고 하지요. 암 환자 집단의 사람들에게 적용되는 고정관념 중 하나는, 암 환자들은 보통 다음과 같은 감정의 단계를 거쳐 자기 병을 수용하게 된다는 것입니다. 오진일 거라는 '부정의 단계', 왜 내가 병에 걸려야 하느냐는 '분노의 단계', 살려만 준다면 어떤 일을 어떻게 하겠다고 하느님과 협상하는 '타협의 단계', 그 모든 것이 소용이 없음을 알고 빠져드는 '우울의 단계', 그리고 모든 것을 받아들이는 '수용의 단계'.

저도 아프기 전에 이런 글을 읽었다면 그럴 듯하다고 생각했었을 겁니다. 하지만 제가 당사자가 되어보니 반드시 그렇지만은 않더군요. 병을 진단받고 저는 '수용의 단계'부터 시작했던 것 같습니다. 특히 '왜 하필이면 내가' 하는 생각은 해보지 않았습니다. 아프기 전의 제 삶이 과히 평탄하지 못해서였을까요. 인생에서 일어나는 모든 일은 제 삶에서도 일어날 수 있다는 것을 뼈저리게 느끼고 있었습니다. 모든 좋은 일, 행복한 일, 악몽 같은 일, 그래서 다음 순간 세상이 완전히 달라져 보이는 그 어떤 일도 어느 날 갑자기 누구한테나 일어날 수 있으며, 그 '누구한테나' 속에는 저 역시 포함될 수 있음을 깨달을 만큼은 세상을 살았던 나이였나 봅니다.

수용의 단계에서 시작했다고 해도 제가 겪어온 감정의 파장들은 아마 다른 환우들의 경험과 크게 다르지 않을 겁니다. 절실하게 겪는 감정은 절대적인 고독입니다. 사랑하는 사람들이 없어서가 아닙니다. 저를 사랑하는 사람들이 부족해서가 아닙니다. 사랑하는 사람들을 두고 언제 떠나야 할지 모르는, 앞날을 기약할 수 없는, 생명이 유한하다는 것은 불변의 진리이지만 그 유한성을 순간순간 자각하지 않을 수 없는 사람의 고독이겠지요.

고독 덕분일까요. 가볍게 살고 싶다는 소망을 갖게 되었습니다.

깃털처럼 가볍게 웃고 풀꽃처럼 가볍게 생각하고 흰 구름처럼 가볍게 흐르면서 살고 싶어졌습니다. 사랑도 가벼운 사랑이 좋아졌습니다. 눈물 흘리며 결별을 아파하는 사랑이 아니라, 마음에 간직하되 미련이나 집착을 두지 않는 사랑이 좋아졌습니다.

산으로 가는 길은 지금까지의 모든 사랑들을 내려놓는 길입니다. 잘 놓아지지 않는 사랑들이 그림자처럼 나를 따라오면 마음 한 끝이 따뜻한 것도 같고 시큰한 것도 같습니다. 잘 맞아들이는 것만이 사랑이 아니라 잘 떠나보내는 것 역시 사랑임을 느끼면서, 뒤돌아봐지는 사랑들조차 놓아줍니다.

어제 산에는 비가 내렸습니다. 우산을 쓰고 숲길을 걸으며 아무도 없는 곳에서 한 번쯤은 소리 내어 사랑아, 옛사랑아, 불러봤는지도 모르겠습니다. 이렇듯 하루하루 지금까지의 사랑들을 놓아갑니다. 이렇듯 매일매일 새로운 사랑을 배워갑니다.

하룻밤이면
저 많은 꽃들이 피어나는데

　　암 진단을 받았을 때 사람들이 저를 위로하기 위해 가장 많이 했던 이야기는 "요즘은 의학이 발달해서 수술 받고 잘 관리하면 암도 괜찮다"는 거였습니다. 심지어 "작가는 암에도 걸려봐야 한다"는 엉뚱한 위로의 말을 건네는 사람도 있었는데, 저는 작가를 안 해도 좋으니 암을 반납하고 싶은 심정이었지요. 하지만 이미 리본을 풀어버린 선물 상자를 무를 방법은 어디에도 없었습니다.

　얼마 뒤 저는 사람들한테 다시 한 번 위로를 받아야 하는 상황을 맞이하였습니다. 정밀검사 결과 4기라는 진단이 내려진 것이지요. 그날은 아마 암이라는 소식을 듣던 날보다 눈앞이 더 캄캄했던 것 같습니다. 4기 진단을 받은 이후 사람들이 제게 했던 위로의 말은 단 두 문장으로 요약될 수 있을 것입니다. "희망을 잃지 마라"는 것과 "용기를 가져라"는 것이었지요. 이때는 어느 누구도 제게 의학이 발달해서 4기 암도 잘 치료받으면 괜찮다는 이야기는 하지 않았습니다. 수술, 항암제, 방사선치료 등 분명한 실체로 존재하고 있는 의학적·과학적 방법들을 구체적으로 지칭하면서 저를 위무하던 사람들이, 안타까운 표정으로 갑자기 '희망', '용기', '기도', '기적' 같은 추상명사를 언급하기 시작했습니다. 사람들은 제게 힘을 주고 싶어서 희망과 용기의 중요성을 거듭 강조했을 텐데, 참 이상하게도 그 당시의 저는 '희망'이라는 단어를 들으면 들을수록 제가 처한 상황에 희망이 없는 것처럼 느껴져서 마음이 아프던 기억이 납니다.

그때로부터 어느새 100일이 흘러가고 있습니다.•

제가 몸에 대해 얼마나 무지했던지 암이 임파선으로 전이되었다는 이야기를 듣고는 임파선이 우리 몸의 어느 부분을 지칭하는 용어인지를 몰라 인터넷에서 검색해보았습니다. 또 4기라는 이야기를 듣고 나서는 어떤 상태를 '4기'라고 하는지 알아보느라 다시 인터넷을 검색해보곤 했었습니다. 마치 낯선 외국어를 배우기 위해 첫 단계로 알파벳을 익히는 것처럼, 암 환자로 입문하면서 '혈액종양내과', '암 분화도histologic grade', 'HER2', '파클리탁셀paclitaxel', '무가스캔MUGA Scan' 같은 생소한 어휘들을 하나하나 찾아보고 익혀왔습니다.

그러고 보면 지난 100일 동안 암에 대해 마치 대학입시를 앞둔

• 이 글은 2008년 4월에 쓴 것입니다.

수험생처럼 공부해온 것 같기도 합니다. 서점에 나와 있는 암과 관련한 책들을 구입해서 읽었고, 신문과 잡지에 실렸던 암 관련 기사와 암 생존자들의 이야기를 하나하나 밑줄 쳐가면서 읽었습니다. '국가암정보센터' 등 암에 관한 정보를 제공하는 인터넷 사이트와 암 환우들이 모이는 암 카페 등을 종종 방문했고, 제가 맞고 있는 항암제에 관한 정보도 빼놓지 않고 읽어보았습니다. 또 미국 야후 yahoo 홈페이지에서 검색되는 영어권 국가의 유방암 연구 논문들과 환우 모임의 글들을 찾아 읽었습니다. 암과 연관한 보조치료 기법에 관한 자료들 역시 구해지는 대로 읽어왔고, 암의 심리적인 측면을 연구한 자료들도 부지런히 찾아보았습니다. 의학 용어를 잘 몰라서 충분히 이해하지 못한 부분들이 많지만, 4기 유방암과 연관된 자료들은 제가 구할 수 있는 범위 내에서는 어지간히 읽지 않았나 싶기도 합니다. 이렇듯 읽고 공부하는 일이 제 병을 직접 낫게 하는 것은 아닙니다만, 스스로를 위해 뭔가를 노력하고 있다는 자족감 같은 것은 느끼게 됩니다. 또 병원의 검사결과지 등을 이해하는 데 도움이 되기도 하지요. 무엇보다도 저처럼 4기 암 환우이면서 십몇 년씩 잘 살고 있는 사람들이 쓴 글을 직접 읽으면서, 나도 이렇게 살아갈 수 있겠구나 하는 구체적인 희망과 용기를 얻어왔습니다.

그러나 다른 환우들에게는 굳이 제가 해온 방법을 권하고 싶지는 않습니다. 저는 살면서 익숙하게 해왔던 일 중의 하나가 책이나 자료를 읽는 것이라서 크게 힘들이지 않고 제 병에 관한 자료들을 읽고 있습니다만, 이런 일에 익숙하지 않은 사람들에게는 오히려 이 일이 스트레스를 줄 수도 있을 것 같습니다. 공부에 익숙한 환우들이야 상관없겠습니다만, 그렇지 않다면 책이나 자료를 들여다볼 시간에 차라리 동네를 한 바퀴 산책하거나 산길을 걷는 편이 더 몸에 좋을 것 같습니다. 사람마다 처해 있는 상황이 다르고 질병이나 치료에 반응하는 마음도 다르기 때문에 제가 해보고 괜찮은 것 같다고 해서 뭔가를 함부로 권할 것은 아니라는 생각이 듭니다.

공부하는 일과 더불어서 제가 가장 많이 노력하는 것은 먹는 일입니다. 어떻게든 잘 먹고 체력을 키워 항암을 견뎌가려고 애쓰고 있습니다. 조금 전에도 고기를 먹고 왔습니다. 지금까지 살면서 이렇게 많은 양의 고기를 이렇게나 자주 먹는 것은 처음 있는 일입니다. 어떤 환우들은 항암 치료를 받는 중에도 기름기가 없는 닭 가슴살이나 오리 고기를 먹고 단백질을 보충하고 백혈구 수치를 높인다고 하는데, 저는 먹어본 결과 이것으로는 도저히 항암을 버틸 체력이 생기지가 않았습니다. 매주 강한 약제로 항암을 받고 또 언제 항암을 마칠 수 있을지 기약이 없는 저로서는 일단 기운이 있어야 치료를 계속 받을 수 있는데, 이런저런 시행착오를 겪으면서 쇠고기를 자주 먹는 것이 제일 힘을 준다는 것을 몸으로 느꼈습니다.

1인분을 먹는 날도 있고 2인분을 먹는 날도 있습니다. 먹는 게 내가 사는 길이라고 생각하며 먹을 수 있는 한 최대한 먹습니다. 숯불에 직접 구운 고기는 암 환자에게 좋지 않으니까 고기를 삶아 수

육 형태로 먹으라는 조언을 암 카페에서 여러 번 읽었습니다만, 저는 그냥 숯불구이로 먹습니다. 원래 수육 종류를 좋아하지 않아서 그렇겠지만, 아무리 노력해도 수육은 많이 먹을 수가 없었습니다. 숯불구이 고기 섭취가 가져올 수도 있는 나쁜 결과는 나중 문제이고 지금 당장 제 발등에 떨어진 다급한 불은 어떻게든 많이 먹고 항암을 견딜 체력을 키우는 것이므로, 그냥 제 입에 당기는 것으로 먹습니다. 맛이 있어야 많이 먹을 수 있으니까요. 소금에 찍어서도 먹고 상추에 싸서도 먹고 샐러드하고도 먹습니다.

정말 감사하게도 질 좋은 쇠고기를 먹을 수 있는 식당이 저희 집 가까이에 있습니다. 생활협동조합에서 직접 운영하는 음식점인데 야채뿐만 아니라 고기도 유기농으로 키운 것을 판매합니다. 예전에 아프기 전에 한 번 갔다가 음식값이 비싼 것을 보고 다시는 가지 않던 식당이었습니다. 그런데 요즘은 거의 매일이다시피 그 음식점에서 고기를 먹습니다. 쇠고기의 등심·안심이나 안창살 같은 부위는 엄청 비싼 가격을 받지만, 그 외의 다른 여러 부위를 섞어주는 좀 저렴한 고기 메뉴가 있다는 것을 알았거든요. 1인분에 1만 9000원입니다. 연하거나 고소한 맛은 덜하다 해도, 똑같은 유기농 쇠고기이니 이렇게 질 좋은 고기를 먹을 수 있음에 감사하면서 먹습니다. 이 가격도 사실 제 형편에는 많이 버겁지만 그래도 우선 먹고 병이 나아야 하니, 집을 팔아서라도 먹고 꼭 건강해지겠다고 각오를 다집니다.

일주일이면 네다섯 번씩 숯불구이 고기를 먹는 단골손님이 되고 나니, 서빙하는 종업원들이 게장 같은 맛있는 반찬을 더 갖다 주기도 하고 가끔씩은 서비스로 색다른 반찬을 주기도 해서, 고기를 먹은 다음에 밥도 잘 먹고 있습니다. 먹고 자고 숨 쉬면 그게 사는 거니까, 어떻게든 잘 먹고 잘 자고 산에 다니면서 잘 숨 쉬려고 노력합니다.

이렇게 먹고 공부하면서 몇 달을 지내고 나니 제가 제법 암 환자 생활에 익숙해진 것 같기도 하고, 어색하게만 느껴지던 병원 분위기에도 꽤 친숙해진 것 같습니다. 어제 오후만 해도 군데군데 봉오리가 맺혀 있던 개나리, 진달래가 오늘은 활짝 흐드러지게 피어났더군요. 하룻밤이면 저 많은 꽃들이 저렇듯 다투어 피어나는데, 100일 밤을 보내면서 제 안에서는 무엇이 피어났을까요. 홍옥처럼 붉은 인생의 꽃이 한 송이 피어났던 것도 같고 잠시씩 우주의 별빛이 쏟아져 내렸던 것도 같습니다. 무엇이 좋은 것이었고 무엇이 나쁜 것이었는지, 또 어떤 것이 기쁨의 길이었고 어떤 것이 슬픔의 길이었는지 우리가 더 길게 살아보지 않고서는 알지 못하는 것들이 있으니, 이 100일을 애정으로 기꺼이 맞아들입니다. 암이 문을 열어준 저의 다른 인생이 자유를 향해 가는 지름길일 수도 있지 않겠습니까.

희망을 향해
운명의 바퀴를 굴리다

제가 산책하는 산에는 새들이 많습니다. 꿩도 있고 참새도 있지요. 그중에서도 제일 자주 만나게 되는 새는 바로 까치입니다. 까치들이 산책객을 겁내지 않고 가까운 소나무 가지 위에서 날아다니거나 종종 뛰면서 사람 옆을 지나쳐가는 것을 쉽게 볼 수 있습니다. 까치는 우리나라 국조國鳥로, 희작喜鵲이라는 이름으로도 불린다고 합니다. 예전에 단독주택에 살 때 아침에 까치가 마당으로 날아오면 어머니는 오늘 반가운 손님이 오시려나 보다 하면서 웃었지요.

이번 주에는 산에 개나리와 진달래, 그리고 벚꽃이 한창입니다. 사람이 술에만 취하는 것이 아니라 꽃에도 취하고 색깔에도 취한다는 것을 요즘 느끼고 있습니다. 숲 속에 피어난 진달래의 고운 빛깔과 줄지어 선 개나리들의 화사한 노란빛 앞에서 어지러움마저 느끼게 됩니다. 꽃들이 이같이 눈부시니 까치들의 기분 역시 여느 때와 다르나 봅니다. 타는 꽃들 사이에서 더 활발하고 힘 있게 날아다니는 까치들을 만납니다. 그리고 까치를 만나면 반가운 손님이 오신다는 옛말이 그르지 않다는 듯이, 이번 주에는 반가운 지인들이 여러 명 저를 찾아주었습니다.

저를 찾아온 지인들은 제게 용기와 긍정의 힘을 주기 위해 자신의 삶을 조곤조곤 이야기하기도 하고, 제가 병을 이겨내기를 바라면서 희망이라는 아름다운 꿈을 더욱 강건하게 움켜잡고 고난을 극복했던 사람들의 이야기를 들려주기도 했습니다. 저는 지인들의 이야기를 들으면서 인간이 지닐 수 있는 빛나는 가치들을 다시 돌아보게 됩니다. 동시에 어떤 절망적인 상황도, 또 어떤 아픔이나 좌절감도, 언젠가는 지나가거나 가슴에 깊이 묻어지고 그 자리에 자신이 희망하는 만큼의 푸르른 새싹들이 다시 돋아나게 된다는 것도 생각해보게 됩니다. 산에 흐드러진 개나리, 진달래처럼 봄에 햇살이 따뜻해지면 나무들은 꽃을 피우지 않을 수 없나 봅니다. 마찬가지로 사람의 마음에 사람이 전해주는 희망이 불을 지피면, 아스팔트를 뚫고 자라나는 풀들의 생명력처럼 강인한 생명력이 생성되나 봅니다.

인간에게 있어 최고의 행복 중 하나가 '희망'이라고 합니다. 지금 제 상황에서 붙잡을 수 있는 가장 확실한 행복인 '희망'의 손을 꽉 잡고 걸어가겠습니다. 지인들이 제게 나눠준 희망의 메시지들이 다시 돌아서 그들의 가슴에서도 똑같이 아름다운 꿈으로 피어나리라 믿습니다. 운명의 여신이 돌리는 바퀴는 풍차보다도 빨리 돈다고 합니다. 오늘은 이렇게 생활하고 있지만 몇 달 뒤에, 또 몇 년 뒤에 제 운명의 바퀴가 어디쯤에 가 있을지는 아무도 알 수 없는 일이겠지요. 희망을 꽉 잡고 그 손을 놓지 않는 한 운명의 바퀴 역시 제가 바라보는 방향을 향해 굴러갈 것입니다. 저는 매일매일 조금씩 더 건강해질 것이며, 하루하루 시간이 지날수록 조금씩 더 멀리 걸을 체력이 생길 것이며, 언젠가는 항암 치료를 잘 마무리할 수 있을 것입니다.

최근에 들었던 유머가 떠오릅니다. 세상에서 가장 예쁜 사람을 한 자로 줄이면? '나.' 세상에서 가장 예쁜 사람을 두 자로 줄이면? '또 나.' 세 자로 줄이면? '역시 나.' 네 자로 줄이면? '그래도 나.' 마지막으로 세상에서 가장 예쁜 사람을 다섯 자로 줄이면? '다시 봐도 나'라고 하더군요. 그렇습니다. 누구나 다 자기 자신이 세상에서 가장 예쁜 사람입니다. 가장 예쁜 나 자신을 아끼고 사랑하며, 어떤 힘든 상황에 처해 있을지라도 언제나 희망의 불빛을 향해, 내 운명의 노를 저어가는 선택을 하고 싶습니다.

3. 흔들리는 걸음일지라도 멈추지 않기

치유로 가는 길은 서둘러서도 안 되고 의존해서도 안 되고 조급하게 마음먹어서도 안 되는, 너무 희망을 가져서도 안 되고 좌절하면 더더욱 안 되는, 혼자 뚜벅뚜벅 걸어야 하는 여정입니다. 제가 기록해가는 이 글이 언젠가는 저처럼 큰 고통을 겪는 사람들에게 작고 따뜻한 위안이나 한 조각의 희망이 되기를 바랍니다.

너무 적은 희망과
너무 많은 희망 사이에서

제가 가진 희망이 너무 적어서 그 적은 희망이나마 꽉 움켜잡고 절대로 놓치고 싶지 않았을 때는 밤에 잠을 잘 잤습니다. 오로지 그 희망만을 생각했었지요. 그때는 글 같은 것을 쓰지 않아도 좋았습니다. 아무도 만나지 못해도 괜찮았습니다. 신문을 보지 않아도 궁금하지 않았고, 커피 같은 기호 식품은 생각조차 떠오르지 않았습니다. 얼마나 살까, 어떻게 살까 하는 것도 아무 문제가 되지 않았습니다. 통증이 가라앉기만 한다면 그냥 행복할 것 같았습니다. 밥을 잘 못 삼켜서 죽을 겨우 몇 수저 떠먹어도 뭔가를 먹었다는 사실에, 이렇게 뭔가를 먹으면 살 수 있겠다는 확신에, 안도감을 느끼고 편안해질 수가 있었습니다.

희망이 적고 단순할 때는 저 자신에게 명확하게 이야기해줄 수 있었습니다. "괜찮아, 다 괜찮아, 아무것도 안 해도 괜찮아. 살아만 있으면 되는 거야. 편찮으신 부모님 찾아가보지 못해도 괜찮아. 어머니, 아버지보다 내가 더 오래 살면 그게 최고의 효도인 거야. 자식한테 밥 못 해주고 돌봐주지 못해도 괜찮아. 그냥 숨만 쉬고 있어도 엄마가 살아 있어서 자식이 성장하는 거 봐주면 그게 최고인 거야. 글? 안 쓰면 어때. 글 잘 쓰는 작가들이 얼마나 많은데, 그 사람들이 써내는 거 구경만 해도 바쁠 텐데, 나는 안 써도 괜찮아. 논문? 안 써도 학위 안 받아도 괜찮아. 연구 더 잘하고 강의 더 잘하는 사람들 천지인데 나는 안 해도 괜찮아. 정말 다 괜찮아. 그냥 살아만 있자. 몸아, 사랑하는 몸아, 오늘 하루 살아 있고 또 내일 살아 있고, 그렇게 계속 살아 있자."

글 같은 거 안 써도 괜찮다고, 상관없다고 외칠 공간이 필요해서 때때로 지금처럼 글을 쓰기도 했습니다만, 그것은 문학작품을 생산하고 싶다든지 하는 욕망과는 거리가 먼 글쓰기였습니다. 생존 본능에서 터져 나온, 제 마음을 날것 그대로 쏟아내는 글쓰기였지요. 그렇게 글을 통해 제 마음을 토로하고 나면 살아 있다는 것이 실감 나고 그것도 아주 잘 살고 있는 듯한 느낌이 들어, 희망과 용기가 제 밥숟가락 위에 얹혀 있는 것 같았습니다.

오늘은 아무래도 제가 너무 많은 희망을 가지고 있나 봅니다. 밤 1시가 넘었음에도 도무지 잠을 잘 수가 없습니다. 아니 오늘뿐만이 아닙니다. 이번 주 들어 종종 잠을 제대로 못 자는 밤이 이어지고 있습니다. 뭐랄까요. 제 것으로 하기에는 벅차고 무거운 희망들이 저를 부채질하는 듯한 기분입니다. 아니면 술래잡기를 하는 기분이랄까요. 희망이 '나 여기 있는데 잡아볼래? 잡을 수 있겠어?' 하면서 얼굴을 보여줬다 숨었다 반복하며 저를 놀리고 있는 것 같기도 합니다.

저를 찾아왔던 지인들이 남기고 간 온기를 더듬고 있자니 불현듯 저도 세상 속으로 나아가고 싶어졌습니다. 예전처럼 자유롭게 사람들을 만나고 변화하는 세상 이야기를 나누며 사람들 속에 섞이고 싶어졌습니다. 신문을 읽었고 궁금한 것들이 생겼습니다. 커피 생각이 나기도 합니다. 나는 얼마나 살 수 있을까 하는 생각이 문득 스쳐가고 뒤이어 그렇다면 어떻게 살아야 할까 하는 생각이 꼬리를 뭅니다. 숨만 쉬고 있는 것이 아니라 건강한 사람들처럼 좀더 뭔가를 하면서 제대로 살고 싶다는 아련한 욕망이 스쳐 지나갑니다. 글도 쓰고 싶어집니다. 산에 다녀와서 긴 휴식을 취해야만 겨우 한두 시간 정도 다시 움직일 수 있는 체력인데, 네다섯 시간씩 걸리는 먼 거리에도 가보고 싶어지고 부모님도 만나보고 싶어졌습니다. 너무 작은 희망마저 제 것이 되지 못할까 봐 겁이 날 때는 다른 무엇을 쳐다볼 생각조차 못 하고 그 작은 희망을 끌어안고 편안하게 잠을 잤는데, 희망이 커지고 나니 이런저런 생각들이 두서없이 스쳐가면서 잠에 깊이 빠져들 수가 없습니다.

건강한 몸을 가지고 있을 때는 이상과 현실의 괴리 사이에서 갈등하고 고민했다면, 지금처럼 아픈 몸으로는 너무 적은 희망과 너무 많은 희망 사이에서 갈등하게 되는 것일까요. 너무 많은 희망이 잠을 뺏어간 것일까요. 아픈 사람에게 너무 많은 희망은 독이 되는 것일까요. 왜 희망은 이룰 수 있는 분량만큼, 순서대로 와주지 않는 것일까요. 건강한 사람들의 꿈을 쫓아가지 못하는 아릿한 소외감 때문일까요. 지인들이 놓고 간 싱싱한 희망들에도 불구하고 결국은 혼자 걸어야 하는 제 길에 대한 고독감 때문일까요. 아니면 잠시 기웃거려본 그동안 변화한 세상에 대한 조급함 때문일까요. 너무 적은 희망을 갖고 있어서 그것만을 움켜잡았을 때는 그 희망을 이뤄갈 수 있을 것 같은 자신감이 있었는데, 희망이 많아지니 도무지 이 희망들을 다 이룰 것 같지 않은 불안이 생겨납니다.

어쩌면 저는 넘어야 하는 또 하나의 산 앞에 서 있는 것 같습니다. 제 내공과 마음 다스림을 다시 한 번 점검해봐야 하는 지점인 듯싶기도 합니다. 희망이 없어 보일 때는 애타게 희망만 부르면 되었지만, 희망이 넉넉해진 지금은 희망과 불안, 이 두 가지 사이에서 마음의 균형을 적절하게 잡아야 하나 봅니다. 잠을 잘 자는 것은 아픈 제게 밥을 잘 먹는 것만큼이나 중요한 일이랍니다. 너무 많은 희망 때문에 불안에 시달리는 이 아이러니에서 벗어나기. 잠잘 수 있을 정도만큼만 희망을 갖기. 이번의 과제는 희망을 붙잡기만 하면 되었던 지난번 과제보다 훨씬 어려운 것 같습니다. 암 환자가 된 지 몇 달이 지났으니 좀 더 어려운 과제가 주어질 만도 하지요. 뭐든지 과도한 것은 부족한 것보다 못 하다는 말은 희망의 경우에도 해당되는 말인 듯싶습니다.

쉬운 삶은 없다

마음이 고요해지고 맑아지는 어떤 순간에 제 안에 고여 오는 예감 또는 직감 같은 것이 있습니다. 그것은 이 병이 저를 죽게 하기 위해 찾아온 것이 아니라 저를 살리기 위해 찾아온 것 같다는 느낌입니다. 만약에 암을 통해 이런 강제적인 휴식의 시간을 갖지 못했더라면, 오랫동안 너무 곤하게, 육체적으로나 정신적으로나 피폐해질 대로 피폐해졌던 제가 더 이상 살 수 없었을지도 모릅니다. 휴식이라고는 거의 없이 일하고, 저 자신은 버려둔 채 주변 사람들을 보살펴야 했던 생활이었습니다. 4기 암은, 좋은 쪽으로만 생각하자면, 제게 처음으로 '완벽한 휴식'의 시간을 주고 있습니다.

과로로 이어지던 일과에서 해방되었습니다. 잠을 충분히 잘 시간이 생겼고, 몸에 좋은 음식을 먹고, 산길을 걷고 있습니다. 텔레비전 드라마를 보면서 웃을 수 있는 마음의 여유가 생겼습니다. 무엇보다도 정신적으로 자유로워졌습니다. 해야만 하는 일들이 줄서서 나를 기다리는 것이 아니라, 무엇을 할 것인지 말 것인지, 한다면 어떻게 할 것인지를 내가 결정할 수 있게 되었습니다. 또 오랜 시간 동안 저를 힘들게 했던 사람들로부터 훌쩍 벗어났습니다. 4기 암이라는 극단적인 상황이 아니었다면, 일반적인 상식으로 볼 때는 인연이 끊어지기가 힘든 관계였지요.

그러니 밝은 쪽으로 생각하면, 암은 지금까지의 고통에서 벗어나도록 제 등을 밀어주고 있는 셈입니다. 탈진해 있던 제게 이제는 쉬어가도 괜찮은 거라고 휴식이라는 선물을 주고 있는 것입니다. 한편 암은 다르게 살아볼 기회를 주려고도 하는 것 같습니다. 암을 통해 제 삶 전체를 체에 거르고 있으니까요. 제게 정말 소중한 것이 무엇이며, 중요한 것의 순서가 어떻게 되는지 순식간에 깨닫게 해주었습니다. 그래서 이 힘든 와중에도 이 병이 제게 주어진 뜻밖의 축복일지도 모른다는 생각마저 가끔씩 해보게 됩니다.

언젠가는 건강한 모습으로 제 인생의 커다란 전환점에 대해 이야기할 날이 있겠지요. 그러기 위해서 이 큰 산을 잘 넘어가고 싶습니다. 치유로 가는 이 길은 서둘러서도 안 되고 의존해서도 안 되고 조급하게 마음먹어서도 안 되는, 너무 희망을 가져서도 안 되고 좌절해서는 더더욱 안 되는, 그냥 혼자 뚜벅뚜벅 걸어야 하는 여정입니다. 제 정신력과 마음 다스림을 길동무 삼아 걸어야 하는 길입니다.

이 세상에 쉬운 삶은 없는 것 같습니다. 저 역시 쉽지 않은 삶을 현재 살고 있습니다. 하지만 병을 내세워 삶에 응석 부리거나 투정 부리지 않고, 굳건하게 걸어갈 수 있는 항심과 용기를 갖고 싶습니다. 이 큰 산을 의연히 잘 넘고 싶습니다. 암이 주는 휴식에 감사하면서요.

경험자들로부터 얻는
조언

　　오늘은 병원의 외래 주사실에서 주사를 맞았습니다. 제법 여유가 생기고 요령 또한 생겼습니다. 주사실 접수처에 줄서서 기다리다가 차트를 보여주면, 접수처에서는 몇 번 침상으로 가라고 하거나 또는 빈 침대가 없는데 그냥 기다릴 것인지 주사를 맞으면서 기다릴 것인지를 물어봅니다. 주사실은 환우들과 보호자들로 늘 붐비는 편이고 어떤 날은 매우 심하게 붐벼서 보호자들이 의자를 양보해주지 않으면 앉을 의자조차 찾기가 힘듭니다. 아주 가끔 운 좋게 침대를 바로 배정받기도 하지만 대부분은 침상 대기 번호를 받게 됩니다. 침대를 배정받았을 때는 정해진 번호의 침대에 가서 누워 있으면 간호사가 와서 주삿바늘을 꽂아줍니다. 대기 번호를 받은 날에는 주삿바늘을 꽂아주는 간호사의 책상 앞에서 다시 순서를 기다려야 합니다. 제 이름이 불리면 간호사에게 가서 주삿바늘을 꽂고 빈 의자를 찾아 앉은 채 주사를 맞기 시작하지요.

주삿바늘을 꽂고 나면 얼마 동안은 바늘이 꽂힌 자리가 시큰거리면서 써늘한 느낌이 있습니다. 주사실에 준비되어 있는 핫팩을 가져와 팔 아래쪽과 위쪽에 각각 놓아줍니다. 그러면 뜨거운 기운이 사르르 퍼지면서 혈관의 시큰거림이 가라앉기 시작합니다. 또 요즘은 바깥 날씨는 따뜻해도 주사실 안은 좀 서늘한 편입니다. 갈 때 두꺼운 겉옷을 가져가서 이불 위에 한 겹 더 덮어주면 몸을 웅크리지 않고 편안하게 주사를 맞을 수가 있습니다. 어떤 차림으로 가야 주사 맞을 때 편리한가에서부터 어느 위치에 놓인 침대로 배정을 받으면 좀 더 쾌적하게 주사를 맞는가에 이르기까지, 그동안의 주사실 방문을 통해 소소한 노하우knowhow를 익히게 되었습니다.

항암제를 투입하기 전에 항암제의 부작용을 방지하기 위해 맞아야 하는 여러 주사약 중에 어떤 것은 사람을 졸리게도 하고 어지럽게도 합니다. 약 기운이 돌면 어딘가로 하염없이 끌려들어가는 듯한 기분이 되지요. 가만히 있으면 깊은 잠 속으로 빠져들 것 같습니다. 약간 긴장을 하면서 깨어나 수시로 물을 마십니다. 깊게 빠져들던 잠의 연장이라 몽롱하고 몸의 감각이 성하지는 않아도, 가급적 자주 물을 마시고 아이스크림이나 집에서 가져온 과일을 먹고, 또 김밥이나 죽 같은 음식을 먹어 기운을 보충하려고 애씁니다.

초기에는 여러 시행착오를 겪었습니다. 갑작스레 닥친 항암에 대해 공부할 틈도 없었고 알고 있는 지식도 없었지요. 첫 항암을 받던 날, 아침 식사를 못한 채 외래를 보고 바로 항암 처방을 받았는데, 밥을 먹고 항암 치료를 받으면 토하기 쉽다는 누군가의 말에 점심 식사 역시 거른 채 침대에 누웠습니다. 어리석은 짓이었지요. 첫 항암 때는 두 번째부터의 항암과는 다르게 약이 두 배 용량으로 세게 들어왔습니다. 든든하게 식사를 하고, 물과 간식을 준비하고, 약을 천천히 속도를 조절해가며 맞아야 하는데, 아무것도 모르는 이 초보는 하루 종일 굶은 채로 물 한 모금 마시지 않고 침대에 널브러져서 그냥 항암제를 맞은 것입니다. 항암 뒤에 몸을 어떻게 돌봐야 하는 건지도 몰라서, 있는 힘을 다해 암에 관한 책을 읽고 글을 쓴다고 책상 앞에 앉아 있기도 했었습니다. 그리고 그 대가를 얼마 지나지 않아 혹독하게 치렀지요.

항암을 할 때 어떻게 하면 좋다는 조언은 주로 암 경험자들로부터 듣게 됩니다. 병원에서 나눠주는 자료나 항암을 앞두고 받는 병원 교육에서는 항암에 관한 총론과 부작용 등을 주로 설명하는데, 실제로 환자가 도움을 받을 수 있는 세부적인 이야기들은 잘 없는 것 같습니다. 가령 항암 부작용으로 흔히 나타난다는 입안이 허는 증세 같은 것을 제가 심하게 겪지 않는 것은, 저보다 앞서 유방암 항암 치료를 받았던 이웃의 조언 덕분입니다. 그이는 항암 주사를 맞는 중에 자주 물을 마시거나 아이스크림이나 얼음 같은 것을 입에 물고 있어야 입안이 헐지 않는다고 이야기해주었지요. 그래서 항암을 받을 때 500밀리리터짜리 생수를 최소한 대여섯 병은 마십니다. 더불어 오렌지 주스나 아이스크림을 먹기도 하지요.

많은 양의 물을 마시니 화장실을 오가느라 몸을 자주 움직이게 되는데, 물 덕분에 항암제가 몸 밖으로 잘 배출되기도 하거니와 몸을 조금씩 움직여주는 것이 항암 부작용을 줄이는 데 좋은 것 같습니다. 링거대를 끌고 화장실을 오가는 시간은 불과 얼마 안 되지만, 가만히 누워만 있었던 날과 비교해보면 자주 움직인 날에 몸이 더 쉽게 회복되는 것을 느꼈습니다.

또 제가 빼놓지 않고 규칙적으로 하는 것은, 항암제의 독성을 제거하기 위한 '식초 목욕'과 손발이 마비되는 증상을 완화하기 위한 '놀이 동작'입니다. 식초 목욕은 욕조에 뜨거운 물을 받아 식초를 두어 컵 넣은 후에 몸을 10분 정도 담그고 땀을 흘리는 것입니다. 이 방법은 인터넷 암 카페에서 어떤 환우 가족분의 글을 읽고 시도해본 것이었는데, 제가 느끼기에도 몸이 한결 가벼워지고 피부도 튼튼해지는 것 같아서 자주 하고 있습니다. 식초는 대형 편의점에서 대용량을 구입합니다. 2000원 정도 하는 큰 통 하나를 사면 대략 일주일 정도 사용하는 것 같습니다. 손의 마비 증상 완화를 위해서는 아가들이 많이 하는 쥠쥠 동작을 하고 있습니다. 산길을 걸으면서도 하고 신문을 읽으면서도 하고, 수시로 쥠쥠 동작을 하는데 이렇게 하고부터는 손등에 항암 주삿바늘을 꽂을 때 혈관 찾기가 좀 쉬워졌습니다. 발은 족욕을 하거나 텔레비전을 보면서 발바닥을 수시로 마사지해주고 있는데, 이 부분은 아직 별 효과를 느끼지 못하고 있습니다.

　이처럼 제가 생활 속에서 시도하는 것들은 대부분 암을 앓았거나 현재 앓고 있는 사람들, 또는 그 가족들이 쓴 글에서 얻은 정보들입니다. 경험해보지 않고도 지식이나 상상력으로 더 잘, 더 생생하게 쓸 수 있는 여러 분야의 글들이 있겠지만 암에 관해서만은 아닌 것 같다는 생각이 들기도 합니다. 요즘은 신문을 읽다가 기사에서 사회적인 어떤 병리 현상을 두고 '우리 사회의 암적 존재', '도려내야 할 사회의 암적 현상', 이런 식으로 표현하는 것을 보면 가슴이 덜컹합니다. 이런 표현에는 암은 척결해야 할 대상이며 도려내야 한다는, 암에 대한 적대감이 담겨 있는데, 과연 암을 이렇듯 미움의 대상으로만 보아야 하는 것일까 하는 의문이 생기기 때문입니다. 또 저처럼 수술이 불가능하거나 수술을 받았지만 재발을 해서 '끝없는 항암'이라는 대열에 들어선 사람들이 의외로 많습니다. 이런 사람들에게, 암은 공존의 대상이 아니라 척결의 대상이라는 관념 속에서 나온 앞의 표현들은 아릿한 소외감과 더불어 마음을 뜨악하게 만들기도 하지요.

　암 경험자들의 글을 통해 저는 위로와 격려를 받아왔고 또 그들의 글에서 희망을 보기도 했습니다. 그 사람들처럼 나도 살 수 있을 거라고 다짐하게 되었지요. 제가 기록해가는 이 글 또한 언젠가는 저처럼 큰 고통을 겪는 사람들에게 작고 따뜻한 위안이나 한 조각의 희망이 되기를 바랍니다.

몸 안에 고인 눈물을
쏟아내다

참으로 많이 울었습니다. 한밤중에 거실 십자가 앞에서 몸부림치면서 울었어요. 사람이 가장 미천해진 모습으로 이세상 가장 낮은 바닥에 엎드려 울면 그런 소리가 터져 나오는 것일까요. 제 안에서 이제까지 들어보지 못한 상처 입은 짐승 같은 소리가 터져 나왔습니다. 무엇이 그토록 서러웠던 것일까요. 하느님한테 저를 차라리 빨리 데려가라고 악을 쓰면서 울었습니다. 제가더 이상 어떻게 열심히 살아야 하느냐고 대들면서 울었습니다. 이제 매일매일 가는 산에도 안 갈 거고 피도 그만 뽑을 것이고 주사도 그만 맞고 지겨운 검사들도 그만 받을 것이니 살리든지 죽이든지마음대로 하시라며 생떼를 쓰면서 울었습니다. 나중에는 무엇이서러웠는지도 생각나지 않은 채 한밤중 다들 잠든 시간에 짐승처럼 울고 있는 제 모습이 서러워서 또 울었습니다. 제 몸 어디에 이토록 많은 눈물이 고여 있었던 것일까요. 어젯밤 몇 시간 동안의 제 눈물을 바가지로 받았다면 족히 서너 바가지는 되었을 것 같습니다.

울음은 가라앉았지만 그 뒷자리가 평온한 것이 아니라 왜 그리 고독한 것인지요. 누가 있을까, 이 밤에 내 전화를 받아줄 수 있는 사람이 누가 있을까. 누구한테 전화하면 이 외로움이 덜어질까. 휴대폰의 전화번호부를 하나하나 살펴보았습니다. 휴대폰에 저장되어 있는 212개의 전화번호 중, 밤 3시에 전화해서 이런저런 이야기를 해도 괜찮을 번호는 하나도 없었습니다. 제가 잘못 살아온 것일까요. 잘못 살아와서 이 시간에 전화를 걸 수 있는 사람 하나 없는 것일까요. 물론 전화를 하면 하소연을 들어주고 적절한 조언을 해줄 사람들은 있습니다. 그러나 밤 3시에 울리는 암 환자의 전화에 그들은 얼마나 놀라고 황망해할까요. 친구들은 있어도 밤 3시에 전화한 것을 다음날 제가 계면쩍어하지 않고 또 미안해하지 않아도 될 친구는 없는 것 같았습니다. 암이라는 병이 사람들에게 주는 놀라움의 정도는 다른 병에 비해 조금 더 심한 것 같습니다. 지인들이 제게 많이 하는 격려 중 하나가 바로 "수경 씨는 살 것 같아"입니다. 제가 살기를 바라는 지인들의 마음을 꼬집자는 것이 아닙니다. 너는 살 것 같다는 이 말에는 암이란 병이 죽음과 동일시된다는 전제가 깔려 있다는 것이지요. 그러니 밤 3시에 암 환자가 전화를 하면 자다 일어나서 전화를 받는 사람이 얼마나 놀라고 긴장하겠습니까.

누구에게 전화를 할까, 누구와 이야기를 하면 좋을까를 생각하면서, 그러나 다른 한편으로는 어느 누구에게도 이 시간에 전화할 곳은 없다는 것을 느끼면서 새벽이 되었습니다. 만지작거리던 휴대폰의 문자메시지 보관함을 열어보았지요. 제게 온 메시지 중에 삭제 방지를 해놓은 것이 몇 개 있었습니다. 간직하고 싶은 문자메시지들이지요. 그중 하나에 다음과 같은 성경 구절이 있더군요.

"끝까지 견디는 이는 구원을 받을 것이다(마태 10.22)."

저는 가톨릭 신자이지만 부끄럽게도 이름만 신자일 뿐 그다지 성실한 교우가 못됩니다. 성경 공부를 해본 적이 없습니다. 그래서 이 성경 구절이 어떤 맥락에서 나온 것인지 모릅니다. 다만 휴대폰에 전송되어오는 성경 구절 중에서 마음이 끌려 삭제 방지를 해놓았던 것뿐입니다. 그런데 오늘 새벽 이 성경 구절을 보는 순간 마음에 일었던 격랑이 잔잔한 파도처럼 변해가는 것을 느꼈습니다. 견딜 수 없는 뭔가가 저를 뒤흔들었다고 생각했는데, 견딜 수 없다고 생각했던 상황들이 사실은 별것 아닐 수도 있다는 생각이 들기 시작했습니다. 구원을 받는다는 구절에 위안을 얻었던 것일까요. 그랬을 수도 있습니다. 희망을 붙잡지 않고 의지를 불태우지 않고 구원을 믿지 않은 채 언제 끝날지 모르는 이 치료 과정을 온몸으로 겪어간다는 것은 너무도 곤한 일이니까요. 여하튼 이 새벽 우연히 마주친 "끝까지 견디는 이는 구원을 받을 것이다"라는 성경 구절 앞에서 과장된 절망감과 허망함에 시달리던 제 마음이 평온을 되찾기 시작했습니다.

　마음이 움츠러들었던 어젯밤에는 꼭 지금까지 잘못 살아와서 그렇게 외로운 때 전화를 걸 수 있는 친구 하나 없는 것 같았습니다. 그러나 오늘 생각해보니 아프지 않았을 때도 밤 3시에 누군가에게 전화를 했던 적은 없었던 것 같고, 앞으로 병이 다 나은 다음에도 그런 일은 좀처럼 없을 것 같습니다. 사람이 그리워지고 외로운 때가 없어서가 아니라, 제각각 자기 삶의 무게 때문에 바쁘고 곤한 지인들에게 돌발적인 행동을 해서 곤한 잠을 깨우고 놀라게 만드는 것은 서로에 대한 배려가 아님을 알 만큼은 철이 들었기 때문이겠지요.

　삶을 끝까지 살아간다는 것은 끝까지 견뎌가는 것과 동의어가 아닐까 하는 생각도 듭니다. 다시 어젯밤처럼 울부짖게 되더라도 끝까지 견뎌갈 겁니다. 끝까지 견뎌가야 한다고 저 자신을 담금질합니다. 끝까지 견뎌가는 삶의 끝이 어떤 모습일지라도 그게 제게 주어진 삶이라면 도망치지는 말아야겠지요.

노래도, 암도, 소설도
인생

지금 텔레비전에서는 〈가요무대〉를 방송하고 있습니다. 제가 즐겨보는 프로그램입니다. 요즘은 〈가요무대〉에서 1970~1980년대에 유행한 다양한 장르의 음악을 내보내기도 하지만 얼마 전까지만 해도 트로트가 주를 이뤘었지요. 저는 어릴 때부터 나이에 걸맞지 않게 트로트를 좋아했습니다.

동네 꼭대기에 저희 집이 있었습니다. 부모님은 그 집에서 자식들을 키워 독립시키면서 사반세기 이상을 살았습니다. 저는 거기서 초등학교, 중학교, 고등학교, 대학교를 마쳤고, 아이를 출산한 다음에는 부모님이 비워주신 안방에서 한 달가량 몸조리를 했습니다. 그해 가을은 참으로 어여뻤지요. 아이 돌잔치도 그 집에서 했습니다. 아이가 외삼촌 품에 안겨 마당의 강아지들을 신기하게 바라보던 모습이 눈에 선합니다. 방 세 칸과 부엌, 그리고 안방과 건넛

방 사이에 마루가 있는 아담한 한옥이었습니다. 방이었던 것을 한쪽 벽면에 유리문을 달아 거실로 활용하던 공간이 있었고, 부엌과 화장실은 현대식으로 고쳤었지요. 큰 집은 아니었으나 아버지, 어머니가 정성을 들여 가꾼 작은 뜰은 지금 돌아보아도 몹시 아름다웠습니다. 대문을 들어서서 잔디 사이에 놓인 까만 돌을 밟고 몇 걸음 걸어가면 집 안채와 마당이 나왔습니다. 아주 작은 연못이 있었지요. 책상만 한 넓이라서 웅덩이라고 해야 정확한 말이겠지만, 우리 식구들은 그냥 연못이라고 불렀습니다. 그 연못에는 어떤 때는 물고기가 살기도 했고 또 어떤 때는 싱싱한 작은 연꽃이 피어나기도 했습니다. 소담한 돌탑, 창고 옆의 대추나무, 마당 한쪽에 어머니가 심은 토마토, 오이, 상추, 호박, 열무 등의 채소, 어릴 때 동생과 함께 흰 솜을 눈꽃송이처럼 붙이면서 크리스마스트리를 만들던 소나무 한 그루, 그리고 우리와 함께 살았던 셰퍼드shepherd, 진돗개, 차우차우chow chow, 치와와chihuahua 등 여러 종류의 개와 강아지, 아담한 장독대와 오래된 장독들이 떠오릅니다. 여름 저녁이면 시원한 바람이 불어오는 뜰에 식구들이 모여앉아 식사를 하기도 했고 가을이면 귀뚜라미 우는 뜰에서 인왕산과 삼각산의 단풍이 짙어져가는 것을 바라보았지요. 뜰 한쪽에는 작은 의자가 놓여 있었습니다. 아버지는 그 의자에 앉아 담배를 태우거나 술을 한잔씩 드시기도 했지요. 직장 일에 고민이 많으실 때는 저녁 늦게까지 거기 앉아 어둠에 잠긴 산을 하염없이 바라보기도 했었습니다. 휴일 같은 때, 부모님은 뜰이 내다보이는 방에서 종종 두 분이서 고스톱을 했습니다. 그럴 때면 부모님이 켜놓은 카세트테이프에서는 늘 트로트 음악이 흘러나왔습니다. 「목포의 눈물」, 「애수의 소야곡」, 「황성옛터」, 「타향살이」 등은 어머니의 애창곡이었습니다. 트로트 음악 속에는 아버지, 어머니의 건강하실 때 모습들이 있고 제가 성장한 집이 있고 그 집의 아름다운 뜰이 있습니다.

저는 고등학교 평준화의 첫 세대입니다. K여고로 배정을 받았는데, 집에서 K여고로 등하교를 하려면 135번 버스를 타야 했습니다. 세검정 쪽에서 출발해 광화문을 거쳐 삼각지, 한강변, 마포, 신촌 등으로 빙빙 둘러 K여고 앞이 종점인 버스였습니다. 당시 대부분의 135번 버스 기사 아저씨들은 트로트 음악을 켜놓은 채 버스를 운행하곤 했습니다. 거의 모든 트로트를 고등학교 3년, 등하교 길에 버스 안에서 섭렵했다고 해도 과언이 아닐 겁니다. 한창 사춘기이던 시절, 트로트를 들으면서 세상을 살아가는 사람들의 삶에 대해 생각했고 제 앞날에 대해 고민했고 또 미래의 꿈을 꾸기도 했었습니다.

〈가요무대〉를 시청하는 월요일 밤은 제가 잠시 현실을 내려놓고 과거 속으로 걸어 들어가는 시간이기도 합니다. 오늘 주제는 '인생'이라고 하네요. 노랫말에 실린 인생사를 돌아본다고 합니다. 부모님과 함께 거주하고 있는 간병인 아주머니가 즐겨 부르는 노래 중의 하나가 바로 「인생」이라는 제목의 노래입니다. 중국어 억양의 높낮이와 강약이 섞인 음성으로 얼마나 애절하게 이 노래를 부르는지 듣고 있으면 눈물이 솟습니다. 그래요. 누구나 시행착오를 겪으면서 살 겁니다. 노래 가사처럼 이미 살아온 인생은 아쉬움이 남고 부끄러운 게 있어도 세월을 돌릴 수 없는 법이니, 남은 인생을 잘 살아가고 싶습니다.

인생의 애환을 담은 트로트 한 곡 같은 소설을 쓰고 싶어지는 밤입니다. 트로트 음악이 있는 제 성장기, 그 다양한 빛깔의 생각들과 감정들을 어떤 주제로든 엮어보고 싶단 생각을 하게 됩니다.

낯익은 것들과의 결별
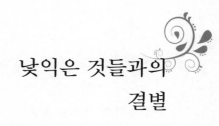

　　많은 암 환우들이 그리워하는 것 중의 하나가 암에 걸리기 이전에 자신이 살아오던 일상의 삶이라고 합니다. 저 역시 암 진단을 받고 얼마 동안은 마찬가지 심정이었습니다. 암 진단 이전의 제 삶이 만족스러웠거나 행복했던 것은 아닙니다. 물질적으로 풍요로웠던 것도 아니고 정신적인 희열감으로 충만했던 것도 아닙니다. 오히려 하루하루 동어반복 같은 생활 속에서 언제쯤이면 이 일상에서 훌훌 벗어나 좀 다른 삶을 살아갈 수 있을까를 생각했었지요. 때로는 제 일상을 지겨워했고 수시로 피곤해했습니다.

　그런데 '암'이라는 소리를 듣고 돌아갈 수 없는 다리를 건너고 나니 일정 시간 동안은 과거의 평범했던 일상이 사무치게 그리워졌습니다. 생활을 위해 이런저런 원고를 쓰면서 스트레스를 많이 받았는데 까짓것 병만 낫는다면 스트레스 따위는 하나도 받지 않고 1

년에 수천 매 원고를 쓸 수 있을 것 같았습니다. 제 손이 닿지 않으면 안 되던 가사 더미에 한숨을 쉬었는데 아프기 이전으로 돌아갈 수만 있다면 그까짓 설거지나 욕실 청소쯤은 밤새도록 해도 괜찮을 것 같았습니다. 아이 성적에 조바심도 냈었는데 다시 예전으로 돌아간다면 성적 같은 거야 이러나저러나 신경조차 쓸 것 같지 않았고, 사는 일이 힘에 겨워 부부 싸움을 하곤 했는데 다시 건강해지기만 한다면 제 배우자야 어떻게 살든 상관없이 나 홀로 아리랑을 흥얼거리며 신명나게 살 것 같았습니다.

시간이 지나면서 마음을 가라앉히고 보니 옛날로 돌아가고 싶어 했던 것은 단지 그 시절 건강하던 제 몸이 몹시도 그리운 것이지, 그 건강한 몸으로 살아냈던 삶 그대로를 그리워한 것은 아님을 알게 되었습니다. 병이 생기기까지에는 병이 생길 만한 원인들이 있었을 겁니다. 암은 외부에서 갑자기 바이러스 등이 들어와서 생긴 병이 아니고 몸 자체의 면역이 이상을 일으킨 것이니, 암이 생긴 원인들은 어떻게 보면 과거의 생활 속에서 찾아질 수 있을 것입니다. 적어도 저의 경우에는 그랬습니다. 일을 하느라 밤늦게까지 깨어 있는 날이 많았고, 불규칙하게 식사를 했고, 물은 잘 마시지 않았고 스트레스는 엄청 심했습니다. 운동이라고는 거의 하지 않았고 주말에도 놀거나 쉬지 않았습니다. 양초의 양끝에 불을 붙여놓은 것처럼 바쁘게 타들어가는 생활의 연속이었지요. 몸은 늘 건강하게 있어주는 것이 당연하다는 듯이 몸의 소리들에 귀 기울이지 않았고 제 일정이 정해진 대로 몸을 끌고 다녔습니다. 병이 날 만한 여러 조건을 갖추고 있었던 셈이지요.

삶이 확연하게 달라져 보이는 어떤 분기점이 누구에게나 있을 겁니다. 동서남북의 방향을 바꿔서 세계지도를 그려놓은 것을 본 적이 있습니다. 남쪽이 위쪽이고 북쪽이 아래쪽으로 와 있는 지도였지요. 그 지도에서는 캐나다의 밴쿠버가 오른쪽 하단에 자리했고 호주 시드니가 왼쪽 위에 자리를 잡았습니다. 런던과 스톡홀름이 아래쪽에 있고 요하네스버그와 부에노스아이레스가 위쪽에 있었지요. 이 지도처럼 자신이 살아온 삶을 뒤집어 보고 고정관념에서 벗어나게 되는 계기가 누구의 삶에나 한두 번쯤은 주어지는 것 같습니다. 안 보이던 것들이 보이고 낯익었던 것들을 다른 시각으로 보게 되는, 자기가 살아온 그림이 '업사이드 다운upside down'되는 계기이지요.

제 삶은 암을 앓기 이전과 암을 앓기 시작한 이후로 나눠질 것 같습니다. 암을 앓기 이전까지 저는 제 현실을 마치 고난을 수행하듯이 견디면서 살았고 마음으로만 다른 삶을 동경해왔습니다. 제 행복과 삶의 질을 고려해서 방향을 설정하고 어떤 선택을 내리는 것이 바람직한 일임에도 불구하고, 저를 중심에 두면서 사는 일에 죄책감을 느끼고 그렇게 살아서는 안 된다고 판단해왔던 것 같습니다. 저 자신을 즐겁게 해주고 행복하게 해주고 대접하는 일보다는 누군가를 위해서, 또는 어떤 일을 위해서, 혹은 어떤 목적을 향해서, 저를 희생하고 헌신하는 것이 더 바람직하다고 생각해왔었지요. 그렇게 생각했다고 해서 제가 대단한 희생을 해왔거나 또는 보람 있는 헌신을 해온 것도 아닙니다. 다만 제가 익숙하게 여겨왔던 가치관의 지도가 그런 그림이었기 때문에, 실제로는 그 그림처럼 살지 못하면서도 스스로의 즐거움을 억압하는 길을 선택해온 것이겠지요. 제가 모순투성이인 것이 또 다른 한편으로는 끊임없이 자유로운 삶을 열망했습니다. 일상적이지 않은 것, 뭔가 강렬한 것, 삶을 송두리째 바꿔놓을 수 있는 그 무엇인가를 꿈꿔왔던 것이지요. 하지만 그 꿈이 암 진단을 통해 이뤄질 것이라고는 짐작조차 못 했습니다. 암 진단 이후 제 삶이 일상적이지 못하고 강렬하고 송두리째 변화된 그 무엇이 되었으니 여하튼 꿈이 이뤄진 셈이고 여기에 대해서는 할 말이 없습니다. 다만 꿈도 너무 비장하게 꾸어선 안 된다는 것을 뒤늦게 깨달을 뿐이지요.

암은 아직 제 마음 속에서도 피할 수만 있다면 피하고 싶은 무거운 병입니다. 그러나 암은 고정관념처럼 굳어 있던 제 삶의 지도를, 방향을 회전시켜 낯설게 보도록 해주는 소중한 분기점이 되고 있습니다. 제 의식 속에 고정되어 있던 지도는 얼어붙어 있었습니다. 누리고 있는 것들은 눈에 들어오지 않고, 감사하는 마음은 고갈되고, 우울감과 무력감이 스며들고, 마음에 잠복한 망상과 욕망으로 번민하며 희망을 품어야 할 것들을 잃어버리고, 삶에 대해 변명이나 항의를 하고 싶어지던 시기를 지나고 있었지요. 동서남북의 방향을 회전시켜 보면서 자신에 대해 눈을 뜨게 되는 것 같습니다. 그리고 스스로를 사랑하고 존중하고 지지하는 마음의 기초공사가 튼튼하게 되어 있어야, 헌신이나 희생도 가볍고 신나게 할 수 있다는 것을 깨닫고 있습니다.

달라진 삶의 걸음마를 익히는 중입니다. 거울 속에서 아름다운 얼굴을 만납니다. 탈모가 되고 눈썹까지 성글어진 창백한 얼굴이 거울 속에 있습니다. 그러나 그 얼굴은 낯선 것들과 마주하며 삶의 분기점을 넘고 있는 얼굴입니다. 흘러간 시간들이 좋았다고 노래하며 자신의 삶에 추억을 덧칠하거나 또 바보처럼 살았다고 자책하며 자신을 향한 연민에 사로잡히는 얼굴이 아니라, 흘러간 시간들을 떠나보내고 변화하는 삶을 맞으면서 생명체로서의 경이를 맞보고 있는 얼굴입니다.

삶은 이렇듯 언제든지 새롭게 시작되나 봅니다. 암처럼 피하고 싶은 병에 의해서조차도 또 다른 삶의 문이 열리는 것을 보면, 어떤 고난에도 불구하고 살아갈 수 있고 또 살아가야 하는 것이 우리네 인생인 듯싶습니다. 고난이, 고통이, 막막함이, 뼈저린 고독이, 그리움이, 때로는 배신감과 허망함이 당장 삶을 집어삼킬 것만 같아도, 시간이 흐르다 보면 어느 순간부터 삶의 다른 풍경이 조금씩 펼쳐지게끔 설계되어 있는 것이 인생길인지도 모르겠습니다. 존 레논John Lennon이 이런 말을 했다고 합니다. "인생은 당신이 다른 계획들을 세우느라 바쁠 때 당신에게 일어나는 어떤 것입니다." 내게 일어나는 어떤 것, 그리하여 내 인생이 되어버리는 그것을 바꿔놓을 수는 없습니다. 하지만 낯설기 그지없는 그것들을 어떻게 받아들여서 다시 무게 중심을 잡을 것인지는 스스로 선택할 수가 있는 것 같습니다. 그렇다면 어느 날 갑자기 삶의 나락을 경험하게 되더라도 절대로 생명의 끈을 스스로 놓는 식의 극단적인 선택을 해서는 안 되겠지요.

집에서 화초를 키우다 보면 다 말라서 생명이 없어 보이는 나무일지라도 가지 끝에 먼지처럼 흐린 연두색 싹 하나만 돋아 있으면 나무가 다시 살아나는 것을 보곤 합니다. 우리가 숨을 쉬고 있다는 것은 이미 우리 안에 그 작은 싹 하나씩을 갖고 있는 것이란 생각이 듭니다. 아무리 아파도, 상처투성이어도, 눈앞이 캄캄해도, 눈물조차 말라버렸어도, 시간이 흐르면 삶은 우리를 저절로 다시 살아가게 해줄 것입니다. 살아 있음 그 자체가 생명을 부르고 변화를 가져오는 것이니까요. 아무리 아파도 오늘 하루를 잘 견뎌가고 싶습니다. 그리고 이왕 견뎌가는 것, 가끔씩은 저 자신한테 이야기해주어도 괜찮지 않을까요. 존중하고 있다고, 사랑하고 있다고 말입니다.

맨발로 걷다,
자유롭다

'맨발' 하면 어떤 단어가 떠오르시는지요? 제 마음
에서는 제일 먼저 '자유', '정열', '젊음', '청춘' 같은 단어들이 떠오릅
니다. '자유'를 떠올린 것은 아무래도 이사도라 던컨Isadora Duncan의
강렬한 이미지 때문인 것 같습니다. 현대무용의 어머니로 지칭되
는 그녀는 무대 위에서 토슈즈toeshoes를 벗어던지고 맨발로 춤을
추었다지요. 그래서 맨발의 무용수로 알려진 이사도라 던컨은 사
람들에게 자유로운 몸, 해방된 몸의 이미지를 던져줍니다. '청춘'이
란 단어를 떠올리게 된 것은 좀 오래된 노래인데, '눈물도 한숨도
나 홀로 씹어 삼키며 밤거리의 뒷골목을 누비고 다녀도' 하는 「맨
발의 청춘」이란 옛 노래 덕분입니다.

제가 요즘 맨발의 자유를 만끽하고 있습니다. 지인들 중 한 분이
건강을 회복하는 방법으로 맨발 산행을 권해주었습니다. 돌아보면

바닷가에서 잠시 모래밭을 걸을 때 외에는 맨발로 걸어본 적이 없었던 것 같습니다. 어머니가 자주 하던 말씀 중의 하나가, "둘째 낳고 나서 8년 동안이나 아이가 안 생기다 네가 나왔고 그래서 귀하다고 바닥에 잘 내려놓지도 않았다"입니다. 그러니 자랄 때도 맨발로 흙을 밟았던 적이 거의 없었는지도 모르겠습니다. 지인으로부터 '맨발 산행'이란 말을 듣는 순간, 건강에 좋다니 안 해볼 이유가 없기도 했고 또 매일 똑같은 신발을 신고 똑같은 길을 걷는 것에 약간 싫증이 나려던 때여서 맨발로 걷는 일이 재미있고 새롭겠다 싶었습니다.

바로 다음날부터 산 초입에서 신발과 양말을 벗었습니다. 그 이후로 비가 오는 날을 제외하고는 거의 매일 짧은 거리나마 맨발 걷기를 하고 있습니다. 처음 얼마 동안은 발바닥에 닿는 작은 돌멩이들이나 부러진 나뭇가지들이 너무 아프게 느껴져서 가능하면 흙만 밟으려고 애쓰다 보니 뒤뚱거리고 비틀거렸습니다. 차츰 덜 뒤뚱거리게 되고 걸음걸이도 빨라졌습니다만, 아직 산책길 전체를 맨발로 걷지는 못합니다. 처음에는 반등성이, 얼마 뒤에는 한등성이, 이렇게 서서히 늘려오다가 이제는 산등성이 하나를 갔다가 다시 돌아올 정도의 거리를 맨발로 걷습니다. 시간상으로는 사오십 분 정도 걸을 수 있게 된 것이지요. 몇 갈래의 산책길 중 어느 쪽 길이 맨발로 걷기에 덜 아픈지를 알게 되었고, 그 길 중에서도 어느 부분을 디뎌야 돌멩이가 덜하고 흙이 부드러운지도 알게 되었습니다.

맨발로 땅을 디뎌보니 참 좋습니다. 나무들이 하루가 다르게 초록빛을 더해가고 있는데 푸른 기운이 왕성한 숲에서 황토기 섞인 흙을 밟고 걷노라면 제가 숲이 된 것 같고 또 흙이 된 것 같은 일체감을 느끼게 됩니다. 묵은 솔잎들이 소복하게 쌓인 땅은 폭신하고 부드럽고 간지럽게 느껴집니다. 둥근 바위들은 차갑고 딱딱한 감촉이지만 발바닥 전체를 튼튼히 받쳐주면서 안정감을 줍니다. 돌멩이가 많은 길은 아프고 따갑지만 발바닥 지압을 확실하게 해주어서 발에 열이 후끈후끈 솟게 합니다. 인생사를 닮은 듯한 이런 길, 저런 길을 맨발로 걷고 있으면 마치 자연이 해주는 다양한 애무를 받고 있는 듯한 기분이 들지요. 오전의 맑은 햇살이 나뭇가지 사이로 비춰들고 소나무 향이 강한 숲에 서면, '아, 이 자유' 하는 느낌이 가슴을 치고 지나갑니다.

자유로움을 느끼는 것은 또 있습니다. 산에서 맨발로 걷는 사람을 만나는 일은 드뭅니다. 마주치는 대부분의 사람들은 제가 맨발인 것에 관심을 갖지 않거나 또는 모른 척하면서 지나가지만, 가끔씩 깜짝 놀라는 분들도 있고 저를 이상하다는 듯이 바라보는 분들도 있습니다. 아니 왜 맨발로 다니느냐며 말을 걸어오는 분들도 있습니다. 그 시선들 앞에서 저는 활짝 미소 짓기도 하고 소리 내어 까르르 웃기도 합니다. 자연의 애무를 받아 힘이 생긴 덕분일까요. 예전 같으면 제게 꽂히는 사람들의 시선이 버거워 이리 편안하게 웃거나 미소 짓지 못했을 겁니다. 이제는 사람들의 시선이 아무렇지도 않게 느껴집니다. 슬그머니 장난기마저 발동합니다. 날씨가 좀 더 더워지면 하늘하늘한 스커트를 입고 머리에 꽃을 꽂고 맨발로 다녀볼까 싶어집니다. 산의 광녀가 된들 어떠하리오. 약간 맛이 간 아줌마가 된들 어떠하리오. '나를 보고 웃으면 같이 웃지요' 하는 마음이랍니다. 타인의 시선으로부터 자유로울 수 있다는 것, 자유로워졌다는 것, 이 사실이 저를 또 자유롭게 합니다.

암은 시간이 흐를수록 삶을 향한 제 자세를 혁명적으로 변화하게 해줍니다. 그동안 상실하거나 또는 억압하고 살았던 제 안의 생기를 발산하도록 도와줍니다. 청춘에는 두 가지의 사전적 정의가 있는데, 하나는 만물이 푸른 봄을 일컬어 청춘이라 하고, 다른 하나는 스무 살 안팎의 젊은 나이를 비유하여 청춘이라 한답니다. 스무 살 안팎의 나이로는 돌아갈 수 없지만, 어떤 나이든지 자신의 마음과 생각과 생활을 열정과 순수함으로 채울 수 있다면, 순일하게 통일된 에너지를 가질 수 있다면, 그게 바로 청춘일 수 있지 않겠습니까.

내면에 흐르는 에너지가 분열되지 않고 통합될 수 있는 기회를 암은 제공해주는 것 같습니다. 가령 예전의 저는, 나 자신을 사랑하지만 이런 모습으로 살고 있는 것은 정말 마음에 들지 않는다는 이중적인 메시지를 스스로에게 던져왔던 것 같습니다. 스스로를 아끼고 사랑하는 마음이 없었던 것은 아니었으나, 살고 싶은 삶과 살아내야 하는 삶의 거리가 너무 벌어져 있어서 그 사이에서 늘 갈등을 일으키고 있었습니다. 지금 살고 있는 모습이 참 마음에 안 드는데, 이것을 용감하게 박차고 나오지도 못하고 또 제대로 바꾸지도 못하고 그렇다고 잘 적응하지도 못한 채, 자기 인생에서 이방인으로 서성거리는 듯한 나를 미워해왔던 것 같기도 합니다. 병의 뿌리는 어쩌면 이렇듯 이중적인 감정의 메시지로 스스로를 괴롭혀온 제 내부에 있었던 것이 아닐까 싶기도 합니다.

암은 인생에서 다시 한 번 청춘의 에너지를 맛볼 기회를 줍니다. 분열되지 않은 통합된 에너지로 자신을 사랑할 기회를 줍니다. 맨발로 산을 걸으면서, 발바닥을 통해 자연의 기운을 받으면서, 타인들의 시선으로부터 자유로워진 모습을 확인하면서, 남에게 피해가 가지 않는다면 하고 싶은 것을 실천해보는 용기를 배우면서, 외로워하고 슬퍼하고 의기소침했던 과거를 떠나보냅니다. 내 인생의 무대에서 주인공으로 다시 청춘의 막을 열어가고 있습니다.

하루에도 몇 번씩
눈썹을 그리며

항암 주사를 맞으면서 심한 스트레스를 받는 것 중 하나가 바로 외양의 급작스러운 변화입니다. 외모는 중요하지 않다고 생각해왔습니다. 그러나 사람의 내면이나 심성이 외모보다 더 중요하다고 생각해온 것 또한 제 교만일 수 있음을 이번에 깨달았습니다. 외모 때문에 몹시 고민하는 사람 앞에서 외모가 뭐가 중요하냐고 이야기하는 것은, 마치 공부를 할 만큼 하고 그 혜택을 누리고 있는 사람이 공부를 제대로 마치지 못해 세상 사는데 이런저런 어려움을 겪고 있는 사람한테, 공부가 뭐가 그리 중요하겠느냐고 입에 발린 소리를 하는 것과 다를 바가 없었던 것이지요. 적어도 거리에서 저를 이상하게 바라보는 사람들은 없었던, 그럭저럭 평범한 외양을 갖추고 살아왔기 때문에 외모가 중요하지 않다는 생각을 해왔던 게 아닌가 싶습니다. 그동안 평범한 모습으로 살아

올 수 있었던 것 자체가 축복이었음을 깨닫고 있습니다.

첫 항암 주사를 맞고 보름쯤 지나서부터 탈모 증세가 나타나기 시작했습니다. 제 머리는 어깨에 닿을락 말락한 단발머리였습니다. 그런데 어느 날부터 머리카락이 우수수 빠지기 시작하더군요. 손가락으로 한 번 훑어 내리면 수십 개의 머리카락이 낙엽처럼 떨어져 나왔습니다. 마음이 심란했지만 며칠 동안은 그래도 견딜 만했습니다. 제 머리카락이 가늘긴 해도 숱이 많은 편이기 때문에 평상시에 비하면 엄청난 머리카락이 빠졌음에도 불구하고 아직 두드러지게 이상해보이지는 않았던 것이지요. 옆에서 저를 봐온 식구들이나 제 머리카락이 듬성듬성 빠진 것을 알지 밖에 나가면 그때까지만 해도 저를 이상하게 쳐다보는 사람은 없었습니다.

그러나 며칠 더 지나자 아주 본격적으로 머리카락이 빠지기 시작했습니다. 머리를 감고 나면 바닥에 가득 떨어져 있는 머리카락이 처참할 정도였고, 특히 가르마 부분의 머리카락이 집중적으로 빠지면서 사람 모습이 이상해지고 있었습니다. 가르마 부분이 텅 빈 제 모습은 이제 모자를 쓰지 않고 나간다면 사람들이 좀 이상하게 쳐다볼 정도로 보기가 흉해졌습니다. 며칠 우울해하다 제가 다니는 병원 건너편에 있는 S가발 가게에 갔습니다. 암 환자들을 주요 고객으로 하는 그 가게의 주인은 마음 편하게 가발을 고르도록 도와주었고, 저는 제 단발 스타일과 가장 비슷하게 느껴지는 가발을 골라놓고 거기서 머리카락을 밀었습니다.

삭발을 하고 나니 의외로 기분이 가벼웠습니다. 마음에서 무거운 짐 하나가 내려놓아지는 기분이었습니다. 아마도 제가 내려놓았던 짐은 이 세상에서 여자로 살아오면서 세상이 요구하는 미의 기준에 따라 저를 가꾸기도 하고 때로는 그 기준에 저항하고 갈등하기도 했던 '여성다움'이라는 가치가 아니었을까 싶습니다. 이래서 속세를 떠난 스님들이 삭발을 하나 보다 싶은 생각이 들 정도로 마음 한쪽이 홀가분해지는 뭔가가 있었습니다. 집과 병원을 오가는 생활에서 가발을 착용할 일은 별로 없었습니다. 그날 제법 큰돈을 주고 구입했던 가발은 옷장에 넣어둔 채 집에서는 그냥 삭발머리로 지냈고 외출할 때는 비니beanie 또는 모자를 썼습니다. 심각한 부작용의 하나로 거론되던 탈모 문제를 잘 극복했다고, 고비를 잘 넘겼다고, 스스로 대견해했었지요.

그러나 12번째 항암을 마친 뒤부터 눈썹이 흐려지기 시작했습니다. 검은색이고 윤곽이 뚜렷하던 눈썹이 어쩐지 힘이 없어지고 희미해진다 싶어 자세히 살펴보니 가장자리부터 조금씩 빠지고 있었습니다. 13번째, 14번째 항암을 마치고 나니 눈썹은 거의 빠져서 눈썹이 있던 자리의 어렴풋한 흔적만 남게 되었습니다. 속눈썹도 거의 비슷한 속도로 빠졌기 때문에 맨 얼굴로 거울을 보면 거울 속에 있는 사람이 저라는 사실을 믿을 수가 없을 지경이었습니다. 머리카락이 사라지고, 눈썹이 사라지고, 속눈썹이 사라지고, 항암 주사를 맞으면서 지난 몇 십 년 동안 제 몸의 자연스러운 일부였던 것들이 이렇게 사라져갔습니다.

눈썹 없는 얼굴이 잘 상상이 되시나요? 저도 사람 얼굴에서 눈썹이 만들어내는 이미지가 이렇게 큰 비중을 차지하는 것인지는 몰랐습니다. 이제 누가 보아도 암 환자임이 명백하게 드러나는 외모가 되었습니다. 그리고 지나치는 사람이 다시 쳐다보지 않을 수 없는 이상한 외양의 사람이 되었습니다. 제가 아무리 외모가 중요하지 않다고 생각하면서 살아왔다 하더라도 이런 모습으로는 도저히 밖에 나갈 수 없는 상황이 된 것이지요. 화장을 하고 눈썹을 진하게 그린 다음에 모자나 가발을 착용해야만 겨우 예전의 저 같아지는 모습 앞에서 마음이 몹시도 처연했습니다. 눈썹을 그려야만 비로소 덜 아파 보이고 또 제대로 된 사람 같아 보입니다.

요즘은 아침에 세수를 하고 나면 눈썹부터 그립니다.● 저녁 때 샤워나 목욕을 하고 나서도 눈썹부터 그립니다. 눈썹을 그리는 것이 양치질을 하는 것보다 더 중요하고 긴요한 일과가 되었습니다. 눈썹이 다 빠져서 텅 비어 있는 자리에 눈썹을 그리는 일은 쉽지가 않습니다. 눈썹이 있던 자리를 잘 찾아가면서 정성들여 그리지만 뭔가 어색하고 마치 인형의 눈썹처럼 생명력이 느껴지지 않습니다. 또 위치나 길이를 조금 잘못 그리면 저 아닌 다른 사람이 거울 안에 있는 것 같습니다. 정성들여 그려놓아도 옷을 갈아입다가

● 이 글은 2008년 5월에 쓴 것입니다.

옷이나 손에 조금만 스치면 눈썹이 쉽게 사라져버리거나 구부러져
버립니다.

아침마다 저녁마다 거울을 들여다보고 눈썹을 그리면서 예전의
제 눈썹이 얼마나 그리운지 모릅니다. 삭발한 머리를 감으면서 예
전의 풍성하던 제 머리카락이 얼마나 그리운지 모릅니다. 몸의 일
부를 상실하는 아픔과 당혹스러움이 어떤 것인가를 배워가면서 저
를 포함해 이 세상의 몸이 아픈 모든 사람들을 향해 이야기하게 됩
니다. 잘 나으세요. 꼭 잘 나으세요. 그리워하는 것들을 꼭 다시 찾
으세요. 다시는 아프지 마세요.

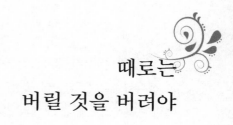

때로는
버릴 것을 버려야

많은 사람들이 이런 유형의 친구를 한두 명쯤 갖고
있지 않을까 싶습니다만, 제 친구들 중에도 자기가 편하고 잘 지낼
때는 연락이 없다가 힘들고 곤한 일이 생기면 연락을 해오는 친구
가 있습니다. 그 친구가 제게 어떤 특정한 도움을 요청하는 것은
아닙니다. 단지 하소연을 하기 위해서지요. 그 친구는 요즘 이래서
너무 힘들고 저래서 너무 속상하고 하는 이야기들을 길게 하는 편
이고 저는 주로 이야기를 들어주는 입장이었습니다. 제가 그 친구
에게 고민 이야기나 하소연을 했던 기억은 거의 없습니다. 둘이 만
나거나 전화 통화를 할 때면 친구가 늘 먼저 자기 이야기를 꺼내서
하소연을 멈추지 않으니까, 아니 더 정확하게는 제게 하소연을 하
고 싶을 때만 그 친구가 시간을 내니까, 제 이야기를 할 틈이 없었
던 것 같기도 합니다. 친구의 일방적인 하소연이 때로는 피곤하게

여겨졌지만, 아프기 전까지는 저하고 그 친구가 좋은 친구 관계라고 생각했습니다. 친구의 속상했던 이야기를 들어주는 제가 친구에게 조금이라도 도움이 되는 사람인 것 같아 그 사실을 기분 좋게 여겼지요.

제 소식을 들은 그 친구가 전화를 해왔습니다. 반가웠습니다. 제 건강이 염려되어 친구가 전화한 것이라고 믿었지요. 그러나 그날 친구가 제 건강에 대해서 한 말은 딱 세 마디였습니다. "어쩌니, 아파서, 요즘 아픈 사람들 너무 많더라." 여기까지였습니다. 친구는 보통 때 '잘 지내지?' 인사하듯이 무심한 목소리로 세 마디 하고 나더니, 자기도 요즘 몸이 안 좋다면서 늘어가는 나이와 자신의 건강에 대해 이야기하기 시작했고 그 이야기는 여느 때처럼 끝없이 이어졌습니다. 전화 통화 시간이 삼십 분을 넘기고 사십 분을 지나 오십 분이 되었을 때 저는 친구 말을 중간에 잘랐습니다. 귀가 울리고 아픈 증세가 있어 전화를 오래 못 받는다는 사정을 거듭 강조하면서 오늘은 전화를 그만 끊고 다음에 다시 이야기하자고 했습니다. 친구는 강경해 보이는 제 태도에 놀란 듯 "그래, 알았어" 하며 전화를 끊었고 그 이후 지금까지 다시 연락이 없습니다. 그날 친구한테 서운했던 것일까요? 예, 몹시 서운했습니다. 제 건강에 대해 진심으로 염려하지 않는 친구의 마음이 서운했고, 귀의 통증 때문에 전화를 오래 못 받는다고 처음에 말했음에도 불구하고 별로 중요하지 않은 이야기로 여느 때처럼 길게 전화기를 붙잡고 있는 친구의 태도가 서운했고, 무엇보다 그 긴 시간을 자기 이야기만 일방적으로 하는 친구가 미웠습니다.

전화를 끊고 나서 스스로에게 물어보았습니다. 일방적으로 하소연을 들어야 하고 늘 내가 위로해주고 다독거려야 하는 이 관계가 왜 좋은 우정이라고 생각하고 있었던 것인지, 친구가 내게 도움이 되는지 안 되는지는 생각하지 않은 채 왜 내가 친구에게 도움이 되는 것만을 기쁘게 받아들이고 있었는지 질문해보았습니다. 그러자 문제를 갖고 있는 사람은 바로 저라는 생각이 들더군요. 저라는 존재가 누군가에게 도움이 되고 소용이 되는 것을 기쁘게 받아들여온 제 마음이 문제였습니다. 상대편에게 제가 필요하다고 하면 싫은 것도 거절하지 못하고 내키지 않는 일도 억지로 떠맡아온 제가 바로 문제의 근원이었습니다.

왜 그랬을까요? 이타적인 사람이 곧 좋은 사람이라는 식의 이런 경직된 사고는 제 유아기와 성장기의 어느 단계에서 어떻게 입력된 강박관념인 것일까요? 병을 통해 통렬하게 깨닫는 사실 중 하나는 우리의 삶이 유한하다는 것입니다. 가볍고 자유로워지고 싶습니다. 제 안의 강박관념도 걷어차 버리고 싶습니다.

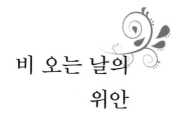

비 오는 날의
위안

　　요즘은 비가 오는 날이 제일 좋아하는 날이 되었습니다. 덜 심심하기 때문입니다. 병 치료에 꼭 필요한 것 중 하나가 마음의 평정을 유지하는 일이라고 합니다. 많이 웃는 것을 제외하고는 어떤 상황에서도 지나치게 감정에 휘둘리는 것은 바람직하지 않다는 것이지요.

　　마음을 편안하게 유지하는 것은 내면 수련이 훌륭하게 잘 되어 있는 분들에게는 어떤지 모르겠으나, 저처럼 감정이 들쭉날쭉하던 사람에게는 때로는 무미건조하게 느껴지기도 합니다. 마치 맵고 짠 음식을 먹어오다 억지로 싱거운 음식을 먹어야 하는 기분이랄까요. 이 맛도 아니고 저 맛도 아닌, 밋밋하고 심심한 상태의 생활이 이어지는 것이지요. 멀리 외출을 할 수 있는 것도 아니고 영화관이나 쇼핑센터를 갈 수 있는 것도 아니고 오로지 집과 산을 오가면서 생활하고 있습니다. 이처럼 외형적으로도 변화가 없는 생활에, 내면도 평온이라는 이름 아래 별 감정의 동요 없는 하루하루를 보내고 있으니 때때로 무료함을 느낍니다. 그런데 비 오는 날에는 이 무료함이 적잖게 덜어진답니다.

우선 베란다에서 또는 부엌 싱크대 앞에서 비가 오는 바깥 풍경을 내다보는 일로 긴 시간을 보낼 수 있습니다. 비에 젖고 있는 바깥 풍경은 오래 바라보아도 잘 싫증이 나지 않습니다. 빗발이 굵어질 때는 저 멀리 산에서 뿌옇게 안개가 피어오르는 듯하고 아파트 단지를 드나드는 자동차조차 낭만적으로 보입니다. 또 비가 오는 날이니까 커피 한잔쯤은 마셔도 괜찮을 거라고 저 자신에게 특별히 허락을 해줍니다. 커피 메이커에 원두커피를 넣고 커피 향을 맡으면서 커피가 내려지기를 기다리는 시간은 더할 나위 없이 행복합니다. 원두커피 향이 퍼지면 그래, 맞아, 이게 살아 있는 거야, 살아 있는 느낌이 이런 걸 거야 하는 싱싱한 감격마저 느끼게 됩니다.

또 비가 오면 문득문득 옛날 일들이 떠오릅니다. 어떤 일, 어떤 사람, 어느 찻집, 어떤 비 오던 날, 어떤 우산, 어떤 음악 같은 것들이 마치 흑백 영화의 장면처럼 기억 속에서 희미하게 떠오르기도 하고 때로는 유연하게 흘러가기도 합니다. 그래서 커다란 추억의 종합선물세트를 받은 듯한 기분이 되지요. 그뿐만이 아닙니다. 추억의 선물들을 하나하나 음미하다 보면 당시로서는 견디기 힘들었던 일, 고통스럽게 느껴졌던 일들이 왜 그랬을까 싶을 정도로 아무렇지도 않은 일들로 느껴지기도 합니다. 또 인생사 새옹지마라는 말처럼, 곤하고 힘들었던 일들이 지금 와서 돌아보면 제게 복이 되고 득이 된 경우들이 있답니다. 마찬가지로 그 당시에는 환희에 찼던 일, 너무도 기뻤던 일들도 무엇이 그리 좋았을까 싶을 정도로 지금은 무덤덤하게 느껴집니다. 사람 사는 일은 한 치 앞을 내다보기 힘들다는 말처럼, 기쁘고 세상을 다 얻은 것 같았던 일들이 그 후 오히려 제게 걸림돌이 되고 상처가 된 경우들이 있습니다. 그래서 이 생각 저 생각 끝에 비가 오는 날에는 마음이 순해지고 겸손해집니다. 기쁘다고 너무 좋아할 것도 아니고 괴롭고 힘들다고 너무 낙담할 것도 아님을 과거를 통해 깨닫게 되지요.

욕조에 따뜻한 물을 가득 받습니다. 항암제의 독성을 배출하기 위해 자주 하는 식초 목욕인데, 비 오는 날에는 이 일조차 더 특별하게 느껴집니다. 하염없이 바깥 풍경을 내다볼 수 있었던 하루, 비를 통해 추억을 더듬을 수 있었던 하루, 그리고 삶 앞에서 마음이 겸손해진 하루여서일까요. 따뜻한 물속에 가만히 들어앉으면 그리 감사할 수가 없습니다.

비 오는 날에는 책상에 앉아 있는 것도 낭만적으로 느껴집니다. 유리창을 통해 빗소리가 들려오거든요. 산에서 보내는 날들이 쌓일수록, 자신과 대화하고 억압되었던 것들을 해방해가는 날들이 쌓일수록, 빗소리가 달게 들립니다. 어제보다 오늘 조금 더 튼튼해지고 밝아진 사람이 되었듯이 내일 또 그러할 것임을 믿습니다. 밖

에 비가 옵니다. 빗소리와 함께 이 글을 쓰고 있는 지금, 빈틈없이
충만합니다.

울어본 사람인
내 존재로

항암 부작용으로 나타난다는 손발의 마비 증상이 본격적으로 진행되기 시작했습니다. 지지난달에도, 지난달에도 조금씩 마비감이 있긴 했었으나 이렇게 지속적으로 더 심해가지는 않았습니다. 이번 주 들어서는 특히 발바닥의 마비감이 심합니다. 두꺼운 널빤지 같은 것이 발바닥에 달라붙어 있는 것처럼 도무지 감각이 느껴지지 않습니다. 손으로 간지럼을 태워보아도 느낌이 없고 탁탁 때려보아도 발바닥에 뭔가가 닿는 느낌이 없습니다. 날카로운 압정이나 못에 찔려도 모를 것 같습니다. 맨발로 산길을 걷는 일도 멈춰야 했습니다. 바닥을 딛는 느낌이 없으니 걸어도 걷는 것 같지가 않고 몸이 붕 뜬 듯합니다. 걸음에 안정감이 없어져서 익숙하던 사물들이 흔들리는 것처럼 느껴지고 때로는 겹쳐 보이기도 합니다. 게다가 숨이 몹시 차고 어지러운 증세까지 더해져, 먹거나 눕는 일이 힘이 듭니다.

몸이 이렇게 힘든 상황이 되면 뭔가 희망 섞인 말을 듣고 싶어집니다. 희망의 말을 의학 전문 자료에서 찾게 되거나 의료진으로부터 직접 들을 수 있다면 제일 힘이 되겠지요. 그러나 대부분의 의료진은 환자를 대할 때 사실적이고 객관적입니다. 제가 만나왔던 의료진도 대부분 그랬습니다. 마치 이건 소화제이고 저건 감기약이라고 알려주는 것처럼, 감정이 배제된 담담한 목소리로 예상 잔여수명은 얼마이고 5년 생존율은 얼마라고 이야기했습니다. 의료진입장에서 보면 환자에게 의학적인 근거도 없이 막연한 희망을 주는 것이 오히려 무책임한 의료 행위로 여겨질 수도 있겠지요. 또 짧은 시간 안에 환자가 받았던 검사 결과들을 컴퓨터 화면에서 확인하고, 다음 단계의 치료법을 결정하고, 처방약과 치료 일정까지 정해야 하니 사실 환자의 마음이나 감정에 신경을 쓴다는 것은 거의 불가능한 상황일 겁니다. 더군다나 암은 개개인의 상황과 노력에 따라서 앞으로 어떻게 진행될 것인가를 매우 예측하기 어려운 면도 있지요. 그걸 알지만, 그렇다면 저 같은 환자는 어디서 위로와 격려를 받아야 하는 것일까요. 제 몸이 힘들어서인지 울컥하는 마음이 됩니다. 이 세상의 아무에게나 소리치고 싶은 기분입니다.

"그래요. 항암을 몇 차까지 하면 된다는 예측을 할 수 없고 의학적으로 완치가 없다는 것도 알아요. 4기 암의 경우 '완전 관해CR: Complete Remission / Complete Response'(CT 촬영 등의 의학적 검사를 통해 몸에서 더 이상 종양이 보이지 않는 상태)가 일어나기 전까지는 항암을 계속하는 것이 원칙이라는 것도 알아요. 그러나 말입니다. 아니 그래서 말입니다. 내게는 희망이 더 절실하게 필요하다고요. 희망의 메시지를 듣고 싶다고요. 왜 병원에서는, 의료진은, 의학 서적은, 그리고 전문가들이 제시하는 그 많은 통계 자료는, 4기 암은 의학적으로 완치가 없다고만 표현하나요. 왜 치료의 목적을 생명 연장에 둔다고만 하나요. 4기 암도 완치되어 건강하게 오래오래 살 수 있다는 희망을 주는 것에 왜 이리 인색한가요. 왜 암 전문가들이 내놓는 공식적인 자료에는 암은 일찍 발견해야만 생존 확률이 높아진다는 이야기만 많고, 4기 암을 얼마든지 이길 수 있다는 이야기는 없나요. 왜 환자가 희망을 찾기 위해 이렇게 애써야 하는 것인가요? 희망 같은 거 돈 드는 거 아니고 시간이 드는 것도 아닌데 그냥 좀 펑펑 퍼주면 안 되는 것인가요?"

울면서 깨닫고 있습니다. 희망은 외부에서 주어지는 것이 아니라 내 안에서 창조하고 생성해서 붙잡아야 하는 나만의 것임을. 병원은, 의료진은, 항암제는, 가장 확실한 현대 의학의 지원군이고 지금 그 역할을 다하고 있는 것입니다. 희망을 갖고 용기를 내고 스스로를 추스르고 격려하는 것은 바로 내 몫인 것입니다. 지금까지 인생을 살면서 쌓아온 내면의 힘과 지혜와 의지의 몫임을 다시 한 번 깨닫습니다.

그러면서도 암을 연구하고 치료하는 병원의 경영진과 의료진,

연구진들은 간접적으로나마 암 환자가 되는 체험을 잠시라도 해봐야 한다는 생각이 듭니다. 암 치료에는 암의 성질, 유전자적 특성, 식사와 생활 습관, 운동량 등 여러 물리적인 변수가 개입되지만 이외에도 희망과 용기, 환자의 의지 같은 추상적인 힘 역시 개입되고 있기 때문입니다. 의사로부터 암이라는 진단을 받아도 보고, 각종 검사실의 침대와 수술대 위에 누워도 보고, 복잡한 항암 주사실에서 접수를 하기 위해 줄을 서보기도 하고, 좁은 침대 위에서 항암제 대신 영양제라도 한두 번 맞아봐야 한다고 생각합니다. 최소한 한 인간이 의료진으로부터 암이라는 진단을 받고 처방과 처치를 받는 과정에서 어떤 감정들에 휩싸이게 되는지, 또 병원 진료 체계의 각 부분이 환자에게 어떤 심리적인 영향을 주는지를 조금이라도 경험해봐야 한다는 생각이 듭니다.

외래 주사실에서 어떤 아저씨가 주사를 맞으며 여기저기 전화를 걸던 모습이 떠오릅니다. 그 아저씨는 싱글벙글하면서 똑같은 말을 되풀이했습니다. "암 크기는 그대로지만 이렇게 계속 치료받으면 잘 나을 수 있다고 의사선생님이 말씀하셨다"는 겁니다. 그 아저씨는 몇 번씩이나 강조했습니다. "의사선생님이 말했다니까. 낫는다고, 다른 사람이 아니고 바로 의사가 그렇게 말했다니까." 희망을 꽉 움켜잡은 아저씨의 얼굴이 얼마나 환하게 밝았는지 모릅니다. 그 아저씨를 담당했던 의사는 동일한 검사 결과를 앞에 두고 이렇게 말할 수도 있지 않았겠습니까? "항암을 그렇게 했음에도 불구하고 암 크기가 줄지 않았군요. 지난번하고 검사 결과가 동일합니다. 어쨌건 항암을 계속해봅시다." 만약 이런 이야기를 들었다면 그 아저씨는 친지들에게 전화해서 암 크기가 줄지 않고 그대로라서 걱정되어 죽겠다고 하소연했을지도 모릅니다.

암 환자로 생존한다는 것은 이런저런 유형·무형의 불안으로부터 자기 마음의 평정을 지켜야 하는 길이기도 합니다. 풍부한 의학적 자료가, 유일한 자기 목숨을 살리기 위해 발버둥 치는 환자에게 오히려 불안으로 작용할 수도 있고 심한 경우에는 폭력이 될 수도 있습니다. 생존율은 얼마이고, 이렇게 하지 않으면 못 살고 하는 식의 메시지를 담고 있는 자료들은 얼마나 정확하게 축적된 의학적 분석과 진료 데이터로부터 나온 것이든 간에, 예외적인 경우가 실제로 일어나고 있는 생명의 세계에서는 그렇게 확신을 가질 게 못 된다는 생각이 들기도 합니다. 또 예상 잔여 수명은 얼마라는 식의 메시지를 담고 있는 자료들이 의학적인 연구를 위해 활용되는 것을 넘어서서, 무슨 일반상식인 것처럼 통용되는 것은 되짚어보아야 하지 않을까 싶습니다.

희망이란 단어는 여기저기 흔하게 굴러다니지만 희망이 절대적으로 필요한 사람일수록 희망을 찾기가 힘든 것 같습니다. 꼭 나아서 저처럼 울고 있는 사람들에게 희망 한 가닥 전하고 싶습니다. 암을 앓고 있는 누군가에게, 현대 의학이 수술조차 불가능하다고 진단을 내려 더 절망에 빠져 있는 누군가에게, 암은 반드시 잘 나

을 수 있다는 희망을 전하고 싶습니다. 울어본 사람인 제 존재 자체
로요.

4. 치유를 돕는 상상, 자신의 무의식에 호소하다

인간의 정신과 마음에 작동하는 상상력이라는 추상의 힘이 몸과 마음을 치유해갈 수 있는 것일까요? 저는 그렇다고 생각합니다. 치유를 도우려면, 과거를 돌아보거나 고통스러웠던 것에 집중하는 에너지는 최소화하고, 밝은 미래를 상상하는 긍정적인 에너지는 최대화하는 것이 바람직합니다.

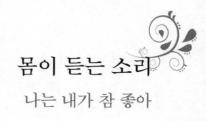

몸이 듣는 소리

나는 내가 참 좋아

이 세상 사람들 중에서 자기 자신을 참으로 좋아하는 사람이 얼마나 될까요? 자기 자신이 정말 마음에 들고 대견하고 예쁘고 사랑스러운 사람이 얼마나 있을까요? 스스로를 그렇게 좋아하고 흡족해하는 사람의 삶은 매일매일 긍정과 즐거움의 천국이 아닐까 싶어집니다.

돌아보면 저는 저에 대해 대견하고 흡족한 감정보다는 뭔가 안타깝고 미흡한 듯한 느낌을 더 많이 가져왔던 것 같습니다. 어떻게 생겼든 무엇을 하든 흡족하게 느껴져서 기분이 좋았던 적보다는, 바라고 있는 기준에 미치지 못하는 것을 자책하거나 심란해했던 적이 더 잦았습니다. 마치 자족하는 것보다 자책하는 것이 더 나은 도덕성이라도 지니고 있는 사람의 특성인 양, 부족한 점을 찾아내는 데 많은 에너지를 쏟아온 셈입니다. 또 제가 속한 세대는 스스로에게 엄격한 것을 바람직한 가치로 여기고 습득해왔던 것 같기도 합니다. 자기를 자랑스러워하고 기뻐하고 즐거워하는 것이 아니라, 반성하고 자책하는 것이 더 진중한 인간이 되는 길인 듯한 분위기 속에서 성장해왔지요.

그러나 새롭게 느끼게 되었습니다. 모든 일은 바로 나 자신으로 부터 시작되어야 한다는 것을요. 자기에 대한 충분한 긍정과 사랑이 선행되어야 밝게 다른 사람들을 사랑할 수 있으며, 자신과의 화해·용서가 선행되어야 힘들이지 않고 다른 사람을 용서할 수 있다는 것을요. 또 자기를 칭찬하는 것에 익숙해야 다른 사람들한테도 순도 높은 칭찬을 해줄 수 있다는 것을요. 자기 자신을 좋아하면 좋아할수록 하루하루의 생활이 즐거워질 뿐만 아니라 그만큼 더 타인을 위한 마음의 공간도 생겨난다는 것을 발견하고 있습니다. 그래서 근래에 와서 제게 새로운 습관이 하나 더 생겼습니다. 매일 잠들기 전에 저 자신에게 속삭이는 겁니다. 나는 내가 참 좋다, 나는 내가 정말로 좋다고요.

마음이 이야기하면 몸이 듣고, 몸이 이야기하면 마음이 듣는 것 같습니다. 몸은 마음이 말하는 것을 언제나 남김없이 듣고 있으며, 마음 역시 몸이 전달하는 것을 늘 섬세하게 감지합니다. 제가 잠자리에서 스스로에게 말을 건네는 방법은 아주 간단합니다. 처음에는 이런저런 책을 보고 조금씩 따라해 보다가, 요즘은 그냥 제게 제일 쾌적하게 느껴지는 방법을 혼자 만들어서 하고 있습니다. 편안하게 누운 다음에 몸의 힘을 빼고 손가락도 펼쳐주고 긴장을 풉니다. 눈을 감으면 집중이 잘되어 눈을 감고 합니다. 스마일 마크를 떠올리지요. 저도 입가를 살짝 올려 미소를 지어봅니다. 그러면 얼굴 근육이 부드러워지는 느낌이에요. 미간에 들어가 있던 힘도 빠지지요. 천천히 숨을 들이마시고 내쉬면 굳었던 목과 어깨의 근육이 조금 이완되는 듯하지요. 제 몸 전체를 머리카락 끝에서부터 아래쪽으로 내려오면서 상상합니다. 머리, 이마, 얼굴, 눈, 코, 입, 귀, 목, 어깨, 가슴, 양팔, 배, 엉덩이, 허벅지, 무릎, 정강이, 발목, 발뒤꿈치, 그리고 발가락 끝까지 떠올리면서 이야기해줍니다. "나는 내가 좋아", "나는 내가 정말 좋아", "나는 내가 아무 조건 없이 좋아." 이렇게 몸에게 속삭입니다. 그럴듯한 문장을 떠올리려고 애쓰거나 어렵게 표현할 필요는 없는 것 같아요. 뭐든지 쉽고 단순하고 짧고 명확한 것이 좋지 않을까요?

나는 내가 좋다고 속삭이는 것은 마음이 몸에게 전달하는 이야기일 테고, 미소를 짓고 긴장감을 푸는 것은 몸이 마음에게 들려주는 이야기겠지요. 내가 참 좋다고 이야기하다 보면 서서히 졸음이 오면서 사이좋게 서로를 격려한 몸과 마음이 깊은 잠 속으로 빠져듭니다. 저는 이렇게 누워서 스스로에게 말을 거는 방법을 다양하게 활용하고 있습니다. '나는 내가 참 좋아' 대신에 그날그날의 제 상황과 기분에 따라 다르게 이야기하는 것이지요. 어떤 날은 '나는 건강하다', '나는 매우 건강하다', '나는 완벽하게 건강하다', 이렇게 말하기도 하고요. 또 항암을 받은 날에는 항암제에게 '치료해줘서 고맙다', '나를 도와줘서 고맙다', 이렇게 속삭이기도 합니다.

 사람은 생각하는 대로, 말하는 대로, 행동하는 대로, 그대로 되어가나 봅니다. 군이 소리 내어 말하지 않아도, 제 마음과 몸이 신경을 쫑긋 세우고 어디선가 들려오는 소리들을 귀담아 들으며 그렇게 되려고 변화해가는 것 같습니다. 왜냐하면 나는 내가 참 좋다고 속삭이는 날들이 쌓여갈수록, 정말로 제가 점점 좋아지고 있거든요. 가령 예전에는 악착스럽지 못한 제 성격이 실망스러울 때도 있었습니다. 뭔가 치열하게 다퉈야 하는 분위기이면 슬그머니 뒤로 물러서곤 했었지요. 다른 한편으로는 탄식했습니다. 이 치열한 경쟁 사회에서 이렇게 스스로 물러나면 어떻게 살아갈래. 왜 좀 더 적극적이고 악착스럽지 못한 걸까. 이런 식으로 스스로를 나무라곤 했습니다. 그런데 '나는 내가 참 좋다'고 외치는 일을 시작하고서부터는 이런 제 성격조차도 정말로 좋게 느껴지는 겁니다. 악착스럽지 않아서 좋고, 머리 디밀고 싸우지 않아서 좋고, 양보하고 뒤로 물러설 줄 알아서 좋고, 이런 제가 진심으로 좋아지는 겁니다.

 오늘 밤에도 스스로에게 속삭이면서 잠들 겁니다. '나는 내가 참 좋아', '순한 내가 참 좋아'. 저한테 찾아온 병도 순할 거라고 믿고 있습니다. 순하게 살아온 사람 안에서 자란 병은 순할 수밖에 없을 테니까요.

몸이 받는 사랑

참 예뻐, 참 마음에 들어

고등학교에 입학하던 해부터 작년까지, 제 몸무게가 제일 가벼웠던 때는 39킬로그램이었고 제일 무거웠던 때는 55킬로그램이었습니다. 55킬로그램의 몸무게는 고등학교 3학년 때였습니다. 그때는 먹고 앉아서 공부하는 것이 일이어서 토실토실 살이 쪘었지요. 대학에 입학하고 수험생 살이 빠지면서 그전의 몸무게로 돌아갔고 그 이후로는 대부분 45킬로그램 안팎의 몸무게를 유지했습니다. 39킬로그램은 결혼하고 한두 달 지났을 때의 제 몸무게입니다. 홀어머니의 외아들과의 결혼생활이 너무 스트레스가 심해서, 한두 달 사이에 몸무게가 6킬로그램이 줄어들었고 원형 탈모증까지 생겨 머리카락이 동전 모양으로 휑하니 탈모되는 일을 겪기도 했었습니다.

임신했을 때는 몸무게가 많이 늘었습니다. 출산 후 얼마 지나지 않아 평상시 몸무게로 회복되었고, 몸무게가 본격적으로 늘기 시작한 것은 사십 대 중반부터였습니다. 어느 날 제 허벅지가 튼실해 보인다 싶더니 배와 허벅지 쪽에 집중적으로 살이 붙으면서 몸무게가 50킬로그램을 넘어가기 시작했습니다.

암 진단을 받고 치료를 시작할 때의 몸무게는 53킬로그램이었습니다. 제 키가 163센티미터이니 키에 비해 많이 나가는 몸무게는 아니었지만, 그래도 중년에 갑작스럽게 몸무게가 증가하는 것은 건강의 적신호라는 말이 맞는지도 모르겠습니다. 몸무게가 자꾸 늘 때 제 몸의 건강 상태에 대해 좀 더 세심하게 살펴보지 못했던 것이 후회스럽습니다. 문제는 항암 화학요법을 시작한 이후입니다. 독한 항암 화학요법을 받으면 많은 경우에 체중이 감소한다고 들었습니다. 체중 감소는 치료를 잘 견디지 못하고 쇠약해진다는 의미이니 어떻게든 항암을 시작할 당시의 몸무게를 유지하는 것이 바람직하다는 이야기도 들었습니다. 그런데 저는 시간이 지날수록 체중이 자꾸 증가하고 있습니다. 요즘 제 몸무게는 58킬로그램까지 증가했습니다. 제 생애 최고의 몸무게를 갖게 된 것이지요.

항암 주사를 맞고 온 날이면 몸무게가 갑자기 몇 킬로그램씩 증가했다가 이삼일 뒤에 빠지는 것으로 보아, 항암으로 인한 부기가 원인이 되어 체중이 증가하는 면도 있는 것 같습니다. 그리고 무엇보다도 제가 항암 치료를 견뎌야 한다는 생각에 엄청 부지런히 먹습니다. 숨이 차고 밥이 제대로 안 넘어가는 날도 있지만 그런 날에

도 차가운 물에 밥을 말아 어떻게든 삼키려고 노력합니다. 물에 말
은 밥이나 죽마저도 안 넘어 갈 때는, 떼쓰는 아이를 살살 달래어
밥을 먹이듯이 제 몸을 달래기 시작합니다. "몸아, 한 수저만 먹어
보자. 참 장하지. 먹을 수 있을 거야. 자, 삼켜봐. 와, 정말 잘 먹었
다. 우리 다시 한 수저만 더 먹어보자. 정말 잘하고 있어. 두 수저
먹었으니까 세 수저 채우자. 한 번만 더 먹자." 이런 식으로 서너 수
저라도 밥을 꼭 먹으려고 노력합니다.

그렇게 몇 끼 지나고 나면 입맛이 돌기 시작합니다. 오늘 아침에
는 북어탕국에 밥을 말아 한 그릇 먹었습니다. 감자전, 도라지무침
등의 반찬 그릇도 깨끗이 비웠습니다. 점심때는 고기를 먹었습니
다. 단백질을 보충해야 하니까 많이 먹었습니다. 작은 그릇에 나오
는 맛보기 물냉면도 식초를 듬뿍 넣어 한 그릇 비웠습니다. 저녁때
도 잘 먹을 것 같습니다. 참나물 무친 것에 보리밥을 비벼 먹어야겠
다고 메뉴를 떠올리고 있으니까요. 제가 매일 먹는 것은 세 끼 식사
뿐만이 아닙니다. 싱싱한 과일을 먹습니다. 또 암 치료에 견과류가
좋다고 해서 호두 깐 것을 한두 알 먹고 잣을 조금씩 먹습니다. 야
채 스프와 현미차를 세 번씩 마시고, 항암제의 제독을 위해 북어를
달인 물도 마십니다. 하루 종일 먹고 마시는 것이 제 생활이라고 해
도 과언이 아닐 정도지요. 몸무게가 는다는 것은 항암을 견뎌주고
있다는 이야기니까 지금은 아무 생각 말고 잘 먹으라고들 합니다.
덕분에 입맛을 돋운다는 이런저런 특수 식품이나 보조 식품에 관

심을 갖지 않아도 될 만큼 항암을 잘 견뎌가는 편입니다.

통통한 단계를 지나 뚱뚱한 단계로 접어들고 있지만, 치료를 시작하던 무렵의 몸무게를 유지하는 것이 가장 좋다고는 하지만, 그래도 몸무게가 줄어들고 체력이 달려 항암을 못 쫓아가는 것보다는 늘어나는 체중으로 항암을 견뎌내는 것이 더 낫지 않겠습니까. 제 생애 최고의 몸무게를 기록하고 있는 요즘은 아랫배와 허벅지에 더 많은 살이 붙었습니다. 그러나 체중에 상관없이 요즘은 제 몸이 어찌 그리 사랑스럽고 또 아름답게 여겨지는 것인지요. 뚱뚱하든 아니든 둔탁하게 보이든 말든 그저 몸이 감사하고 고마울 따름입니다. 잘 보살피지 못해서 중한 병을 앓게 하고 그 결과 힘든 치료를 계속 받고 있는데도, 이 모든 것을 잘 견뎌주고 있는 몸에게 고개 숙여 인사하고 싶은 기분입니다. 뒤늦게 몸의 중요함과 소중함을 깨달은 주인이 이제야 사랑을 퍼붓고 있는데, 그 미련한 사랑을 묵묵히 받아주어 뽀얗게 살이 오르고 있는 몸이 정말이지 너무도 고마울 따름입니다.

제 몸에게 이야기합니다. '참 예뻐.' '참 마음에 들어.' '몸무게가 늘어도 괜찮아. 무조건 예뻐.' '잘 먹고 힘든 치료를 견뎌내어서 정말 장해. 참 고마워.' 이런 사랑과 칭찬을 처음 받아보는 제 몸은 약간 쑥스러워하면서도 행복감을 느끼는 것 같습니다. 지금은 제 인생 최고의 몸무게를 기록하고 있지만 이 병의 터널을 지나고 나면 제 생애 최고의 날들을 구가해갈 수도 있을 겁니다. 당장 내일의 일을 모르는 게 인생이거늘 10년 뒤 20년 뒤 삶이 어떻게 변화해있을지 누가 알겠습니까. 잘 될 거다 굳게 믿고 상상하면서, 그렇게 되어가도록 하루하루 노력합니다.

'참 예뻐.' '참 마음에 들어.' 이런 말을 들으면 몸의 세포들이 매우 행복해합니다. 믿어지지 않으신다면 저처럼 자기 몸에게 사랑의 밀어를 한번 속삭여보시기 바랍니다. 참 예쁘다고, 참 마음에 든다고, 참 고맙다고 말을 해보시기 바랍니다. 그동안 살아오면서 설움이 많았던 당신의 몸이 왈칵 눈물을 터뜨릴지도 모릅니다. 그러나 알고 계시지요? 눈물은 웃음으로 가려고 건너는 다리임을.

몸에게 감사하기

사랑한다, 고맙다, 감사하다

인터넷에서 우연히 연애의 기술에 관한 글을 읽다 보니 "실연으로 인한 상처는 새로운 사랑으로만 치유된다"는 구절이 있었습니다. '실연'이라는 단어를 보면서 마음이 슬그머니 아려오기 시작했습니다. 제 몸의 암세포는 바로 저로부터 실연을 당했던 세포가 아닌가 하는 생각이 들었기 때문입니다. 세포의 존재 목적이 건강한 생명활동을 하는 것일 텐데, 얼마나 견디기가 힘들었으면 '악성 종양'이라는 이름을 달고 광란하면서 결국은 죽음의 길인 것을 알고도 그 길로 접어들었을까요? 그렇게 되기까지 얼마나 사랑을 갈구했을까요? 어둡고 추운 시간을 보냈을 겁니다. 암이 되기 전까지 여러 번 살고 싶다는 신호를 보냈는데도 제가 듣지 못했을 겁니다. 저는 컴퓨터 화면에 떠 있는 '실연'이라는 단어를 물끄러미 바라보다가 제 왼쪽 가슴을 감싸 안았습니다. 미안하구

나. 너무나 미안하구나. 많이 아프게 했구나. 늦었지만 새로운 사랑으로 그 상처가 치유되도록 할게.

뒤이어 접속한 인터넷 카페에서 어떤 분이 올린 글을 읽었습니다. "암세포를 마지막 하나까지 다 죽여 없애고 싶다"는 말이 있었습니다. 암을 잘 이겨내고 반드시 건강해지겠다는, 글 쓴 분 나름의 의지의 표현이지요. 그러나 잠시 생각의 방향을 바꿔보면, 암세포를 죽인다는 관념은 어디서 어떻게 시작된 것일까요? 인터넷 서핑을 하다 보면 암세포를 죽일 수 있다는 무수한 방법들이 돌아다닙니다. 표면적으로는 암을 완치할 수 있는 방법들이라지만 내용을 읽어보면 대부분 암세포를 어떻게 죽이는가 하는 점에 초점이 맞춰져 있습니다. 문득 궁금해집니다. 저처럼 암과 함께 살고 있는 사람이 몸 안의 암세포에게, '너는 없어져야만 해', '너를 도려내고 싶어', '너를 죽이고 싶어', 이렇게 이야기하는 것과, '아프게 해서 미안하다', '사랑하고 있고 건강해질 수 있다'고 이야기하는 것, 이 두 가지 중에서 어느 쪽이 살 수 있는 확률을 높이는 길일까요? 이런 질문에 대해서는 과학이나 의학이 답을 해주지 않는 것 같습니다. '항암제의 단독 요법과 두 가지 이상의 약제를 병행하는 요법 중에서 어느 쪽이 더 유의미한 생존율 향상을 가져왔는가?' 하는 주제를 연구하는 것처럼, '환자들이 자기 몸의 암세포를 어떤 태도로 대하고 어떤 이야기를 들려주어야 생존율을 높일 수 있는가?' 하는 연구도 행해져서, 암 환자를 위한 가이드북에 넣어주면 얼마나 많은 도움이 되고 좋을까요?

우리는 어떤 상황 또는 어떤 마음 상태인가에 따라 동일한 대상이 다르게 느껴지는 경험을 종종 하고 있습니다. 똑같은 삼십 분이라는 시간도, 뭔가를 기다리고 있을 때는 더디게 흐르는 것 같고, 즐겁게 놀고 있을 때는 빨리 지나가는 것처럼 느껴지지요. 암을 바라보는 사람들의 시각 역시 자신이 처한 상황과 마음 상태에 따라 다른 것 같습니다. 저처럼 암에 대해 연민을 갖고 바라보는 사람도 있고, 암이 몸에 있다는 사실 자체를 못 견뎌하는 사람도 있고, 암을 투쟁의 대상으로 여기는 사람도 있습니다. 또 암은 나을 수 있다고 확고하게 믿는 사람도 있고, 나으려고 노력은 해보겠지만 낫기 어려울 거라고 은연중에 믿어버리는 사람도 있습니다. 어떤 것이 옳다 그르다 이야기할 수는 없겠지요. 자기 인생에 벌어지는 일들에 대해 어떤 해석을 하고 또 어떻게 반응을 하느냐의 차이일 뿐이니까요.

제가 4기 환자라서, 암과 더불어 사는 상황이라서 이렇게 느끼는 것인지는 모르겠습니다만 지금은 비록 암세포가 되어 있을지라도 한때는 제 몸의 건강한 정상 세포였을 텐데, 다만 병이 심하게 들어 앓고 있는 것일 텐데 너를 죽여 버리고 싶다고는 차마 외쳐지지가 않습니다. 차라리 아프게 해서 미안하다고 사과를 하는 편이 제 마음을 편하게 합니다.

암에 관해 이야기하는 많은 책들이 있고 저도 그중 일부를 읽었습니다만, 거기서 얻은 지식을 기반으로 판단한 것이라기보다 그냥 자연스럽게 느껴지는 것들이 있습니다. 가령 '암은 반드시 잘 나을 수 있다고 믿는 것'과 '암은 낫기 힘들다고 믿는 것', 이 중에서 어떤 믿음이 좀 더 살 수 있는 확률을 높이는 것일까요? 당연히 암은 잘 나을 수 있다고 믿는 쪽이 아닐까요? 저는 살고 싶기 때문에, '암은 반드시 나을 수 있다'고 굳게 믿고 있습니다. 최선의 노력을 다하다 보면 제 몸이 스스로를 살려가는 방향으로 움직여 가리라는 것을 믿습니다. 정상적인 세포가 어느 날 암세포가 되었듯이, 암세포도 언젠가는 정상적인 세포로 대치될 수 있음을 의심하지 않습니다.

공원을 산책하면서 오랫동안 실연의 고통에 시달렸을 제 왼쪽 가슴의 세포들에게 이야기해줍니다. 수술을 받을 수 있는 상황이었다면 나와 영원히 작별했을 내 몸아. 수술을 못 받을 병기라는 것은 당시로서는 분명히 불행으로 여겨졌었지만, 앞으로는 수술을 못 받는 것이 아니라 안 받아도 되도록 많이 사랑하고 정성껏 보살피마. 계속 내 몸에 남아 있는 쪽을 선택한 너의 의사를 존중해서 앞으로는 두 번 다시 너를 아프게 하지 않을게. 내 몸에 머물러줘서 고맙구나. 네가 받았던 실연의 상처를 새로운 사랑으로, 밝고 뜨겁게 타는 사랑으로 깨끗하게 닦아줄게. 이 세상에 하나밖에 없는 소중한 내 몸아, 진심으로 사랑한다, 고맙다, 감사하다.

저는 산책길 내내 같은 말을 제 몸에게 되풀이해 들려주었습니다. 몸아, 사랑한다, 고맙다, 감사하다.

거울에게
물어보고 대답하다

요즘 저는 거울을 자주 들여다봅니다. 거울을 안 보고 산 날은 거의 없었겠지만, 요즘처럼 일부러 찾아서 자주 보지는 않았던 것 같아요. 「백설공주」에 등장하는 왕비는 거울에게 "거울아, 거울아, 이 세상에서 제일 예쁜 사람이 누구지?"라고 물어보고 거울이 대답하기를 기다렸으나, 저는 거울에게 물어보고 또 스스로 대답까지 시원하게 해버립니다. 제가 거울에게 물어보는 질문은 여러 종류여도 대답은 늘 한 가지입니다. 맞아, 정말 그래, 그렇고말고, 이렇게 무조건 긍정하는 것이지요.

아까는 제 눈썹에 대해 물어보았습니다. 매주 주사를 맞고 있어서 항암이 끝나야만 눈썹이 돋는 건줄 알았습니다. 그런데 자꾸 간지러운 느낌이 있어 자세히 들여다보니 눈썹과 속눈썹이 솜털처럼 보드랍게 올라오고 있었습니다. 몇 밀리미터쯤 자란 것 같습니다.

예전의 눈썹과 비교하면, 눈썹이라고 부르기도 뭣할 만큼 여린 솜털입니다만, 그래도 눈썹이 있던 자리의 윤곽은 드러나고 있습니다. 속눈썹 역시 돋고 있어 즐겁습니다. 거울에게 물어보았지요. "어제보다 조금 더 길었다, 그렇지?" 거울이 얼른 대답해줍니다. "맞아. 정말 그래. 색깔도 약간 더 짙어진 것 같아." 신이 나서 또 물어봅니다. "나, 잘 견디고 있고 잘하고 있지?" 거울이 단호하게 대답합니다. "물론이지. 잘하고 있지. 이렇게 잘 먹고 운동하는데, 아주 최고로 잘하고 있는 것이지."

기분이 더욱 좋아져서 거울 속의 제 눈썹에게 고맙다는 인사를 하고 물러났습니다. 늘 있을 때는 고마운 줄도 모르고 있는 게 당연한 거라고 여기고 살았는데, 없어졌다가 돌아와 주니 눈썹 한 올이 얼마나 고마운지요. 있을 때 잘하라는 말은 비단 사람과 사람의 관계에만 해당하는 말이 아니라, 눈썹한테도 해당하는 말인 것 같습니다. 정말이지 있을 때 잘해야 한다는 것을 뼈저리게 느꼈습니다. 건강도, 머리카락도, 눈썹도요.

전에 거울을 볼 때는 지금처럼 거울에게 무엇인가를 물어보고 답하지는 않았었지요. 주로 확인해보기 위해 거울을 봤던 것 같습니다. 머리카락이 잘 빗어졌는지, 골라 입은 상·하의의 색상이 어울리는지, 식사를 한 다음에 혹시 이 사이에 낀 고춧가루가 없는지, 뺨에 돋은 뾰루지가 좀 가라앉았는지 확인하려고 거울을 들여다봤었습니다. 그런데 우연히 거울 앞에 서서 '물어보고 답하기' 놀이를 해보니 재미있을 뿐만 아니라 제 마음을 긍정의 힘으로 채우는 데 아주 도움이 됩니다. 어떤 순간에도 나를 완벽하게 지지해주는 든든한 친구 한 명이 늘 옆에 있는 듯한 기분입니다.

만약 내일이 병원 외래를 보러 가는 날이라고 가정해보면요. 며칠 전쯤에 CT 촬영(컴퓨터 단층 촬영computed tomography)을 했고 뼈 스캔bone scan이나 무가 스캔 같은 검사들도 받아놓았을 겁니다. 내일 외래에서 검사 결과를 듣게 되지요. 암 환우들은 공감을 할 텐데요. 외래를 앞둔 전날 밤에는 이런저런 생각과 불안감 때문에 잠이 잘 오지 않습니다. 결과가 괜찮을 거라고 믿지만 그래도 평상시처럼 깊게 잠들기가 쉽지 않습니다. 저 같은 경우는 2사이클cycle의 항암을 마칠 때마다 CT 사진을 찍습니다. 1사이클이 3주이니, 6주마다 검사를 받는 것이지요. 이렇게 방사선을 많이 받으면 어쩌나 싶기도 합니다만, 지금으로서는 별 대안이 없답니다. 여하튼 외래를 앞둔 날, 거울에게 물어봅니다. "내일 검사 결과가 나온단다. 괜찮겠지? 항암제를 다른 걸로 바꾼다거나 더 이상 치료할 수가 없다거나 하는 이야기는 안 듣겠지?" 거울은 제가 듣고 싶은 대답을 해줍니다. "그럼, 괜찮고말고. 이렇게 잘해가고 있는데 몸도 틀림없이 좋아지고 있어. 아무 염려 말고 자렴."

이처럼 '물어보고 답하기' 놀이를 할 때의 거울은 저를 감정적으로 지지해주고, 잘 나을 것이라는 확신을 강화시켜주고, 제 내면에서 긍정의 힘을 끌어내주는 매개체 역할을 합니다. 전처럼 뭔가를 확인하거나 판별하기 위해서도 여전히 거울을 사용하지만, 때로는 그 이상의 역할을 해주는 유용한 상상의 도구가 된 것이지요. 친구들에게도 한번 해보라고 권해주고 싶습니다. "거울아, 거울아, 이 세상에서 제일 예쁜 사람이 누구니?" 이렇게 물어보고 천천히 대답하면 되니까요. 「백설공주」 동화에서는 왕비가 나쁜 사람 역할을 맡았기에 그 악역을 제대로 수행하기 위해 거울이 들려주는 대답을 들어야 했지만, 우리 각자는 전부 자기 인생 무대의 주인공이니 틀림없이 좋은 대답이 들려올 것입니다.

그렇습니다. 거울이 들려줄 대답은 바로 주인공인 내가 상상하는 대답입니다. 우리는 살면서 원하지 않아도 종종 비교를 당하거나 판단을 당합니다. 어느 집 누구는 어떤데 너는 어떻다든지, 누구는 일을 잘하는데 너는 어떻다든지, 또 너는 너무 소극적이라든지 혹은 너무 설친다든지, 어디선가 튀어나온 여러 개의 잣대가 나를 재고 측정하려 하지요. 그런데 자기 자신까지 거울 속의 자기를 판단하고 평가하려고 애쓸 필요는 없을 것 같습니다. 때로는 휴식이 필요하지요. 거울 속의 자기를 안아주고 무조건 긍정해주고 좋아해주는 공상의 순간들이 필요합니다.

꿈보다 해석
마음의 동아줄 찾아내기

암을 이겨낸 사람을 취재한 텔레비전 프로그램을 보았습니다. 어쩌면 그리 헌신적인 배우자를 옆에 두고 있는지요. 아픈 배우자를 위해서 채소를 직접 재배해서 싱싱한 채소로 식사를 준비할 뿐만 아니라 암 치료에 좋다고 하는 온갖 먹을거리를 장만하고 있었습니다. 노동을 무진장하는 것에 그치지 않고 정서적으로도 아픈 배우자를 탄탄하게 지지해주고 격려하는 것 같았습니다. 암을 치유한 사람들은 어떻게 생활해왔는지 보고 뭘 좀 배우려고 텔레비전 앞에 앉았는데, 어느 순간 "저렇게 헌신적인 배우자가 없는 사람은 어떻게 하지?" 하는 생각이 퍼뜩 드는 것입니다. 수년의 세월을 무조건 희생하고 감정적으로 최대한 지지해주는 배우자. 이런 배우자를 가진 행복한 암 환자가 과연 얼마나 될까요?

암 환자의 생활 역시 사람 사는 일에서 한발 비껴나기가 쉽지 않습니다. 어제 저는 집 근처 카페에 가서 구석 자리에 앉아 잠시 울다 왔습니다. 주변 사람들은 제게 종종 이야기합니다. 마음이 편안해야 병이 나으니까 마음을 잘 다스리라고요. 맞는 말입니다. 그러나 마음을 다스리는 법에 관한 책들이 그렇게 많이 쏟아져 나오는 것을 보면, 정말 마음대로 안 되는 것 중의 하나가 바로 자기 마음이 아닌가 싶습니다. 남편이 간병 일을 버거워하는 것이 눈에 보이기 시작합니다. 체력적으로나 정신적으로나 스트레스가 심한 모양입니다. 제 병이 주는 어려움 중의 하나가 불투명한 미래입니다. 4기가 아닌 경우 간병을 하는 사람도 앞으로의 일정을 예측하고 계획을 세울 수 있을 겁니다. 항암을 몇 차까지 하고 방사선 치료를 얼마간 한다든지 하는 대략의 일정이 의료진으로부터 제시되니까요. 그러나 저 같은 경우는 기약할 수 없는 것이 목숨뿐만이 아닙니다. 항암을 통해 생명 연장을 한다는데, 이 항암이 언제까지 이어질 것이며 또 언제까지 환자의 체력이 버텨줄 것인지 알 수가 없는 것이지요. 간병하는 사람의 입장에서 보면, 이렇게 환자 중심으로 살아야 하는 세월이 5년이 될지 10년이 될지 예측할 수가 없는 겁니다. 저야 하나뿐인 목숨이 달린 일이니 어떻게 해서든 살아나려고 안간힘을 쓰지만, 냉정하게 보면 제 배우자에게는 아내의 존재 여부에 따라 인생의 모습이 달라지기는 하겠지만 자기 목숨까지 달린 일은 아니지 않겠습니까. 그러니 제 입장과 배우자의 입장이 동일할 수는 없는 것이고 또 그러기를 바라는 것도 욕심에 불과할 겁니다. 저를 살리고 싶은 간절한 마음이야 왜 없겠습니까만, 동시에 건강한 인간으로서 자유롭게 외출하고 사람들과도 어울리고 술을 마시고 노래도 부르고 싶은, 그런 평범한 욕구들이 틀림없이 있을 겁니다.

제가 책상 앞에 앉아 울고 있으니 버럭 화를 내더군요. 야채 스프 끓이고 밥하고 반찬 만드는데 뭐가 불만이라서 우는 거냐고, 더 이상 자기가 어떻게 해야 안 울 거냐고 제게 소리를 지릅니다. 암 환자가 왜 눈물이 솟겠습니까. 배우자가 집안일을 덜해 설거지거리가 쌓였다고, 걸레질이 엉망이라고 울겠습니까. 저도 모르게 눈물이 솟는걸요. 아무리 강인하게 마음을 먹어도, 새로 돋는 눈썹이 반가워도, 살 수 있다고 수백 번 되뇌어도, 그냥 눈물이 펑펑 솟기도 하는걸요. 집에서는 마음을 풀 자리가 마땅치 않아 카페의 구석진 자리에서 눈물을 말렸습니다.

마음이 가라앉으면 상대편의 입장을 헤아릴 여유가 생깁니다. 저는 공인된 암 환자라 누구를 만나든지 속상한 것을 풀어놓기가 쉽습니다. 제 배우자는 어디 가서 암 환자인 마누라가 밉다는 이야기를 하기가 쉽지 않을 겁니다. 또 이야기를 해본들 무슨 조언을 듣겠습니까. 아픈 사람이니까 네가 좀 더 참으라는 이야기나 듣게 되겠지요. 스트레스가 쌓이기도 했을 겁니다. 집에 돌아오니 남편도 화를 풀었는지 제게 말을 겁니다. "화내서 미안하다. 그런데 제발

울지 좀 말아라. 당신이 울면 내가 뭘 어떻게 해야 할지 몰라서 내 스스로한테 너무 화가 난다." 저는 마음속으로 대답해줍니다. "이 보십시오, 지난 세월 동안 나는 당신 때문에 생긴 화도 당신에게 못 풀고 살아왔는데, 어떻게 당신은 스스로한테 화가 난 것까지 암 환자인 나에게 풀고 살려고 합니까?" 그리고 해몽을 시작했지요. "소설 쓸 때 미운 인간 생생하게 잘 묘사하라고 내게 연습시켜주는 게지. 내 마음에 상처가 사라져서 혹여 소설 쓸 소재가 없을까 봐 상처를 덧내놓는 것이지."

우울감은 저녁때부터 가시기 시작했습니다. 해바라기 덕분입니다. 아는 선생님이 집 옥상에서 기른 해바라기를 한 아름 보내주었습니다. 거실에 싱싱한 해바라기를 풍성하게 꽂아놓고 있으니 그 강렬한 노란색이 주변을 밝게 하면서 제 마음도 덩달아 밝아지기 시작했습니다. 해바라기 덕분에 기운을 얻었고, 오늘 힘을 내어 산길을 걸을 수 있었습니다. 산길을 걷다 불현듯 깨달았습니다. 힘들던 순간마다 해바라기처럼 저를 살려주는 뭔가가 늘 제 옆에 있어 왔다는 것을요. 어느 날은 산에서 참으로 앙증스럽고 예쁜 새끼 다람쥐 한 마리가 겁내지 않고 저를 계속 따라왔습니다. 그 새끼 다람쥐 덕분에 무거운 마음을 털고 웃을 수 있었지요. 어느 날은 휴대폰으로 전송되어 온 성경 구절 하나가 저를 살려주기도 했고, 아이가 보내온 짧은 문자메시지가 저를 살려주기도 했습니다. "엄마, 주사 잘 맞아요", "엄마, 잘 자", "엄마, 힘내요", 이런 내용들이지요. 언젠가는 번쩍번쩍 번개가 치다 시원하게 퍼붓기 시작하는 소나기가 저를 구원해주었습니다. 빗발 굵게 쏟아지는 비를 보면서 제 마음의 무거운 것들이 함께 씻겨 내렸거든요.

그러고 보면 저는 엄청 살고 싶어 하는 것 같습니다. 저를 살려주는 것들을 어디에서 찾아내든 꼭 찾아내고 마니까요. 동아줄처럼 느껴지는 그것들을 꽉 잡고 우울의 늪에서 빠져나오곤 합니다. 우리가 산다는 것은 '꿈보다 해몽'일 수도 있습니다. 꿈은 이미 꾸어진 것입니다. 바꾸기가 힘든 것이지요. 안 좋은 꿈일지라도 해몽을 어떻게 하느냐에 따라 어떤 상황이나 문제를 풀어가는 방법이 바뀔 겁니다. 이런 식의 비유가 가당한 것인지는 모르겠습니다만, 어제 제 배우자가 제 마음을 아프게 한 것은 '현실'이자 동시에 '이미 꾸어진 꿈'입니다. 미운 인간상을 생생하게 묘사하는 연습을 했다고 생각한 것은 현실에 대한 저의 '해석'이자, 이미 꾸어진 꿈에 대한 '해몽'입니다. 해몽이 맞느냐 틀리느냐를 따지는 것은 의미가 없는 일 같습니다. 설사 틀린 해석일지라도 그렇게 해석하는 게 나를 살려가는 데 도움이 된다면 기꺼이 틀리고 싶으니까요. 해몽은 주관적이고 때로는 엉터리이기도 하지만, 그래도 해몽을 어떻게 하느냐에 따라 자신의 내면에서 동아줄을 찾아낼 수도 있고 이미 잡았던 동아줄을 놓칠 수도 있으니 해몽을 잘해야겠지요.

마음을 울리는 일들이 사라져서 동아줄 같은 것을 찾지 않아도 되는 생활을 할 수 있다면 그게 제일 좋을 겁니다. 하지만 사람 사는 일이 그러기가 쉽겠습니까. 이미 꾸어진 꿈에 사로잡히지 말고 해몽만이라도 잘해볼 필요가 있겠습니다. 어디에서나, 하다못해 산길의 다람쥐 한 마리에게서도 동아줄을 찾아내는 것이 바람직한 능력인지 아닌지는 모르겠습니다만, 스스로를 살려가면서 살아내야 하는 삶이 고독한 삶임에는 틀림없는 것 같습니다.

사랑도 정情도
그립지 않을 정도로만

　　매주 외래 주사실에서 주사를 같이 맞던 사람이 있었습니다. 자주 마주치다 보니 처음에는 눈인사를 나눴고 시간이 지나며 조금씩 이야기를 주고받게 된 사이였습니다. 3주일에 한 번씩은 유방암센터에서 주치의 진료를 받는데 그 사람과 저는 진료 날짜까지 똑같았습니다. 병원 복도에서 진료를 기다리는 동안 서로 안부를 묻곤 했었지요. 주사실에서는 귤, 초콜릿 등의 군것질거리를 서로 나눠주고 어떤 날은 그이가 정갈스럽게 싸온 유부초밥과 제가 가져간 김밥을 함께 나눠 먹기도 했습니다. 주사를 맞는 동안 각각 배정받은 침대는 떨어져 있어도 화장실을 오가며 서로의 모습을 보는 것이 작은 즐거움이자 따뜻한 위안이 되어 주었습니다. 두 사람이 똑같은 약을 똑같은 순서대로 맞고 있었기 때문에 더 진하게 동병상련의 정情을 느꼈는지도 모르겠습니다. 그이는 저

보다 서너 살쯤 위로, 몇 년 전에 유방암 수술을 받았으나 재발이
되어 치료를 받고 있었습니다.

그런데 지난주에는 그 부인이 보이지 않는 겁니다.* 1월에 첫
항암을 시작한 이래 매주 한 번도 빠짐없이 만나게 되던 사람이 갑
자기 보이지 않으니 몹시 허전했습니다. 외래를 기다리면서 혹시
다른 곳에 앉아 있나 싶어 계속 두리번거리며 찾아보았습니다. 외
래 시간이 나하고 많이 차이가 날지도 모른다는 생각에 간호사가
들고 있는 외래 환자 명단에서 그 사람 이름을 찾아보기까지 했습
니다. 이름이 없더군요. 아마도 외래 보는 날짜와 항암 날짜가 바뀌
어서 그럴 거라고 짐작을 하면서도 몹시 헛헛하고, 또 혹시라도 무
슨 일이 생겼을까 봐 몹시 걱정이 되었습니다.

그날 저는 외래 주사실에서 주사를 맞으면서 부인을 계속 찾아
보았지만 주사실 안에서도 끝내 만나지를 못했습니다. 이제 일주
일이 흘렀습니다. 내일 아침에 저는 주사실에 갑니다. 아마도 그이
를 찾기 위해 주사실의 이곳저곳을 기웃거려보게 될 것 같습니다.
정을 들이는 일은 쉽지만 들인 정을 거둬들이는 일은 쉽지가 않습
니다. 지난 일주일 동안 부인의 모습이 자꾸 아른거렸습니다. 긴 이
야기를 나눴던 것도 아니고 서로에 대해 세세히 아는 것도 아닙니
다. 그럼에도 불구하고 동일한 병으로 동일한 치료를 받으니 그이

---

* 이 글은 2008년 7월에 쓴 것입니다.

에게 슬그머니 깊은 정이 들었나 봅니다. 제발 아무 일이 없기를, 다만 외래 날짜가 바뀌어서 항암도 다른 요일에 하고 있는 것이기를 바라고 있습니다.

저희 집에 와서 청소와 음식 만드는 일을 해주던 도우미 아주머니가 어제 아침에 제게 전화를 했습니다. 바로 전날 오후까지도 아무 말씀 없이 집안일을 잘해주고 갔었는데, 느닷없이 앞으로 저희 집에 못 오겠다고 하는 거였습니다. 제 마음이 잠시 복잡했습니다. 제일 먼저 저희 집 일에 힘든 뭔가가 있었나 하는 생각을 해봤고 또 아주머님을 편안하지 않게 해드린 게 있는지 돌아보았습니다. 딱히 그런 일이 있는 것 같지는 않았습니다. 식사라도 챙겨드리려고 애썼고 집안일도 과하지 않게 부탁드리려고 신경을 썼습니다. 몸 아픈 사람의 집에서 일하는 게 아주머님 입장에서는 뭔지 모르게 개운하지 않을 수도 있겠다 싶어, 약속된 수고비보다 좀 더 넉넉하게 드려왔습니다. 아주머님은 본인의 몸이 아파 그만두는 것이라고 설명하더군요. 손에 생긴 습진이 갑자기 심해져서 일을 계속하기가 힘들다고요.

그러자 다음 순간 섭섭한 마음이 드는 겁니다. 그만둔다고 며칠 시간이라도 두고 말씀하셨으면 다른 도우미 아주머니를 구해볼 수도 있었을 것이고, 또 떠나는 분과 제대로 인사라도 나누고 작은 선물이라도 하면 좋았을 것을, 이렇게 갑작스럽게 전화로 통보를 하나 싶으니 섭섭했습니다. 전화를 끊고 나서도 기분이 좋지 않았습니다. 시간이 한참 지나서야 기분이 좋지 않았던 이유가 아주머님에게 들였던 정 때문임을 알았습니다. 제가 정이 헤픈 편입니다. 처음부터 마음을 활짝 열지는 못하지만 몇 번 만남이 계속되고 상대편을 일단 제 마음에 들여놓게 되면 그다음부터는 마냥 정이 드는 게지요. 정이 헤픈 것보다 더 큰 문제는 정을 잘 떼지 못한다는 점입니다. 상대편이 먼저 손을 흔들고 멀리 사라진 다음에도 목을 길게 빼고 끝까지 바라보는 사람이 저인 게지요. 그 정 때문에, 산뜻하고 세련되게 이별 통보를 하는 아주머님에게 서운함을 느꼈던 것 같습니다.

오늘 여기는 많은 비가 내렸습니다. 예정대로라면 오후에는 아주머님이 오는 날이었지요. 아주머니의 부재로 인해 달리 불편한 일은 없었습니다. 그럼에도 불구하고 비가 쏟아지는 바깥을 내다보며 자꾸 얼굴을 떠올리게 됩니다. 엊그제 일 끝내고 가실 때, 작은 쇼핑백에 참외를 담으면서 복숭아도 몇 개 함께 넣을까 말까 하다가 넣지 않았는데 이럴 줄 알았으면 넣어드릴 걸 그랬다는 생각이 듭니다.

아프기 시작한 이래 가벼운 사랑만 하자, 언제든지 내려놓을 수있고 또 언제든지 떠날 수 있는 사랑만 하자고 마음먹었습니다. 그럼에도 불구하고 저도 모르게 새록새록 누군가에게 정을 들이고 마음 안에 상대편을 들여놓고 있었나 봅니다. 사랑도 정도 체력에 부치는 이 상황에 이르러서도 말입니다. 사랑도 좋고 정도 좋지만,

그립지 않을 정도로만 해야겠다고 다시 다짐하게 됩니다. 그러나 이미 그리워진 것들은 또 어떻게 내려놓아야 하나요. 주사실에서 매주 만나던 부인의 얼굴이, 제게 맛있는 김치를 싸갖고 와서 건네주시던 아주머니의 얼굴이 자꾸 떠오르는 날입니다.

'노No'라고 말할 수 있는 용기

암 진단을 받고 나서 사람들로부터 많이 권유받는 것이 '버섯'과 '종교'입니다. 버섯이 암 치료에 좋다며 이런저런 버섯들을 선물해준 분들의 마음에는 깊이 감사드리고 있습니다. 그러나 만약 사람들의 권유를 거절하지 못해서 암에 좋다는 그 버섯들을 다 먹었다면 제가 지금 괜찮을 수 있었을까요? 항암 중에 버섯 달인 물을 마시는 것은 간에 부담을 줄 수 있다기에 선물 받았던 버섯들은 모두 주변에 나눠주었습니다. 종교는 거절하기가 좀 더 힘이 듭니다. 버섯은 제가 먹었는지 안 먹었는지 확인하는 사람도 없고 안 먹으면 암이 안 낫는다고 겁을 주는 사람도 없지만 종교를 권하는 분들은 더 집요했습니다. 제가 종교가 있다고 했음에도 불구하고, 저하고 개인적으로 이야기를 나눠본 적이 없는 사람들까지도 다짜고짜 이 종교를 믿으면 틀림없이 병이 낫는다고 권유해왔습니다. 이름을 처음 들어보는 종교도 있었습니다. 그분들은 자기가 이 세상에서 가장 좋다고 생각하는 것을 제게 전해주려는 것이지만, 제가 만약 냉정하게 거절하지 못했더라면 지금쯤 일주일 내내 요일마다 다른 종교 행사에 참석하고 있었을지도 모릅니다. 참 많은 종류의 버섯과 종교를 권유받으면서 제가 느꼈던 것은 암 환자로 살아가려면 '노No'라는 대답을 확실하게 할 필요가 있다는 점입니다.

얼마 전에 항암 주사실에서 황당한 일을 겪었습니다. 아마도 병원 의료진 모르게 환자 보호자인 것처럼 행동하며 주사실로 들어온 것 같은데, 두 분의 아주머니가 항암을 받고 있는 제게 다가와서 '이야기를 좀 나누고 싶다'는 것입니다. 저는 고개를 저으며 확실하게 싫다는 의사 표현을 했습니다. 그러나 제 옆 침대의 할머니는 싫다는 소리를 못 했고, 아주머니들은 할머니 침대 양쪽에 걸터앉았습니다. 큰소리는 아니었지만 바로 옆에서 들려오는 소리이니 어떻게 안 들을 수가 있었겠습니까. 어떤 종교에 대해 말을 하자는 것이 아니고 또 그날 있었던 일은 그 두 분 아주머니들의 잘못에서 비롯된 것일 테니, 그 종교의 특정한 용어와 표현을 빼고 옮긴다면 대략 이런 내용이었습니다. 아주머니들이 권하는 종교는 A였고, 아주머니들이 할머니에게 무슨 종교를 믿느냐고 물었을 때 할머니가 대답한 것은 B였습니다. 그다음부터 있어서는 안 되는 일이 벌어졌습니다. 아주머니들 말이 할머니가 A를 안 믿고 B를 믿었기 때문에 이렇게 암에 걸렸다는 것입니다. 아주머니들은 아주 할머니를 협박하기 시작했습니다. 암이 얼마나 무서운 병인 줄은 알고 계시느냐? 지금 당장 A를 믿지 않으면 오늘 밤이나 내일 죽을 수도 있다. 죽고 싶지 않으면 지금 이 순간부터 B를 버리고 A에 매달려야 한다. 오로지 A를 믿어야만 살 수 있다. 우리가 도와줄 테니 어서 A를 믿어라. 할머니의 한숨 소리가 제 귀에 들려왔을 때 저는 지나가던 간호사를 불렀습니다. 간호사에게 여기 할머니 보호자는 어디 있느냐고, 힘드신 것 같은데 좀 살펴봐드리라고 부탁했습니다. 무슨 일이 벌어졌었는지를 모르는 간호사가 할머니에게 다가가자 두 아주머니는 슬금슬금 일어나 자리를 피했습니다. 살기 위해 힘들게 항암을 받고 있는 사람한테 오늘 밤이나 내일 죽을 수도 있다니요?

'노'라고 분명하게 말하면서 살아야겠습니다. 스스로를 지킬 수 있어야 합니다. 이것을 알면서도 실천이 안 되던 시기가 있었던 것 같기는 합니다. 몸으로나 마음으로나, 물질적으로나 인간관계에서나, 심하게는 이 모든 것에서 무력하기 그지없는 시간이 나를 덮쳐왔던 때가 있었던 것 같습니다. 그러나 암에 걸렸다는 것은 이제 그 무력감을 떨치고 일어나서, 나 자신에 대해 눈을 뜨고 스스로를 보호하라는 신호가 주어진 것입니다. 연습을 통해서라도 원하지 않는 것들로부터 스스로를 지킬 수 있어야 하겠습니다.

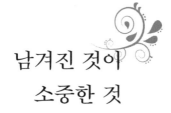

남겨진 것이
소중한 것

아마도 중학교 1학년이나 2학년 때 영어 수업시간
이었을 겁니다. 선생님이 칠판에 커다랗게 적어주고 외우라고 했
었지요. "A friend in need is a friend indeed(어려울 때 친구가 진정
한 친구이다)." 얼마나 근사하게 여겨지던 문장이던지요. 제 인생
에 어려움이 많았던 것일까요? 진정한 친구가 여러 명이라고 확
신하면서 살아왔으니 말입니다. 4기 암 진단을 받기 전까지는 그
렇게 믿고 있었습니다. 그러나 암 진단 전에 제가 겪었던 어려움
들은 그냥 신산한 사연들일 뿐이었지, 상대편의 마음에 들어 있는
진실까지 드러나게 하는 큰 불행은 아니었나 봅니다. 아리스토텔
레스Aristotle는 말합니다. "불행은 누가 진정한 친구가 아닌지를 보
여준다."

암 환자가 되고 나니 제 모든 인간관계가 속살을 드러냈습니다.

친구들뿐만이 아니라 가족, 친지를 비롯하여 제가 인연을 맺어온 모든 사람들이 '헤쳐 모여'를 다시 하는 것을 보았습니다. 그러고 보면 한 인간이 어느 날 갑작스럽게 맞이하게 되는 불행은 그 사람의 삶에서 거짓된 것들을 사라지게 하는 정화 작용을 하기도 하나 봅니다. 고통을 겪게 하는 대신에 진실을 볼 수 있는 기회를 주니까요.

　불행이 누가 진정한 친구가 아닌지를 보여주는 날, 저는 고구마를 굽습니다. 먼저 고구마를 흐르는 물에 깨끗하게 씻지요. 흙이 씻겨나간 예쁜 색의 고구마가 프라이팬 위로 올라갑니다. 제가 들 수 있도록 무게가 아주 가벼운 작은 사이즈의 프라이팬을 고구마 굽는 용도로 사용합니다. 뚜껑을 덮고 가스 불을 켜서 중간 정도의 세기에 맞춥니다. 고구마를 먹기 시작한 것은 저보다 몇 년 앞서 유방암 진단을 받고 수술과 항암 치료, 방사선 치료 등을 거쳐 현재는 매우 건강하게 생활하고 있는 이웃의 조언 때문입니다. 그분은 고구마를 박스째 들여놓고 매일 먹고 있다면서 제게 고구마가 암에 좋은 이유를 설명해주었고, 또 고구마에 관한 책도 선물해주었습니다. 저는 고구마나 감자 같은 탑탑한 음식을 좋아하지 않지만, 암을 잘 극복한 환우가 적극적으로 권하는 음식인지라 한두 개씩 먹고 있습니다.

　고구마가 굽히는 동안 거실에서 몸 풀기 체조를 합니다. 양팔로 크게 원을 그리면서 팔을 올렸다 내리고 무릎을 굽혔다 폈다 하면,

서운함과 허망함 때문에 가슴 안에 쏠려 있던 기운이 서서히 몸 전체로 퍼져나갑니다. 군고구마 냄새가 거실에 퍼질 즈음이면 제가 저 자신에게 이야기해줄 여유가 생기지요. "괜찮아. 다 괜찮아. 시인이 노래한 것처럼, 폭풍이 지나간 들에도 꽃은 피고 불에 탄 흙에서도 새싹은 돋기 마련이잖아. 내가 이렇게 살아가고 있는 한 지금은 아프고 고통스러울지라도 언젠가는 반드시 나을 거잖아. 온전하게 나아서 밝고 건강한 날들을 살아갈 거잖아. 그때 가서 돌아보면, 거짓된 것들을 사라지게 해줬던 지금이 너무 감사하게 여겨질 거야."

군고구마가 잘 익었습니다. 김이 모락모락 오르는 뜨거운 고구마 속살을 스푼으로 살살 떠먹으면서, 저를 즐겁게 하는 고구마 속살 같은 인연들만 생각합니다. 허망한 인연들은 제게 맨 얼굴을 보여주고 이미 떠났으므로, 제게는 이제 진실한 인연만 남아 있는 것 같기도 합니다. 떠오르는 사람들 얼굴을 마음으로 소중하게 감싸 안습니다. 그렇습니다. 남겨진 것들이 바로 소중한 것들입니다. 지금 내 옆에 남아 있는 것들이 제일 소중한 것들입니다.

자기암시의 다른 이름들

기도, 감사, 희망, 용기

상처가 없는 영혼은 없고, 고통이 없는 삶 역시 없다고들 합니다. 암 환자가 몸에 암을 가지고 있듯이 마음속에 고통이 암처럼 굳어 있는 사람들도 있겠지요. 상처는 어떻게 해야 잘 갈무리될 수 있는 것일까요?

어제 항암을 받고 왔습니다. 3주씩 묶어 차수로 따지면 9차 항암 중인데, 매주 항암을 받으니 26번째의 항암이었습니다. 지인들이 제게 자주 묻는 것이 "언제까지 항암 치료를 받느냐", "항암은 언제 끝나느냐"는 것이지만 답변을 드릴 수가 없는 질문이지요. 왜냐면 아무도 알 수가 없으니까요. 유방암의 경우 이런저런 경우의 수가 특히 다양하고 복잡해서 폐암과 더불어 의사들 사이에서 가장 까다로운 암으로 꼽힌다니, '유방암은 치료가 쉽다'는 일반적인 관념과 다른 면도 있는 것 같습니다.

주사실에서 어떤 분이 전화 통화를 하면서 '오늘 하고 나서 한 번만 더 하면 항암을 마친다'고 하는데 그 사람이 너무나 부럽더라고요. 나한테는 저런 날이 언제 올까 싶어 잠시 처연한 감정에 사로잡혔습니다. 수술을 받은 환우들은 표준 치료법에 따라 일정 기간 보조적 항암요법을 하고 항암을 마칩니다. 나이가 젊거나 병기가 높거나 해서 재발이나 전이의 위험에 좀 더 노출된 환우들의 경우 항암을 더 세게 하는데, 이런 경우에도 대략 6개월 정도면 항암이 마무리된다고 들었습니다. 제가 수술을 받았더라면 저도 어제 그분처럼 항암을 곧 마친다는 전화를 벌써 하지 않았을까요?

전이가 있는 암을 수술하지 않는 것은 의학이 경험해온 것들을 통해서 4기 암은 수술을 해도 별 혜택이 없을 뿐만 아니라 부작용이 생긴다는 것을 알았기 때문이라고 합니다. 따라서 전신에 병이 있다는 관점에서 약물 투여를 통해 몸 전체를 다스려가는 치료를 하는 것이지요. 저는 파클리탁셀 성분의 제넥솔Genexol과 트라스투주맙Trastuzumab 성분의 허셉틴Herceptin을 함께 맞고 있습니다. 파클리탁셀은 주목나무 추출 성분이 첨가된 항암제로 세포분열에 관여해 암의 성장을 저지하는 역할을 합니다. 트라스투주맙은 'HER2'라는 유전인자를 가진 유방암 환자들에게 선택적으로 작용해 전이와 재발의 확률을 낮춰주는 항악성종양제로 표적 치료제입니다. 제가 겪는 손발의 마비감과 손톱·발톱의 변형, 탈모, 부종 등의 부작용은 주로 파클리탁셀로 인해 생기는 것이고, 트라스투주맙은 심장에 작용하는 독성이 있어 '무가 스캔'이라는 검사를 규칙적으로 받는 것 외에는 크게 드러난 부작용은 없는 것 같습니다.

부서지고 들뜨고 짙은 보라색으로 변색된 제 손톱을 물끄러미 바라보다가, 항암을 26번씩이나 하고 있고 앞으로 얼마나 더 해야 하는지도 모르는데, 마음까지 움츠러들면 제 인생이 너무 딱하다는 생각이 들더군요. 저는 마음을 밝게 하기 위해서 감사한 것들을 떠올려보기 시작했습니다. 참 신기한 것이 처음에 감사한 것 두어 가지 떠올리기가 힘들지, 하나 둘 구체적으로 떠오르기 시작하면 그다음부터는 자동적으로 생각이 그쪽으로 이어져갑니다.

저는 처음 처방받았던 항암제로 항암을 받고 있습니다. 어떤 항암제가 어떤 환자에게 잘 맞는 경우는 보통 30퍼센트 정도의 확률이라는 자료를 읽은 적이 있습니다. 항암제가 잘 맞지 않으면 암은 자라게 되고 항암제를 바꾸게 되지요. 항암제 종류가 무한한 것이 아니라서 항암제를 자주 바꾼다는 것은 그만큼 써볼 수 있는 약이 줄어드는 것을 의미합니다. 동일한 항암제로 오래 버틸수록 새로운 항암제가 개발되는 것을 기다릴 시간을 버는 것이니, 치료를 받으며 암과 나란히 살아갈 확률이 높아지는 것이겠지요. 저는 감사할 것들을 하나하나 간단한 문장으로 만들어서 마음속으로 이야기하기 시작했습니다.

"같은 약으로 항암을 계속 할 수 있어서 감사합니다."

"백혈구 수치가 양호해서 항암을 거르지 않고 받으니 감사합니다."

"주삿바늘을 꽂을 수 있게 혈관이 잘 찾아져서 감사합니다."

"조금 전에 김밥을 먹었습니다. 잘 먹고 항암을 견뎌 감사합니다."

"주사실에 오기 전에 산에 다녀왔습니다. 감사합니다."

"제가 오늘도 이렇게 싱싱하게 살아 있어서 감사합니다."

"빚내지 않고 병원비를 계산할 수 있어 감사합니다."

그렇게 감사한 것들을 찾아 이야기하다가 불현듯 떠오르는 게 있었습니다. 10년 전 같았으면 저 같은 경우 평균 수명이 6개월 남았다고 본다던 이야기였습니다. 항암을 다 마쳐간다는 다른 환우를 부러워하다가, 하마터면 제가 벌써 6개월을 넘겼다는 사실은 까맣게 잊을 뻔했습니다. 환희로운 감사의 마음이 밀려오기 시작했습니다. "감사합니다. 정말 감사합니다. 6개월이 지났습니다. 기쁩니다. 감사합니다." 제 마음이 진심으로 기뻐하자 희망과 용기가 솟아나는 것이 느껴졌습니다. 이렇게 지내다 보면 2년도 지날 수 있을 것이고 5년도 지날 수 있을 것이라는 희망이 구체적으로 느껴지면서, 그렇다면 더 부지런히 먹고 운동하면서 긍정적으로 생활해야겠다는 각오를 다졌습니다.

마음이 아프거나 곤할 때는 감사한 것들을 떠올리는 것이 참 힘이 되어줍니다. '감사'는 제 삶을 바라보는 시선의 방향을 바꿔줍니다. 내가 가지지 못한 것에 집중하던 시선을 돌려서 내가 누리고 있는 것들에 집중하게 하지요. 그러면 부정적이던 감정이 낙관적인 감정으로 전환되는 것 같습니다. 결핍의 시선으로 볼 때는 상처와 고통이 부각되었습니다. 나를 힘들게 했던 과거가 보이는 것이지요. 그런데 감사의 시선으로 보다 보면, 감사가 또 다른 감사할 것들을 부르면서, 내 삶 속의 상처와 고통을 경감시키는 한편 오늘을 살아갈 희망과 용기까지도 생성해준답니다.

이런 감정과 정서의 변화는 바로 몸의 반응으로 연결되는 것 같습니다. 속상한 일이 있을 때 식욕이 떨어지고, 마음 급하게 마구 서두르다 보면 혈압이 올라가고, 기쁜 일이 있어 신나게 웃다 보면 몸이 가뿐해지고 몸살기가 사라지는 것처럼, 심리적인 상태가 몸에 큰 영향을 주는 것을 느낍니다. 이 말은 곧 제가 어떤 생각을 하고 어떤 감정을 갖느냐에 따라 제 몸의 면역계가 영향을 받는다는 이야기겠지요. 그러니 어떻게든 긍정적이고 밝은 생각과 감정으로 면역 체계를 강화해가는 것이 건강을 회복해가는 방법일 것입니다.

몸의 면역력을 높이기 위해 노력해볼 수 있는 것들이 의외로 많이 있는 듯합니다. '감사'도 그중 하나이고, 또 '밝은 상상'도 좋은 방법입니다. 인간의 정신과 마음에 작동하는 상상력이라는 추상의 힘이 몸과 마음을 치유해갈 수 있는 것일까요? 저는 그렇다고 생각합니다. 다만 치유를 도우려면, 과거를 돌아보거나 고통스러웠던 것에 집중하는 에너지는 최소화하고, 밝은 미래를 상상하는 긍정적인 에너지는 최대화시켜야 하는 것 같습니다. 자기가 원하는 미래를 상상하는 것인데 부정적인 것, 힘든 것, 슬픈 것을 상상할 까닭이 없지 않겠습니까? 감사의 시선으로 내 삶을 바라보는 것이 희망과 용기를 생성시켜주듯이, 나를 행복하게 하는 것들을 떠올려야 활력이 생기는 것을 느낍니다. 내가 왜 마음이 아팠는가를 자꾸 이야기하는 것보다는 나는 이렇게 마음이 튼튼해졌다고 '자기암시'를 하는 것이 상처를 극복할 힘을 줍니다.

저는 상상을 통해 '자성적 예언'을 매우 자주 합니다. 산길을 걸을 때 몸이 온전하게 건강해진 제 모습을 상상하고, 상상 속의 모습이 현재의 진짜 제 모습인 것처럼 행복감을 느껴보고, 틀림없이 그렇게 되어갈 것이라고 믿습니다. 상상을 통해 제가 간절히 바라고 있는 것들을 제 무의식에 끊임없이 암시해주는 방법이지요. 그러고 보면 현재의 내 인생을 감사의 시선으로 바라보면서 아직 오지 않은 미래의 일들을 믿고 바라는 것은, '기도'의 모습과 그대로 닮아 있는 것 같기도 합니다.

5. 계절이 오가고,
삶이 흐르고

제가 걷고 있는 산길은 무엇이든지 제게 괜찮다고, 정말
괜찮다고 대답해주었습니다. 산은 제 마음의 상처에 반
창고를 붙여주었고 다 괜찮은 거라고 위무해주었으며
앞으로는 다 좋아질 거라고 대답해주었습니다. 정말로
그랬습니다. 산이 제게 들려준 대답은 한결같이 괜찮다,
정말 괜찮다, 다 괜찮다는 거였습니다.

계절이 준 선물,
'4시간의 외출'

어느 날 문득 계절이 바뀌고 있는 것을 느낍니다. 아, 정말 덥다 하던 것이 엊그제 같은데 밤바람이 서늘하게 느껴져 창문을 닫으면서, 저 멀리 보이는 파란 하늘에 아스라하게 가을 기운이 스며들어 있는 것을 보면서, 뜨거운 국을 먹어도 땀이 별로 흐르지 않는 것을 느끼면서, 그 길던 더위가 사그라지며 여름이 가고 가을이 오고 있음을 느끼게 됩니다. 자연의 변화와 그 신비 앞에 경이로움을 느끼게 됩니다.

여름의 끝자락에 즐거운 나들이를 했습니다. 아들이 고등학교에 입학했지만 제 몸이 아프다 보니 학교에 가보지 못했었습니다. 기숙사에 입소하던 날에도, 입학식을 하던 날에도, 학부모 총회가 있던 날에도, 학부모 모임과 봉사가 있던 날에도, 그리고 한 학기를 마치고 기숙사를 퇴소하는 날에도 가보지 못한 채, 집에서 마음만 아렸습니다. 대부분의 엄마들이 학부모 총회에 참석하고 또 입·퇴소 시에는 차로 짐을 옮겨주는데, 저는 이런 일이 있으나 저런 일이 있으나 모든 걸 아이에게 맡겨둘 수밖에 없는 상황이었지요. 지난 화요일은 아이가 2학기 개학을 앞두고 기숙사에 입소하는 날이었습니다.* 저는 이날 아이와 함께 학교에 가보고 싶어서 몸 상태를 최상으로 만드는 일에 정성을 기울여왔습니다. 많이 먹으려고 애썼고 극성스러운 더위에도 불구하고 산에 가는 일을 거르지 않았습니다. 또 매일 상상하고 기도했습니다. 짐을 나르거나 방 정돈을 도와줄 체력은 안 되지만, 왕복 3시간가량 차를 타고 또 1시간가량 아이의 학교에 머무를 수 있는 체력을 제게 주시기를 간절히 청했습니다. 아이의 학교에 가서 기뻐하는 제 모습을 상상해왔습니다. 그리고 소망했던 대로 아이가 공부하고 있는 학교에 가볼 수 있었습니다. 아픈 이래 처음으로 살고 있는 동네를 벗어난 외출이었고, 또 가장 먼 나들이였지요.

학교와 기숙사는 학교 홈페이지에서 사진으로 봤던 것보다 훨씬 넓고 정갈했습니다. 산으로 둘러싸인 교정은 고즈넉하게 아름다웠고, 공기는 더할 나위 없이 맑았습니다. 아이와 남편이 짐을 나르는 동안에 저는 아이에게 배정된 기숙사 방 침대에 앉아 쉬었습니다. 아들아이가 고등학교 시절을 보내는 곳에 와볼 수 있다는 것이 참

---

* 이 글은 2008년 8월에 쓴 것입니다.

으로 기쁘고 감사했습니다.

목요일인 오늘은 30주째의 항암 주사를 맞고 왔습니다. 외래 주사실 제 옆 침대에서 주사를 맞던 아주머니가 얼마나 오래 주사를 맞았느냐고 물어서, 매주 맞고 있는데 30주째라고 했더니 자기는 5주째인데도 이렇게 힘이 들고 못 견디겠는데 어떻게 그리 오래 맞느냐면서 놀라워했습니다. '그냥 맞았어요'라며 웃고 말았지만 이 길이 제게 주어진 외길이었으니 달리 무슨 방도가 있었겠습니까. 한창 추위의 절정에 항암을 시작했고, 항암을 하면서 겨울이 가고 봄이 왔고, 또 봄이 가고 여름이 왔고, 그리고 이제 여름이 가고 가을이 오고 있습니다. 몇 달을 살더라도 주사를 맞지 않고 살고 싶단 충동에 휩싸인 적도 있었고, 정말이지 그만두고 싶단 생각에 모든 것을 끝내버리고 싶은 파괴적인 감정에 시달린 적도 있었습니다. 그러나 슬그머니 계절이 바뀌는 것처럼, 어느 날 거짓말처럼 무더위가 물러나고 선선한 바람이 불어오는 것처럼, 하나의 고비를 넘어서면 그 자리에 삶을 향한 열망이 새롭게 고여 오곤 했습니다.

어느 누구에게나 마찬가지겠지만 제게도 하나의 계절은 그냥 지나가지 않았습니다. 고통과 시련을 주었고 그만큼의 기쁨과 즐거움을 주었고 또 그 굴곡의 시간들을 통해 겸손함과 깨달음을 주었습니다. 올해 여름은 제게 더 인내하는 법과 더 강인해지는 법을 연습시켰고, 아이 학교에 따라가 볼 수 있는 큰 즐거움을 선물해줬고, 이제 가을을 맞이하는 기쁨을 주고 있습니다.

매일 가는 산에서 가파른 길을 오를 때 느끼는 것이 있습니다. 길이 경사가 심하고 거칠어서 걷기가 힘들 때는, 저 멀리 꼭대기를 바라보는 것보다는 그냥 제 발을 내려다보면서 한 걸음 또 한 걸음 내딛는 것이 걷기에 좀 더 수월했습니다. 한 발 두 발, 그렇게 또박또박 걷다 보면 어느새 가파른 언덕을 올라와 있곤 했습니다. 저는 지금 인생에서 매우 가파르고 험한 길을 걷고 있는 중이겠지요. 그래서 너무 멀리 보기보다는, 산비탈에서 제 발걸음을 내려다보고 걷는 것처럼 오늘 하루 살고, 내일이 되면 또 하루를 살고, 이런 기분으로 생활하고 있습니다.

여름이 가고 있습니다. 가을이 오고 있습니다. 가고 오는 것이 동시에 이뤄지는 것처럼 몸이 아픈 것과 몸이 나아져가는 것이, 마음이 아픈 것과 마음이 치유되는 것이, 자신의 발을 내려다보는 것과 정상을 향해 나아가는 것이 모두 동시에 이뤄지고 있는 것 같습니다. 이상하게도 가장 아플 때 가장 많은 기도를 드리게 되는 것도, 가장 낮은 곳에 머무를 때 정신이 가장 청량해지는 것도 같은 맥락의 이야기인 것 같습니다. 그래서 가는 계절에 감사하고 오는 계절에도 감사합니다.

쉬운 이야기는
쉽게 하기

　　제가 요즘 재미있어하는 인물이 있습니다. 〈대한 민국 변호사〉라는 수·목 드라마에서 이성재 씨가 연기하는 '한민 국'이라는 인물인데요. 어젯밤에는 올림픽방송 때문에 방영 시간 이 밤 11시로 늦춰진 이 드라마를 보느라 자정 넘어 잠자리에 들었 습니다.● 드라마 보는 재미에 암 환자가 취침 시간을 어기고 텔레 비전 앞에 앉아 있었던 것이지요. 간단하면서도 정곡을 찌르는 몇 몇 대사들에 웃음을 터뜨리곤 하는데 어제도 역시 귀에 쏙 들어오 는 대사가 군데군데 있었습니다. 그중 하나가 한민국, 그리고 한민 국과 이혼한 부인이 만난 자리에서, 이혼한 부인이 여러 감성적인 이야기들을 하니까 한민국이 "쉬운 이야기를 어렵게 한다"고 말한

● 이 글은 2008년 8월에 쓴 것입니다.

부분이었습니다. 그 대사를 듣는 순간 제 머릿속을 스쳐간 생각이, 쉬운 이야기를 어렵게 하고 사는 사람 중에 나도 속하겠구나 하는 거였습니다.

사람의 유형을 구분 지어 분류하는 짓이 좀 유치하긴 합니다만 어젯밤 드라마 속의 대사를 기준으로 나눠본다면, 어려운 이야기도 쉽게 하면서 사는 사람들이 있고, 반면에 쉬운 이야기도 어렵게 하면서 사는 저 같은 사람들이 있는 것 같습니다. 또 쉬운 이야기는 쉽게 하고, 어려운 이야기는 어렵게 하면서 사는 사람들도 있겠지요. 말장난 같지만 쉬운 이야기는 어렵게 하고, 어려운 이야기는 쉽게 하는 사람들도 있을 수 있고요. 어떤 게 바람직한 것일까요. 그건 잘 모르겠습니다. 제가 아프고 나서 흔들리는 것은 고슴도치처럼 품고 살아왔던 제 가치관뿐만이 아닙니다. 식성도 변하고 취향도 변하고 있습니다. 흔들림 속에서 해답은 없다는 것을 느낍니다. 다만 쉬운 이야기도 어렵게 하면서 살아온 제 고지식한 성격, 그리고 해답을 찾으려고 하거나 계획대로 살려고 애썼던, 좋게 말하면 진지하지만 사실은 유연성이 부족한 제 품성이 병에 한몫했다는 것은 깨닫고 있습니다. 그래서일까요. 요즘은 어려운 이야기를 쉽게 하는 사람까지는 아니더라도, 쉬운 이야기 정도는 쉽게 하는 사람이 부담감이 없고 편안하고 좋습니다.

돌아보면 쉬운 이야기도 어렵게 하는 제 성격은 어린 시절에 길러진 것 같습니다. 제 부모님은 당시로서는 보편적이지 않던 조기

예능교육을 제가 대여섯 살 되던 무렵부터 시킬 정도로 자식 교육에 열의가 높았고, 또 그만큼 자식에 대한 기대가 컸습니다. 저는 부모님의 넘치는 관심과 사랑, 그리고 지원 속에서 자랐지만 동시에 어떤 순간에도 부모님을 온전하게는 만족시킬 수 없다는 좌절감을 느끼면서 성장해왔습니다. 반에서 일등을 해도 전교 일등이 아니니 더 열심히 하라는 이야기를 들었고, 미술 대회에서 입선을 해도 최우수상이 아니니 더 잘 그리라는 소리를 들었습니다. 부모님은 무엇에나 최고인 자식이 되기를 원하셨고 그런 부모의 기대가 한편으로는 저를 겸손하게 만들고 더 나은 성취를 위해 노력하게 하는 기폭제가 되어 주었지만, 다른 한편으로는 어떤 상황에서도 스스로에게 만족하지 못하고 좌절감을 느끼고 슬퍼하는 성격을 형성하게 한 것 같습니다. 있는 그대로의 저를 인정받지 못하고 늘 더 나은 미래를 위해 현재를 인내하고 희생해야 하는 생활 속에서 복잡한 마음으로 살다 보니, 쉬운 이야기조차도 어렵게 하게 된 것이 아닌가 싶어집니다.

쉬운 이야기를 쉽게 하는 것이 어떤 것인지 이제는 잘 압니다. 저도 그렇게 되고 싶습니다. 그러나 지금까지 쉬운 이야기도 어렵게만 하고 살아온 저 같은 사람의 습관이 하루아침에 바뀌기는 쉽지 않은 것 같습니다. 저런 사람이 되고 싶다고 해서 금방 그렇게 바뀌지는 않는다는 것이지요. 다만 노력하고 있습니다. 쉬운 말을 쉽게 할 수 있는 사람들이 부러워지는 오전입니다.

시련이지만
동시에 삶의 순간들을 빛내는 축복

탁상용 달력을 한 장 넘기니 붉은 단풍잎 그림이 떠 있습니다. 밖에는 비가 내립니다. 하루 종일 오는 비에 바깥 풍경이 젖어 있고 공기가 젖어 있습니다. 창으로 들어오는 바람 역시 축축하게 젖어 있습니다. 이 비가 그치면 성큼 가을이겠지요.

바람이 선선해지고 계절이 변화하는 것이 느껴지는 이 무렵이 되면 버리고 싶은 것이 부쩍 많아지곤 했었습니다. 마음과 정신에서, 그리고 생활 속에서 이런저런 군더더기를 걷어내고 핵심만 남기고 싶어졌었지요. 무거운 감정을 벗어던지고, 마음을 심란하게 하는 인간관계를 정리하고, 생존에 꼭 필요한 것만 남긴 채, 가을 공기처럼 가벼워지고 싶었습니다. 순수하고 청량한 존재인 나로, 내가 아닌 것은 아무것도 없는 나로 되돌아가고 싶었던 것 같습니다. 그러나 돌아보면, 버리고 싶은 것들을 제대로 버리지 못한 채

주렁주렁 매달고 가을 속을 헤매며 살아왔던 것 같습니다.

산은 온통 축축이 젖어 있었습니다. 그리고 인적 없이 텅 비어 있었습니다. 안개가 끼고 바람이 불어오는 산길을 우산을 쓰고 혼자 걸으며 이 가을, 처음으로 버리고 싶은 것이 없는 시간 속을 걷고 있다고 느꼈습니다. 암 환자가 된 이후의 생활이 하루하루 뭔가를 끊임없이 버려온 과정이어서일까요. 우리네 삶이 언제 어떻게 떠날지 모르는 나그네의 여정임을 뼈저리게 깨달으며 마음을 비워온 덕분일까요. 이제 제가 남겨둔 것들은 모두 제게 소중한 것들뿐이고, 또 저를 사랑하는 것들만 제 옆에 남아 있습니다. 고통과 혼란, 그리고 시련과 감정의 폭풍우를 견딘 것들이 남아 있고, 저는 그 안에서 정제된 제 모습을 봅니다. 암이 시련인 것은 분명하지만 동시에 삶의 순간들을 빛나게 하는 축복일 수도 있음을 느낍니다. 가벼워진 나, 순수해진 나, 청량해진 나, 그리고 내가 아닌 것은 아무것도 없는 지금의 나. 버릴 것이 없는 가을 속을 걷고 있음이 고맙고 감사한 날입니다.

'심플 라이프simple life'의
고독

'인생을 가치 있게 사는 법'이나 '인생의 무게를 가볍게 만드는 법' 같은 주제를 다루는 자기계발 서적들이 여러 종류 발간되는 것을 보면, '어떻게 살아야 잘 사는 것일까?' 하는 생각을 너 나 할 것 없이 많이들 하는 모양입니다.

저 역시 궁금해서 몇 권 읽다 보니 이런 책들이 공통적으로 언급하는 내용이 있었습니다. 그중의 하나가 '자기가 사랑하는 사람들과 가급적이면 많은 시간을 보내라'는 조언입니다. 즉 인생을 가치 있게 산다는 것은 삶에서 불필요한 것들을 버리고 간소하게 살면서 자기가 소중하게 여기는 것들과 더불어 삶의 평화와 기쁨을 누리는 것인데, 누구에게나 소중한 것 중의 하나가 '사랑하는 사람들'일 테고 따라서 이 사람들과 가능한 많은 시간을 보내는 것이 삶의 질을 높여준다는 이야기였습니다.

말인즉슨 맞습니다. 누군들 그러고 싶지 않겠습니까. 특히 저처럼 의료진으로부터 잔여 수명이 얼마라는 이야기까지 들은 입장에 처하면 더더욱 그러고 싶답니다. 제가 사랑하는 사람들과 식사를 같이 하고, 여유 있게 산책도 즐기고, 또 편안하게 이야기도 나누면서, 인생의 즐거움을 누리고 싶지요. 하지만 이런 것들을 바라는 건 제 희망 사항일 뿐이고, 제가 사랑하는 사람들은 매우 바빠 이런 시간을 내기가 어려운 걸요. 각자 직장이나 가정에서, 또 여러 일정과 약속 등으로 분주한 하루하루를 보내고 있지요. 이런 사람들에게 '사랑하는 우리가 함께 시간을 많이 보내는 것이 우리의 삶을 아름답게 하는 길'이라며 시간을 내라고 조를 수는 없지 않겠습니까? 또 제가 사랑하는 사람들이 저를 방문했을 때도 두어 시간쯤 있다가 다른 약속이 있어 가야 한다는데, 함께 더 오래 있자고 억지를 부릴 수는 없지 않겠습니까?

아무리 제가 상대편을 사랑한다고 해도, 또 자기계발 서적들이 권하는 대로 그 사람들과 긴 시간을 함께 하면서 삶의 가치를 높이고 싶어도, 상대편이 바쁘고 시간이 없다면 제가 뭘 어떻게 할 수가 있겠습니까? 아픈 저를 한두 번 방문해주는 것, 그것만으로도 매우 감사할 뿐이지요.

그래서 이 항목 외에 제가 실천할 수 있는 다른 일들은 뭐가 있을까 싶어 책을 뒤적여봅니다. 반갑게도 자신 있게 실천할 수 있고, 또 이미 실천했던 항목들이 있습니다. '생활 속에서 반드시 필요한 것이 아닌 물건은 버리라'는 것과 '때로는 혼자만의 시간을 보내면서 자신의 내적 공간을 만들라'는 것이었지요.

작년에 암 진단을 받고 제 짐을 거의 다 없앴습니다. 살 수 있을 거라고 수백 번씩 다짐하고 믿으면서도, 사람 앞일은 모르는 거니까 만약 무슨 일이 생길 때를 대비해서 제 물건들을 정리해놓고 싶었습니다. 먼저 오래전부터 보관해왔던 일기장들을 없앴고, 번역 글이나 논문, 습작 등의 원고들을 대부분 버렸고, 컴퓨터 디스켓도 한 장씩 부서서 폐기 처분했습니다. 옷장 역시 정리했습니다. 계절별로 필요한 옷을 두어 벌 정도씩 남기고 모두 재활용 수거함에 내놓았습니다. 수십 년 동안 구입해왔던 책들은 제가 제일 망설였던 것 중 하나였습니다. '이번 기회에 다 버리자' 하는 생각과 '그래도 책은 놓아두면 누가 봐도 볼 텐데' 하는 생각 사이에서 갈등했었지요. 그러다 아픈 사람 집에 낡은 책들이 많이 있으면 안 좋다는 미신 같은 이야기를 어디선가 읽게 되었는데, 그 말을 핑계 삼아 많던 책들을 시원하게 다 버렸습니다. 책을 버리니 책장도 필요가 없어지더군요. 책장 7개를 내놓으니, 방 하나가 거의 텅 비었습니다. '생활 속에서 반드시 필요한 것이 아닌 물건은 버리라'는 항목은 이미 잘 실천한 내용이지 싶습니다.

'때로는 혼자만의 시간을 보내면서 자신의 내적 공간을 만들라'는 항목 역시 혼자 산에 다니고 또 혼자 놀고 혼자 아프면서 거의 하루 종일 혼자서 시간을 보내고 있으니, 넉넉하게 실천하고 있는 사항일 것입니다. 이제 완연한 가을입니다. 나무와 흙에서, 바람과 햇살에서 투명하고 그윽한 가을 기운이 풍성합니다. 가을이라는 계절은 무엇을 통해 오는 것일까요? 해마다 다른 느낌이겠지만, 올해의 가을은 제 마음의 빈 공간을 통해 오는 것 같습니다.* 너무 많은 혼자만의 시간을 갖다 보니 마음 안의 내적 공간이 과도하게 넓어진 것일까요? 이상하게도 마음 한쪽이 시린 것 같습니다. 뭔가 허전한 것 같기도 하고 시큰해지는 것 같기도 합니다. 쌀쌀해지는 날씨에 긴팔 옷으로 몸을 가리듯이, 제 마음에도 뭔가 담요 같은 것을 덮어주어야 할 것 같아집니다. 하지만 언제나 '꿈보다 해몽'이니, 이건 내 인생의 무게가 가벼워진 증거라고 해석합니다. 가벼워지고 간소해진 '심플 라이프simple life'의 기쁨을 누리는 중이라고 생각합니다.

• 이 글은 2008년 10월에 쓴 것입니다.

일주일에
하루씩은

매주 하루씩 외래 주사실을 방문하는 날은 제가 최대한 겸허해지는 날이자 가장 많이 감사하는 날이기도 합니다. 이른 아침의 채혈로부터 시작되는 항암 화학요법을 위해 멀리 경상도나 전라도 등지에서 오는 분들은 잠을 제대로 못 자고 새벽에 길을 출발하거나, 또는 하루 전날 도착해 병원 가까운 친척집에 묵거나, 병원 앞의 '환자방' 같은 곳에서 숙박을 해야 합니다. 저는 집에서 병원까지의 거리가 가까워서 집에서 편안하게 아침 식사를 마치고와도 시간이 충분합니다. 감사하는 마음이 저절로 생깁니다.

항암 주삿바늘을 꽂을 때는 늘 긴장이 됩니다. 혈관을 튼튼하게 하기 위해 노력하고 있습니다만, 항암이 진행되어갈수록 혈관 찾기가 쉽지 않은가 봅니다. 간호사가 제 손등 여기저기를 탁탁 두드리다가 혈관이 찾아지지 않아 팔꿈치에 묶은 고무줄을 더욱 꽉 조일 때면, 마음속에서 저도 모르게 '하느님'을 찾게 됩니다. 몇 번씩 주삿바늘에 찔리는 고통을 경험하고 나니, 이때 마음에 떠오르는 소원은 한 가지밖에 없습니다. 주삿바늘이 혈관에 안전하게 잘 꼽히는 것이지요. 주삿바늘이 제대로 꽂히고 나면 얼마나 감사한지 모릅니다. 마음속으로 '감사합니다. 정말 감사합니다'를 되뇌게 되지요.

외래 주사실에서 저 같은 4기 환자이면서 오랫동안 잘 지내는 환우를 만나게 되는 날이면 고맙고 감사하고 기쁩니다. 제게 싱싱한 희망을 느끼게 해주니까요. 주사실이 몹시도 붐비던 어느 날, 의자에 앉은 채 주사를 맞으며 옆 사람과 이야기를 나누게 되었습니다. 저는 그분이 환우일 거라고는 생각조차 못 했습니다. 얼굴이 밝고 건강할 뿐만 아니라 근심이나 걱정 같은 그늘이 없었습니다. 마치 놀이공원에 와 있는 사람처럼 명랑하게 웃고 있었지요. 그런데 유방암 뼈 전이로 4기 진단을 받은 후 8년째 치료를 받는 중이라는 것입니다. 간호사가 그 사람 이름을 부르고, 그이가 뼈 주사를 맞기 위해 주사실 커튼 저 안쪽으로 사라지지 않았다면, 4기 환우라는 말이 의심스럽게 느껴질 정도로 아주 건강하고 좋은 모습이었답니다. 저는 그이를 만난 것이 큰 행운의 신호처럼 느껴졌습니다. 저와 같은 병, 같은 뼈 전이인데, 8년이나 되었는데 저리 건강하다니, 저도 그이처럼 잘 생활해갈 수 있을 것 같은 용기가 솟아났습니다. '감사합니다. 강력한 희망을 주셔서 감사합니다' 하면서 그이에게 마음으로 감사의 인사를 전했습니다.

그러나 아주 가끔은 외래 주사실에서 마음이 딱 멈춰 서는 듯한 순간들과 마주치게 됩니다. 이때는 아무 생각도 떠오르지 않을 뿐 아니라, 감정 역시 순간적으로 정지되어버리는 것만 같습니다. 시간이 좀 지나야 안타깝다든지 슬프다든지 하는 감정이 지각되기 시작하지요. 제가 주사실에서 봤던 제일 어린 환자는 돌이나 지났을까 싶은 아가였습니다. '엄마' 소리는 분명하게 발음했지만 몇 마디를 빼고는 다른 말은 잘 하지도 못할 만큼 아주 어린 아가였습니다. 엄마가 아가를 꼭 품에 안은 상태에서 간호사가 항암 주삿바늘을 꽂기 위해 아가를 만지는데, 아가가 엄마 품 안으로 더욱 달라붙으며 자지러지게 웁니다. 그리고 울음 사이로 비명처럼 같은 말을 반복하는 겁니다. '엄마 미워. 엄마 미워. 엄마 미워…….' 앳되게 젊은 엄마는 있는 힘을 다해 아가를 붙잡으며 울먹이는 소리로 대답했습니다. 아가가 '엄마 밉다'고 한 번 말할 때마다 한 번씩 대답했습니다. '엄마가 미안해, 엄마가 미안해, 엄마가 미안해…….' 주사실 안에 정적이 흘렀습니다. 아가의 자지러지는 울음소리와 '엄마 미워' 소리, '엄마가 미안해' 소리 외에는 모든 것이 멈춰 서는 듯 했습니다. 주삿바늘이 잘 꽂히고 아가의 울음소리가 멈추고 아가 엄마의 울먹이던 목소리가 가라앉은 다음에야, 주사실 안에서 다른 소리들이 들려오기 시작했습니다. 사람들의 말소리, 움직이는 소리가 다시 시작되었습니다. 그제야 저도 감정이 느껴졌습니다. 생명의 애잔함, 안타까움, 슬픔 같은 감정들이 느껴지기 시작했습니다. 그리고 그 아가와 아가의 엄마를 위해 짧은 시간이나마 기도할 여유를 되찾을 수 있었습니다.

주사실에서 만나게 되는 환우들 중에는 드물기는 해도 초등학생도 있고, 중·고등학생도 있고, 갓 스무 살 남짓 되어 보이는 어린 청춘들도 있습니다. 대부분은 동화책을 읽기도 하고 휴대폰을 들여다보기도 하면서 씩씩한 모습으로 주사를 맞지만, 어쩌다 그 어린 눈빛들 안에서 두려움이나 절망감 같은 것을 보게 되는 날이면 '하느님, 당신의 뜻은 무엇입니까' 하는 질문이 마음 저 아래에서 튀어 오릅니다. 아픔 같은 것이 유리조각 파편처럼 제 마음에도 박혀오는데 무엇을 어떻게 할지 몰라 주사실 안을 두리번거리게 됩니다.

일주일에 하루씩을 이렇듯 항암 주사실에서 보내는 제 생활은 이제 37주째로 접어들고 있습니다. 침대에 누워 주사를 맞는 시간은 제가 겸허한 마음으로 인생을 복습하고 예습하는 시간입니다. 제 삶이 주마등처럼 스쳐가지요. 링거액이 한 방울씩 떨어져 내릴 때마다 삶과 죽음이, 버리고 싶은 것들과 채우고 싶은 것들이, 놓고 싶은 것들과 놓치고 싶지 않은 것들이 단순하고 명확하게 보이지요. 겸허하고 순수해지는 마음으로 인생을 돌아보게 한다는 점에서, 앞으로의 인생에서 진실로 동행하고자 하는 것들이 무엇인가를 깊이 사색해보게 한다는 점에서, 또 생명을 향한 끝없는 감사와 경탄뿐만 아니라 깊은 연민과 비애까지도 맛보게 한다는 점에서, 항암 주사실에서의 하루는 철학과 종교와 문학을 학습하는 시간 같기도 합니다.

인생을 복습하고 예습하는 시간을 서른 번 넘게 가진 덕분인지, 제게는 새로운 '일주일에 하루씩'의 계획이 생겨나기 시작했습니다. 일주일에 하루씩은 저도 조금이라도 좋은 일을 해보면서 살고 싶다는 마음이 생겼습니다. 체력이 달려 '하루'라는 시간을 내는 것이 불가능하다면, 일주일에 한 시간씩만이라도, 아니 몇 분씩만이라도, 제가 살고 있는 이 세상에 조금이라도 행복과 긍정을 줄 수 있는 일들을 해보고 싶어졌습니다. 그래서 일주일의 그 하루가 오면, 저는 낯가림이 심한 제 성격을 벗어나 산에서 만나는 아픈 사람들에게 먼저 인사를 합니다. 제가 아프고 나서 알게 된 것인데, 몸이 아픈 사람은 다른 아픈 사람을 쉽게 알아봅니다. 산에서 만나는 낯선 아픈 이들에게 얼굴이 좋아 보인다든지 힘내라든지 하는, 제가 다른 사람들한테 들었을 때 기운이 나던 인사말을 짧게나마 건넵니다. 그리고 그 하루가 오면 공원 산책을 하면서도, 이웃을 만나서도, 집에서도, 제 힘으로 할 수 있는 작은 일들을 찾아봅니다. 오른팔만 사용할 수 있지만 한 팔로 들 수 있는 무게만큼 먹을 것을 사서 이웃들과 나누기도 하고, 공원을 산책할 때 길에 떨어진 비닐봉지나 휴지 같은 것을 줍기도 하고, 엘리베이터에서 만난 꼬마에게 칭찬을 해주며 꼬마가 기뻐하는 것을 뿌듯하게 지켜보기도 합니다. 그 하루는 고마워, 감사해, 좋아, 사랑해, 기뻐, 이런 따뜻한 어휘들로 제 생활과 마음을 채우려고 노력합니다.

'일주일에 하루씩'의 계획을 실천하면서, 세상을 돕는 것이 결국은 저 스스로를 돕는 것임을 느끼고 있습니다. 마음이 편안해지고 평화로워질 뿐만 아니라 생활에 활력이 생기고 신명이 나려하니까요. 그러니 세상을 돕는다는 식의 거창한 생각까지는 할 것도 없이, 그냥 조금이라도 좋은 마음으로 좋은 일을 하며 사는 것이 바로 자기를 위하는 길임을 느끼게 됩니다.

사람의 마음은
서로 닮아 있다

오늘 〈가요무대〉에서는 '가을'을 주제로 한 노래들을 들려주었습니다. 노래를 듣다가 가을이 주제인 노래들은 왜 한결같이 우수를 띠고 있는 것일까 하는 생각이 들었습니다. 이별, 외로움, 허무감, 삶의 유한함 등을 반영하는 구슬픈 가사와 곡조들이 많더군요. 아마도 사람들 마음이 비슷해서 그런 게 아닐까 싶었습니다. 가을은 자신의 인생길을 한 번쯤 반추해보게 하는 계절인 것 같고, 이런 계절에 사람들이 주로 느끼는 감정을 위무해주는 노래들이 세월을 견디고 살아남은 것이겠지요.

마음대로 다니지 못하는 제게 현재 외부를 향해 열려져 있는 통로는 전화와 메일입니다. 그런데 참 이상하고 재미있게도 어떤 특정한 날에 사람들 연락이 몰려온다는 것을 경험하고 있습니다. 바깥 활동을 할 때는 일 때문에 전화와 메일을 주고받는 일이 잦으니 이런 날 저런 날 가리지 않고 연락이 오갔습니다만, 요즘은 외부 활동을 멈춘 상황이라서 지인들이 사적인 메일을 보내거나 전화를 하는 건데, 이런 반가운 연락이 어떤 특정한 날에 몰려오는 일이 잦았습니다. 누군가에게 연락을 해보고 싶고 상대편의 소식이 궁금해지는 날이 있는 모양입니다. 날씨의 영향 때문일 수도 있겠지요. 또 다른 요인들도 있겠지만, 여하튼 사람들 마음이 엇비슷하게 움직이면서 어울려 살아가고 있는 게 아닌가 싶어집니다.

　사람들의 마음이 닮아 있는 것은 산책을 할 때도 느낍니다. 산에서 자주 만나게 되는 사람들이 있습니다. 저는 그 사람들이 누군지 모르고 그들 또한 저를 모릅니다. 그러나 피차 건강이 좋지 못하다는 것쯤은 눈치챌 수 있습니다. 서쪽 산등성이에 있는 오솔길에서 자주 마주치는 아저씨는 볼 때마다 빠른 걸음으로 그 오솔길을 여러 번 왕복합니다. 코에 반창고를 붙인 아주머님 한 분은 그 오솔길 중간에 있는 벤치에 자주 앉아 있습니다. 이쪽 산등성이, 저쪽 산등성이에서 저와 거의 매일 마주치는 젊은이 한 명은 늘 회색 티셔츠와 반바지 차림인데 생수 병을 들고 빠른 걸음으로 산을 누비고 다닙니다. 살아야겠다는 결의 같은 것이 그 젊은이의 몸에서 뿜어져 나옵니다. 정자 옆에 있는 벤치에는 아주머님 한 분이 가부좌를 하고 심호흡을 합니다. 이 사람들과 엇갈려 지나치면서, 때로는 서로 눈이 마주치면서, 저하고 그 사람들이 거의 같은 생각을 동시에 하고 있음을 느낍니다. '당신도 몸이 아프군요. 어디가 아픈지는 모르지만 힘내세요, 꼭 잘 나으세요' 하고 서로에게 빌어주고 있음을 느끼게 됩니다.

구체적인 약속을 하지 않아도 사람들의 마음이 서로 비슷한 리듬으로 소통하고 있는 것을 보면, 역설적으로 우리가 저지르면서 살아가는 잘못이나 실수, 그리고 짓고 있는 죄도 서로 닮아 있는 것이 아닐까 싶어집니다. 다른 사람 탓을 할 것 없이 모두 제 탓이요, 하는 생각이 문득 드는 밤입니다.

외로운 날에는
낙엽이 친구다

손을 좀 다쳤습니다. 안방과 건넛방 사이에 큰 화분을 하나 놓아두었는데 화분이 비뚤게 놓여 있었습니다. 왼쪽 어깨와 팔을 제대로 못 쓰니 그냥 두었으면 좋았을 텐데, 바로 잡는다고 한쪽 손으로 화분을 돌리다가 큰 화분과 함께 넘어지고 말았습니다. 화분이 날카롭게 깨지면서 손을 베고 지나갔고, 영화 장면에 나오는 것처럼 피가 솟아올라 저는 비명을 지르며 화장실로 달려가 수건으로 다친 손을 감쌌습니다. 수건은 금방 벌겋게 피에 젖었습니다. 수건을 몇 장 더 집어 다친 손을 감싼 채 아파트 단지 바로 옆에 있는 정형외과로 달려갔습니다. 서둘러 마취를 하고 여러 바늘을 꿰매는 수술을 했습니다. 다행히 동맥은 괜찮고 정맥을 많이 다쳤다고 하더군요. 보름 정도 치료받으면 실을 뽑을 수 있을 거라고 했습니다.

내가 부주의했구나, 손을 많이 다쳤구나, 잘 치료받고 잘 나아야 지, 이렇게 단순하게 상황을 정리하고 마음의 평정을 유지하면 좋 을 텐데, 이상하게 감정이 얽히고 있습니다. 항암 주사 맞아야 하는 데 손을 다쳤으니 혈관 찾기가 더 힘들어졌겠다, 이렇게 다치고 욱 신거리고 아픈데 나를 위로해주는 사람이 아무도 없구나, 왜 이렇 게 쓸쓸하지, 이런 방향으로 자꾸 감정이 흘러가기 시작합니다. 깊 은 가을이라 그런 것일까요. 외로움에 단련이 되었을 법도 한데 오 늘은 참 외롭네요. 병원을 오가는 생활을 하면서 시시때때로 외로 웠던 적은 많았습니다. 아이는 학교 기숙사에 가 있고 남편과 둘이 살고 있는 상황입니다. 큰언니가 한두 달에 한 번 정도씩 부모님을 모시고 저를 방문합니다. 편찮으신 부모님 얼굴을 볼 수 있는 기회 이지요. 점심시간에 맞춰 와서 저희 집 근처 식당에서 만나 함께 식 사하고 대부분은 식당에서 바로 돌아갑니다. 부모님이 휠체어를 타는 상황인 데다가 간병인 아주머니의 도움이 있어도 승용차에 한 번 타고 내리는 것이 쉽지 않아 저희 집에는 잘 들르지 못합니 다. 저하고 얼굴 보는 시간은 한두 시간 남짓이지요. 그래도 큰언니 입장에서는 부모님을 모시러 가서 차에 태우고 저한테 다녀가려면 이른 아침부터 시간을 내고 신경을 써야 가능한 일입니다. 큰언니 에게 미안하고 고마울 따름이지요. 남동생이 가족과 함께 두어 차 례 저를 방문해주기도 했습니다. 너무나 곱고 예쁜 어린 조카들을 보고 웃을 수 있었지요. 이웃들이 저를 자주 불러내고 드문드문 친구들과 지인들이 놀러오기도 합니다만, 대부분의 시간은 혼자 보내고 있습니다.

가슴뼈 있는 부분이 뻐근한 것처럼 느껴집니다. 이런 느낌은 제 몸이 말을 건네는 것일 수도 있습니다. 아프면서 몸은 스스로 표현하고 있다는 것을 알게 되었습니다. 가령 언젠가부터 항암 주사를 맞는 날이면 혈관이 어디론가 다 숨어버린 채 보이지 않는 경험을 합니다. 항암 부작용으로 혈관이 약해진 탓도 있지만, 꼭 그것 때문만은 아닌 것이 주사 맞기 전까지만 해도 잘 보이던 혈관들이 주사실 앞에만 도착하면 갑자기 모두 숨어버리는 것입니다. 마음이 몸을 지배한다고 이야기하는 사람들도 있습니다. 그런 관점에서 보면 제 마음에 있는 두려움이나 긴장감이 혈관을 숨게 한다고 해석할 수 있겠지요. 그러나 꼭 그런 것만은 아닌 것 같고, 몸은 자기만의 언어와 표현 방식을 갖고 있는 것처럼 느껴집니다. 주사 맞기 전날이면 욕조의 따뜻한 물속에 앉아 혈관에게 소곤소곤 말을 겁니다. 괜찮아, 괜찮으니까 편안하게 주사 잘 맞자고 즐겁게 말을 겁니다. 이런 제 마음과는 상관없이 주사실 앞에 도착하면 혈관들은 어김없이 숨어버리고 맙니다. 제가 몸에게 아무리 괜찮다고 다독거리며 말해도, 항암 주사를 맞으면 어떻게 힘든가를 누차 경험해온 몸이 자발적으로 보이는 반응으로 느껴집니다. 주사를 맞기 시작하고 한두 시간쯤 지나면 혈관도 체념을 하는 것 같습니다. 숨는다고 해서 안 맞아지는 주사가 아니라는 것을 깨닫나 봅니다. 혈관들은 숨으려는 노력을 더 이상 하지 않고, 그냥 평소 때처럼 다시 밖으로 나오기 시작합니다. 지금 가슴뼈 부분이 저린 것도 마찬가지인 것 같습니다. 깊은 가을이라 기분이 감상적이 되어 그런 거라고, 그냥 약간 쓸쓸한 감정에 잠시 발목이 잡힌 것뿐이라고 다독여도, 몸은 제게 뭔가를 이야기하고 있는 것처럼 느껴집니다.

조금 전에는 옷을 걸쳐 입고 공원에 나가서 낙엽을 실컷 밟다 들어왔습니다. 그래도 이런 날 친구가 되어주는 낙엽이 있어서 감사합니다. 헛헛하고 쓸쓸한 이 순간, 이렇게 글을 쓰며 다시 제 내부로부터 위안과 격려를 건져 올려야 하는 것이겠지요. 가을밤이 깊어갑니다. 제 마음도 깊어져갑니다. 외로움은 같이 깊어가지 않았으면 좋겠습니다.

주사실에서 배우는
건강한 연민

오늘도 외래 주사실에서 주사를 맞고 왔습니다. 매주 드나들다 보니 간호사들의 주사 놓는 특징도 대략 파악하게 되었습니다. 어떤 간호사는 혈관을 쉽게 찾고 주사도 안 아프게 잘 놓습니다. 어떤 간호사는 혈관은 잘 찾는데 주삿바늘을 세고 거칠게 찔러 몹시 아프게 합니다. 또 참 친절하고 좋은 사람인데 혈관 찾는 실력만은 별로라서 꼭 주삿바늘을 몇 번씩 찌르는 간호사가 있는가 하면, 별로 말이 없고 무심한 편이지만 주사만은 언제 찔렀는지도 모를 정도로 하나도 안 아프게 잘 놓는 간호사도 있습니다.

영어회화 학원에 비교하자면 이제 저는 레벨level이 중급반 수준쯤 되는 환자인 듯싶습니다. 초보 환자 시절에는 침상을 배정받기 위해 이른 오전이나 아니면 아예 좀 늦게 주사실이 한산해지기 시작하는 시간대에 주사를 맞으러 갔습니다. 그러나 이 시간대에는 침대를 바로 배정받는 대신에 그 침상을 담당하는 간호사가 주삿바늘을 꽂아주기 때문에, 어쩌다 혈관 찾는 데 솜씨가 서툰 간호사를 만나게 되면 제 혈관의 고생이 막심하다는 것을 알았습니다. 한번은 혈관이 잘못 건드려졌는지 주사를 맞은 자리가 한 달도 넘게 파르르 떨리면서 욱신거리는 통증이 있었습니다. 그래서 언젠가부터 꾀를 내어 주사실이 제일 붐비는 시간대에 가기 시작했습니다. 이때는 환자가 너무 몰려 접수할 때부터 줄을 서야 하고 또 삼십 분에서 한 시간 정도는 기다려야 침대 순서가 돌아옵니다만, 그 대신 혈관이 고생을 하게 되는 경우는 거의 없습니다. 간호사가 테이블에 앉아 번호표 순서대로 환자 이름을 부르고 주삿바늘을 꽂아주는데, 주로 주사를 잘 놓는 간호사들이 테이블에 앉기 때문에 몇 번씩 바늘로 찔리는 일은 벌어지지 않는답니다.

가끔씩은 수습 중인 간호사들이 주사실에 올 때도 있습니다. 어떤 수습 간호사가 제 침상을 담당했을 때는, 링거대를 끌고 슬그머니 주사실 밖으로 나와 복도 의자에 앉아 주사를 맞았습니다. 저는 주사액이 좀 천천히 떨어지도록 해야 부작용이 덜하고 다음날 몸이 덜 곤한데, 그 수습 간호사는 천천히 맞게 해달라고 부탁하는 제게 원칙을 내세우면서 이 약은 정해진 시간이 얼마라고 야단치듯이 설명하고 주사액 속도를 자꾸 빠르게 조절했기 때문입니다. 천천히 맞으나 빨리 맞으나 한 시간 정도 차이인데, 빨리 맞아서 몸이 더 붓고 숨이 가빠지는 증상을 겪는 사람은 환자인 나인데, 항암제

설명서만을 고집하는 수습 간호사가 답답하게 느껴지기도 했었습니다. 제가 그 간호사 모르게 살며시 속도를 늦춰놓으면 부지런히 와서 들여다보고 다시 속도를 높이며 잔소리를 하기에, 그냥 링거 대를 끌고 복도로 나왔던 것이지요.

또 한 번은 다른 수습 간호사가 제 링거 병에 중대한 실수를 저질렀는데, 제 침상 담당 간호사가 환자인 제가 그렇게 했다고 오해를 했던 적이 있습니다. 주사를 다 맞은 다음에 바늘을 빼주는데, 바늘을 심하게 좌우로 흔들더군요. 제 혈관에서 터진 피가 옆 침상의 시트로까지 튀었고, 주삿바늘을 꽂을 때보다 몇 배나 심한 통증에 저도 모르게 신음 소리를 냈습니다. 주삿바늘을 빼내고 나서 그 간호사가 화난 목소리로 "환자가 마음대로 이렇게 링거 병을 건드리면 안 된다"고 꾸짖기에, 오해에서 빚어진 화풀이라는 것을 알았습니다. 아무리 짜증이 나도 그렇지 환자에게 이럴 수는 없다 싶어 병원에 항의를 하려다가, 자신이 오해했다는 것을 알게 된 간호사가 몹시 당황하면서 어쩔 줄 몰라 하고 미안해하는 것을 보고 참았습니다.

이 작은 사건은 제가 지금까지 주사실에서 겪었던 유일한 예외에 해당하는 경우입니다. 그 건을 제외하고는, 주삿바늘을 몇 번씩 찔러 제 혈관을 아프게 했던 간호사를 포함해서 주사실의 모든 간호사들에게 진한 감동을 받고 있고 또 진심으로 감사하고 있습니다.

나이로 따지면 저보다 많이 아래인 이십 대 또는 삼십 대가 주류인 것 같습니다. 하지만 나이와 관계없이 저는 외래 주사실 간호사들에게 마음에서 우러나오는 '선생님' 호칭을 붙여드리고 싶습니다. 주사실 간호사들의 업무는, 주사실만 그런 것인지 부서에 관계없이 간호사 업무의 특징이 그런 것인지는 잘 모르겠습니다만, 여하튼 주사실에서 지켜본 바로는 엄청 바쁘고 체력 소모가 많아 보입니다. 거의 서서 근무를 하고, 환자가 붐빌 때는 숨 돌릴 틈 없이 뛰다시피 이 침대 저 침대 사이를 끊임없이 오가고, 어느 환자에게나 하나밖에 없는 생명과 직결된 주사이기 때문에 긴장을 늦추지 못합니다. 이런 격무임에도 불구하고 주사실 간호사들은 참으로 신기하게도 한결같이 밝고 친절합니다. 뭔가를 물어보면 자신이 아는 범위 내에서 자세하게 답변하고 미심쩍으면 서로 의논해서 최선의 방향을 알려줍니다. 또 주삿바늘을 꽂거나 뺄 때마다 환자에게 수고하셨다고 먼저 따뜻한 인사를 건네고, 주사 맞는 동안 불편한 점이 없는지 자주 확인하고, 어쩌다 핏방울이라도 시트에 튀면 그 바쁜 와중에도 깨끗한 사각 천이나 새 시트를 가져와서 쾌적하게 주사를 맞을 수 있도록 보살펴줍니다. 환자 중에는 가끔이긴 하지만 또 본인 몸이 너무 힘들다 보니 그렇게 표현하는 것일 수도 있지만 예의에 벗어난 언행을 하는 사람들이 간혹 있습니다. 간호사를 '아가씨'라고 부르며 명령조로 말하는 사람도 있고 반말을 하는 사람도 있고 짜증스럽게 대하는 사람도 있습니다. 그런 경우에도 간호사들의 표정과 태도는 한결같습니다. 환자가 어떤 사람이든 어떻게 행동하든, 최선을 다해 업무를 수행하고 친절과 배려를 베풀려 하는 마음가짐이 진심으로 느껴집니다.

간호사들이 직장에서 교육받는 근무 수칙 같은 것이 있겠지요. 그 안에는 환자를 어떻게 대하라는 상세한 내용이 들어 있을지도 모르겠습니다. 그러나 교육을 통해 익힌 의례적인 친절 같은 것은 너무나 바쁘거나 곤한 상황에서는 마음에서 흘려버리기 쉬운 것임을 우리는 알고 있습니다. 그 친절이 햇살인지 바람인지 콘크리트 벽인지 환자들은 몸으로 피부로 분위기로 예민하게 느낍니다.

암 진단을 받기 전에도 몸이 약한 편인 저는 이 병원 저 병원 심심찮게 다닌 편이었습니다. 또 암 진단 전의 몇 년 동안은 부모님이 두 분 다 심하게 아프셔서 병원에 오래 입원했기 때문에 몇 군데의 대형 병원들을 길게 경험해보았습니다. 의료 기술 못지않게 병원 서비스가 나날이 발전되고 개선되어, 어떤 곳에서는 잘 다듬어진 잔디밭을 보는 듯한 느낌을 받았습니다. 그러나 제가 지금 치료받고 있는 병원의 외래 주사실 간호사들처럼 소박하고 따뜻하게, 마음에서 우러나오는 배려로 환자들을 보살피는 의료진은 잘 만나보지 못했습니다. 돌아보면 저는 한창 무더위가 이어지던 때에 어떤 고비를 맞았던 것 같습니다. 어느 날인가부터 도무지 견딜 수가 없다는 느낌에 시달리기 시작했습니다. 항암 부작용으로 손과 발에 마비감이 심해졌고 동시에 손발톱이 빠지려 해서 찜통더위에 샤워조차 제대로 하지를 못했습니다. 덫에 걸린 짐승처럼 열기 속에서 헉헉거리다가 항암을 그만 받고 싶다는 자포자기적인 생각까지 잠시 했던 적이 있었습니다.

그때 저로 하여금 마음을 다잡게 해준 것 중 하나가 바로 주사실 간호사들의 격려였습니다. '힘드시지요. 그래도 아직 혈관이 괜찮네요. 혈관이 안 찾아져서 힘든 분들이 참 많거든요. 얼마나 다행인가요. 병도 잘 나으실 거예요', '늘 웃는 얼굴이시네요. 그렇게 밝게 웃는 힘이 병을 잘 낫게 해줄 거예요. 꼭 좋아지실 거예요', '힘드셨지요? 그래도 오늘 주삿바늘이 아주 잘 꽂혔어요. 줄을 이렇게 테이프로 고정하면 좀 더 편하실 거예요. 불편한 거 있으면 언제든 이야기하시고 힘내서 주사 잘 맞으세요.'

저는 간호사들의 태도를 보면서, 그들의 격려에 기대어 곤함을 덜어가면서 자꾸 생각해보게 되었습니다. 무엇이 이들로 하여금 이 많고 다양한 환자들을 이토록 온기를 가지고 세심하고 씩씩하게 보살피도록 하는 것일까. 제가 보게 된 것은 이들의 '튼튼한 직업의식'과 '건강한 연민'이었습니다. 자신이 수행하는 일에 대해 완벽하려고 하는 의지와 태도, 환자가 밀려들어 숨이 턱에 닿도록 종종 걸음을 치더라도 어떤 실수도 하지 않으려는, 그리고 설령 실수가 있더라도 얼버무리려 하지 않으려는 단단한 책임감을 이들은 공통적으로 갖고 있었습니다. 그리고 언제 어떻게 될지 모르는 사람들을 향한, 순간적이고 충동적인 동정심이 아니라 성숙한 배려와 연민이 이들의 몸과 마음에 배어 있음을 느꼈습니다.

　간호사들로부터 여러 가지를 깨우치고 있습니다. 튼튼한 직업의식이 얼마나 눈부시게 아름다우며 또한 타인을 자연스럽게 돕는 것인가를 배우고 있습니다. 스스로를 연민이 많았던 사람이라고 생각하고, 타인을 먼저 배려하려는 지나친 제 연민이 병의 원인 중 하나였을지도 모른다고 생각하던 것에서도 벗어나게 되었습니다. 오만한 생각이었습니다. 타인에 대한 배려가 지나친 것이 문제였다기보다, 병든 연민이 문제였던 것이었습니다. 건강한 연민은 자기를 괴롭히지 않고 자기 자신을 야물게 지키면서도 타인을 돕고 배려한다는 것을 간호사들을 통해 배우고 있습니다. 그들에게 마음으로 감사의 인사를 전하고 싶어집니다.

　"외래 주사실 간호사님들, 깊이 감사드립니다. 참 훌륭하십니다. 당신들의 따뜻한 마음이 환자인 제게 용기와 희망을 주고 있습니다. 링거 건드린 사람이 저라고 오해했던 간호사님, 그 뒤부터 저를 보면 일부러 말 걸고 미안해하시는 것 느끼고 있습니다. 그때 한 번의 실수 외에는, 얼마나 성실히 일하고 정성껏 환자들을 돌보는지 제가 잘 알고 있습니다. 진작 용서해드렸으니 그만 잊고 힘내십시오. 모든 간호사님들, 감사합니다."

잘 가라,
나의 사십 대여

우리나라 식으로 나이를 세는 것에 익숙해서 제가 오십 대라고 생각해왔습니다. 그런데 주사실에 가면 이름과 나이를 기록한 차트를 침대에 걸어놓는데 제가 만 나이로 49세임을 확인하곤 합니다. 차트에 찍힌 '49'라는 선명한 숫자를 보면 아직 내가 사십 대구나 싶어 기분이 좋아집니다. 세월을 공짜로 얻은 것 같고, 또 병을 떠나가는 사십 대에 실어 보내고 싶다는 소망을 가질 수 있어 더더욱 좋았습니다.

어느새 올해도 막바지에 다다르고 있습니다.* 치료를 시작할 때는 내가 새해를 다시 맞을 수 있을까 싶은 두려운 심정이 없잖아 있었습니다. 이렇게 큰 위기를 겪으면 사람이 모든 일에 초연해질

---

* 이 글은 2008년 12월에 쓴 것입니다.

법도 합니다만, 저는 여전히 다양한 감정의 폭풍우 속에서 1년을 보냈습니다. 그러면서도 변화한 점들이 있는데, 거의 매일 산길을 걸었던 시간들이 서서히 저를 변화시켜온 것 같습니다. 오늘도 산은 여전히 풍요로웠습니다. 쌓인 낙엽들로, 눈 오는 날에는 흰 눈으로, 바람 부는 날에는 바람으로 풍성합니다.

산길을 걷는 동안에 제가 어떤 사람인가를 조금 더 이해하게 되었습니다. 어떤 성격인가를 알고, 무엇을 좋아하며 어떤 상태에서 안정감과 행복감을 느끼는지를 알게 되니, 저 자신에 대해 너그러워질 수 있었습니다. 스스로를 따뜻하게 품어 안고, 그동안 고생 많았고 열심히 살아왔다고 격려하고 칭찬하게 되었습니다. 제가 걷고 있는 산길은 무엇이든지 제게 괜찮다고, 정말 괜찮다고 대답해주었습니다. 산은 마음의 상처에 반창고를 붙여주었고, 다 괜찮은 거라고 위무해주었으며, 앞으로는 다 좋아질 거라고 대답해주었습니다. 정말로 그랬습니다. 산이 제게 들려준 대답은 한결같이 '괜찮다, 정말 괜찮다, 다 괜찮다'는 거였습니다.

괜찮다는 산의 대답을 들으면서 스스로를 좋아하게 되자, 마음 깊은 곳에 자리하고 있었을 분노와 상처의 무게 역시 가벼워지기 시작했습니다. 이전에는 마음에 상처를 안겨주던 사람들이나 상황에 대해 속상해하고 분노하면서도 다른 한편으로는 용서하고 이해하려고 안간힘을 써왔던 것 같습니다. 용서를 해야 제 마음이 편안해지기 때문이었겠지요. 돌아보면 죄는 상처를 준 사람들이 짓는

게 아니라 상처를 받은 사람들이 짓는다는 생각이 듭니다. 상처를 준 사람들은 용서받아야 한다는 생각 같은 것은 잘 하지 않고 그냥 살아가고 있는데, 상처를 받은 사람들은 누군가를 미워하고 분노하느라 소중한 시간과 에너지를 소비할 뿐만 아니라 잘 되지도 않는 용서를 해보려고 이중 삼중으로 마음의 감옥을 만들어 자신을 들볶으며 자기 인생에 죄를 짓게 되니까요.

저를 아프게 했던 대상들에 대해서도 어느 정도 무심해지게 되었습니다. 구태여 용서하려고 안간힘 쓰지 않아도 분노가 가벼워지니 '그래, 그 사람은 그런 식으로 살고 싶은가 보다' 또는 '그 사람은 나하고는 성격이 다른 사람일 뿐이야' 하고 거리를 두고 바라보는 것이 가능해졌습니다. 그러자 과거를 돌아보고 해석하고 정리하는 데 소요되던 에너지가 미래를 바라보는 에너지로 전환되면서, 삶이 한결 가볍고 자유로워지는 듯한 느낌을 받고 있습니다.

사십 대의 끝에서 얻은 몸의 병이, 몸과 마음의 병을 동시에 치유해가는 통로가 되어준 셈입니다. 사람의 마음이라는 것이 수시로 흔들리는 것이라 완전한 치유란 있을 수 없겠고 또 앞으로도 여러 시행착오를 겪으며 살아가겠지만, 저 자신을 이해하고 좋아하게 된 만큼 감정의 질곡으로부터 빠져나오는 길을 잘 찾을 것 같은 생각이 듭니다. 산에서 스스로를 좋아하는 저를 만납니다. 스스로에게 너그러워진 만큼 타인에게도 너그러워진 저를 봅니다. 신선한 공기와 밝은 햇살 속에서 자유롭게 웃는 저를 봅니다. 그리하여 진심으로 편안한 마음으로 저의 사십 대를 향해 인사를 건넵니다.

나의 사십 대여, 잘 가거라. 경직되었지만 진지했고, 수없이 넘어졌으면서도 일어섰고, 허황되게 방황했지만 끝내 마음의 길 하나는 잃지 않았던 나의 사십 대여, 잘 가거라. 행복해지고 싶었지만 행복해지는 방법을 몰랐고, 외롭지 않고 싶었지만 외로운 쪽으로 발걸음을 옮겼고, 버리고 싶다 하면서도 욕망과 집착을 안고 스스로를 잡아 뜯던 내 사십 대여, 숱한 실패로 점철된 시간들이 있었기에 이제 경이로운 길의 입구를 발견할 수 있게 되었구나.

사십 대의 마지막 해인 올해 1년은 제 인생에 오랜만에 주어진 안식년이기도 한 것 같습니다. 항암으로 힘들고 또 감정에 시달리는 날들이 없지는 않았으나, 올해처럼 먹고 자고 혼자 놀면서 스스로를 집중적으로 보살핀 적은 없었습니다. 안식년 덕분에 지금까지 살아온 삶을 돌아보고 앞으로 살아갈 날들을 자유롭게 꿈꿔볼 수 있었습니다. 병을 경험하는 중에도 이렇게 삶은 경이롭게 계속되고 있더군요. 우리가 흔들리는 발걸음으로, 흔들리는 그림자로 안개 같은 삶 속을 걸어간다 하더라도, 우리들 몸과 마음의 세포 하나하나에는 스스로를 살려가는 부드러운 푸른 씨앗이 자라고 있는 듯합니다.

산은
독성과 내성이 없는 항암제

최근에 제가 고민하는 문제가 있습니다. 51번의 항암이라는 숨 가쁜 여정을 달려온 결과, 지금까지의 방식대로 항암을 계속해갈 것인지 아니면 두 가지 약 중 하나는 중단하고 다른 한 가지 약만으로 치료해보는 시도를 할 것인가를 결정해야 하기 때문입니다. 물론 제가 마음대로 결정하는 건 아닙니다. 주치의 선생님이 의견을 주셨고, 주치의 선생님과 제가 함께 고민하면서 결정을 내려야 하는 문제이지요.

항암제는 독성과 내성 때문에 위험도가 높다고 알려져 있습니다. 항암제의 독성은 흔히 말하는 항암의 부작용들, 가령 탈모나 손발의 저림, 구토, 심장 기능의 저하 등 여러 증세를 유발하는 것을 지칭하고, 이 부작용은 항암을 마친 다음에도 일정 기간 나타나며 때로는 드물기는 해도 평생 지속되는 경우도 있다고 합니다. 제가 맞는 약 중의 하나도 심장 기능을 손상시키는 부작용이 있다고 해서 저는 두세 달에 한 번씩 '무가 스캔'이라는 핵의학 검사를 받고 있습니다. 심장 기능을 정기적으로 검사해서 일정 수치 이상일 때만 약을 투여하는 것이지요. 저는 항암을 못 받을 정도로 심장 기능 수치가 떨어진 적은 없었습니다만, 항암을 시작하기 전과 비교해 보면 제 심장 기능이 저하되어 있음을 알 수 있습니다. 또 제가 맞는 다른 약제의 부작용은 훨씬 심각해서, 저 같은 경우 탈모, 손발의 심한 마비감, 발톱 빠짐, 부종 등의 여러 증상을 골고루 경험하고 있습니다.

항암제의 내성은, 치료의 어느 단계가 되면 사용 중인 약제의 효력이 없어져서 암이 인체의 다른 곳으로 전이되거나 또는 암의 크기가 더 커지는 경우가 발생하는데, 이때 이 약제에 내성이 생겼다고 이야기합니다. 내성이 생기면 사용 중이던 항암제를 중단하고 다른 항암제로 바꿔서 치료를 계속하게 됩니다. 항암제 종류가 무제한으로 있는 것이 아니기 때문에, 내성이 생길 때마다 항암제를 바꿔가다 보면 어느 시점에서는 환자에게 처방할 수 있는 항암제가 더는 남아 있지 않게 되는 상황이 벌어집니다. 그래서 4기 암 환우들이 두려워하는 것 중의 하나가 바로 처방받을 수 있는 항암제가 남아 있지 않는 상황에 맞닥뜨리는 것입니다. 처방할 항암제가 남아 있지 않으면 대부분의 경우 환자는 병원으로부터 더 이상 해줄 수 있는 게 없다는 이야기를 듣게 됩니다.

요즘 암 진단을 받는 사람들이 나날이 늘어가고 또 치료를 받고 잘 나은 사람들이 많아서 암을 고혈압이나 당뇨병과 같은 만성병으로 분류하기도 합니다만, 심한 독성과 내성을 가진 약제를 사용한다는 점에서 암은 고혈압, 또는 당뇨병과는 일정 부분 차이가 있는 것 같기도 합니다. 저 같은 경우 다행스럽게도 지금까지 내성 없이 주사를 맞아왔고 경과 역시 무난한 편이었습니다. 주치의 선생님은 한 가지 약을 중단해보는 것이 어떻겠느냐는 제안을 하면서도, 두 가지 약 중에 어느 쪽 약이 제게 더 효과가 있었는지를 알 수가 없으니 좀 더 고민해보자고, 매우 조심스럽게 이야기했습니다. 저는 전적으로 주치의 선생님을 믿고 의지하고 있기 때문에 결국 주치의 선생님이 처방을 해주는 대로 따라가게 되겠지만, 제가 의사의 입장이라도 참 결정을 내리기가 어려운 문제 같습니다. 부작용이 심한데 독성이 심한 약으로 지금처럼 계속 항암을 해가는 것도 바람직하지만은 않은 상황이고, 그렇다고 한 가지 약을 멈추고 다른 한 가지 약만으로 치료해가자니 불안한 상황이고 말입니다.

오늘 몹시 추운 날이라 하루쯤은 게으름을 피우고 싶었지만 마음을 다잡고 산에 다녀왔습니다. 4기 암은 완치가 힘들다고 하는데, 이를 가능하게 할 수 있는 유일한 방법은 바로 몸의 면역력을 엄청 튼튼하게 키워서 몸이 스스로 병을 고쳐가도록 하는 것입니다. 산에 다니는 것은 내성도 없고 독성도 없는 치료 방법일 뿐만 아니라 치료비조차도 들지 않는 경제적인 방법입니다.

바람은 매섭고 뺨이 얼얼하도록 추웠습니다. 그래도 자꾸 걸었습니다. '걷기'에는 마법의 치유력 같은 것이 있는 것 같습니다. 걷다 보면 어느 순간 마음에서 축축한 그늘이 사라지고 마음과 생각이 점차 밝아지는 것을 느낍니다. 오늘도 그랬습니다. 산길을 걸으며 감사할 것이 많은 저를 보았습니다. 처방받은 항암제가 잘 듣지 않아 몇 개월마다 약을 바꿔야 하는 경우도 많은데, 처음 처방받은 약들로 긴 시간을 잘 버텨올 수 있었습니다. 훨씬 심한 부작용에 시달리는 사람들도 많은데 그래도 저는 이렇게 산에 다닐 수 있을 정도로 몸 상태를 유지해왔고 또 산에 다님으로써 부작용을 극복할 수 있었습니다. 제 병이 잘 낫기를 빌어주는 부모님과 형제들, 친구들과 이웃들, 그리고 가족의 보살핌을 받아왔고, 아직까지는 제가 처방받을 수 있는 항암제가 남아 있습니다. 산 입구에 들어설 때만 해도 '어떻게 결정을 해야 할까' 하는 걱정이 있었으나 걸으면 걸을수록 걱정은 사라지고 감사할 일들이 제 마음을 채웠습니다.

산은 몹시 추웠음에도 불구하고 햇볕이 따뜻한 곳에서는 희미하게 봄기운이 모락거리는 것을 느낄 수 있었습니다. 겨울 속의 봄 — 이 추운 계절 속에서도 봄의 기운이 싹트고 있는 것 같았습니다. 바람이 덜한 벤치에서 햇볕을 쬐면서 저 자신에게 속삭였습니다. 한겨울 속에서도 봄의 부드러운 속살들은 움트고 있어. 모든 게 잘 될 거야. 힘들어도 그때그때 내가 갈 길이 있을 거야. 굳세게 희망을 잡고 있는 한, 언제든지 길을 찾아낼 수 있을 거야. 그리고 내가 선택한 길이 나에겐 최선의 길일 거야.

자연의 기운을 받고 와서 낙관적이 되나 봅니다. 제 몸의 자연 치유력, 면역력으로 병이 잘 나을 수 있다는 희망이 가득할 때 선택을 내리고 싶어집니다. 주치의 선생님을 만나는 날, 두 가지 약 중에서 한 가지 약은 멈추고 싶다는 제 선택에 대해 이야기하고 싶어집니다. 그리고 마음속으로 고마움을 담아 약에게 인사를 건넵니다. 투명하게 반짝이던 약아, 지난 1년 동안 참으로 고맙고 감사했다. 내 몸의 아픈 세포들 하나하나를 잘 치료해주고 어루만져주어서 이만큼이나 좋아졌구나. 도와주어서 정말 고맙다. 이제는 너를 떠나보낼 수 있을 것 같아. 고마웠던 친구, 이제는 우리가 작별 인사를 나눌 시간이구나. 안녕.

6. '살 수 있다'는 가망성, '살고 있다'는 존재감

매주 가던 항암 주사실을 이제 3주에 한 번씩만 가면 되니 새로운 인생이 시작되고 있는 것 같아 새 계획표를 만듭니다. 병원에 가지 않아도 되는 일주일을 맞이할 수 있음은 얼마나 큰 축복인지요. 또 앞으로의 생활을 계획해볼 수 있음은 얼마나 큰 즐거움인지요.

건강에 관한
잔소리도 해가며

가끔 방문하는 인터넷 암 카페에서 어떤 분이 올린 글을 읽었습니다. 암을 앓는 아내를 위해 그동안 시행해온 방법들을 소개하면서 그 방법들이 제대로 효과가 있는지 없는지는 잘 모르겠으나 아내의 잔소리가 부쩍 늘고 있는 것으로 보아 건강을 되찾고 있는 것 같다는 내용이었습니다. 힘든 시간을 보내면서도 잔소리의 강도로 병의 회복 정도를 파악하는 그분의 글에서 여유와 유머가 느껴져서 잠시 웃었던 기억이 납니다. 맞는 말입니다. 기운이 있어야 잔소리도 나오는 법이니까요.

저도 요즘 들어 잔소리가 잦아지는 것으로 보아 몸이 조금씩이나마 좋아지는 것 같습니다. 남편에게는 생각나는 대로 잔소리를 하고 방학을 맞아 집에 와 있는 아들에게는 눈치를 봐가며 잔소리를 합니다. 예전 같으면 제 몸이 건강한 만큼 모든 일에 기대치가 높아서 공부해라, 게임 그만해라, 두루두루 잔소리를 했겠지만 병을 앓으면서 마음을 비운 덕분에 요즘은 건강에 관련된 잔소리만 주로 합니다. 가족뿐만 아니라 저를 보러 먼 길을 달려온 고마운 친구들에게도, 저를 격려해주고 용기를 불어넣어주는 이웃들에게도 가끔씩 건강에 관한 잔소리를 합니다. 아픈 사람이 건강한 사람들에게 건강에 대해 조언을 한다는 모양새가 좀 우습기는 합니다만, 그래도 몸으로 마음으로 큰 경험을 하고 있는 사람의 이야기이니 도움이 될 만한 내용이 있을 것입니다. 사실은 누구나 여러 번 읽고 들어서 알고 있을 만한 내용들입니다. 저 역시 아프기 전에도 알고는 있었지만 실천을 하지 못했던 게지요.

아프다 보니 이런저런 경로로 저처럼 아픈 사람들과 이야기를 나눌 기회가 가끔 있습니다. 병원 주사실에서 다른 환우들과 이야기를 주고받을 기회도 많았고요. 물론 제가 무수히 많은 사람들과 이야기를 나눈 것은 아니고 또 통계 같은 것을 내본 것이 아니니 이것을 암 환자의 공통점이라고 말할 수는 없겠습니다만, 그래도 아프기 전의 생활 습관에서 유사한 점들을 발견할 수 있었습니다.

우선은 물을 잘 마시지 않던 사람들이 많았습니다. 저 역시 마찬가지였습니다. 커피 잔을 종일 들고 다니면서 물 대신에 거의 커피를 마셨습니다. 그래서 제가 하는 첫 번째 잔소리는 '신선한 물을 자주 마시는 것'이 건강에 좋다는 것입니다. 커피, 주스, 청량음료 등으로 수분을 섭취하지 말고 생수를 마시는 것이 좋을 것 같습니다.

둘째, '밤에는 가급적 제 시간에 자는 것'이 좋다는 겁니다. 저는 오랫동안 밤에 늦게까지 깨어 있는 생활을 해왔습니다. 식구들이 잠든 다음에, 밤에 커피 마시면서 책 읽고 글을 쓰고 컴퓨터 앞에 앉아 있는 것을 좋아했었지요. 그래야 비로소 내 삶을 살고 있는 것처럼 느껴질 정도로 밤 시간을 즐겼습니다. 그러나 밤에 늦게까지 깨어 있는 것은 좋지 않은 것 같습니다. 밤에는 자고 또 충분히 깊게 자는 것이 좋겠지요.

셋째, 당연한 이야기지만 '마음을 편안하게 갖는 것'이 좋다는 겁니다. 이래도 좋고 저래도 좋고 하는 차원까지는 아니더라도 자기 자신을 가급적이면 여유 있게, 자유롭게, 평안하게 놓아줄 필요가 있습니다. 대부분의 경우 병의 출발점이 스트레스라고 합니다. 저도 스트레스가 많은 삶을 살았습니다. 마음대로 되어주는 것은 별로 없었고 노력해도 안 되는 것들이 훨씬 더 많았습니다. 또 제 성격이 예민한 편이고 맺고 끊고를 못 하다 보니 사람들로부터 상처를 받는 일도 잦았습니다. 남에게는 싫은 소리 못 하면서 속상할 때마다 스스로를 들볶는 어리석은 생활을 해왔습니다. 스트레스를 덜 받거나 스트레스를 해소할 수 있는 방법을 모색해서 몸과 마음을 편안하게 유지할 필요가 있는 것 같습니다.

넷째, '햇빛을 받으면서 많이 걸으라는 것'입니다. 운동을 좋아해서 규칙적으로 하는 운동이 있으면 더욱 좋겠지만 그렇지 않다 하더라도 밝은 햇살 아래서 자주 걷는 것만으로도 심신의 건강을 유지할 수 있는 듯합니다. 걷기는 몸의 병뿐만 아니라 마음의 병도 치유해줍니다. 우울할 때도 걷다 보면 마음속에서 안개가 걷히는 것을 느끼게 되지요. 유방암의 경우 수술을 받은 사람들은 아무리 병이 심해도 대부분 8차에서 마무리되는 항암 치료를, 제가 현재 17차를 받으면서도 잘 견뎌가고 있는 것은 상당 부분 걷기 덕분인 것 같습니다. 지난 1년 동안 거의 매일 산에 갔습니다. 달력에 표시한 것을 보니 365일 중에 이틀을 빼고 363일을 산에 갔더군요. 비가 오는 날도 눈이 오는 날도 뜨겁게 끓는 여름날도 갔고 항암 후유증으로 어지러운 날은 기다시피해서라도 산에 갔습니다. 걷고 또 걷고, 걷는 것 자체가 그냥 내 인생인 것처럼 걸으면서, 몸과 마음에 기운이 생기는 것을 느낄 수 있었습니다. 저희 집 건너편에 있는 야트막한 동산 같은 산인데 아프기 전에는 몇 년에 한 번 정도, 그것도 누가 저희 집에 놀러 와서 산에 가보고 싶다고 하면 마지못해 가곤 했었습니다.

살아오던 습관이 쉽게 바뀌지 않아 병 치료를 공부하고 논문 쓰듯이 하고 있습니다. 암에 관한 책과 자료를 읽으며 의학적인 상식을 쌓고, 암을 경험한 사람들이 쓴 글과 책을 통해 그 사람들이 공통적으로 언급하고 있는 것들을 정리해보고, 지금까지 제가 공부해온 것들을 기초 지식 삼아서 심리 치료를 스스로 시도해보고, 또 제 생활을 해부해서 커다란 표를 만들어보기도 했습니다. 생활 습

관, 인간관계 등 몇 가지 항목으로 분류해 각 항목에서 병의 요인이
될 만한 것들을 세세히 적어보았지요. 크게는 스무 가지, 좀 더 세
분해서 적어보니 서른두 가지나 되는 요인들이 있더군요. 지난 1년
동안 거의 대부분을 변화시켰습니다. 바꾸거나 개선했습니다. 이
런 의미에서 병을 고쳐가는 과정은 제 생활에서 혁명이 일어나는
과정이기도 했습니다.

　앞에 언급한, 건강을 위해 주변 사람들한테 하는 잔소리의 내용
을 물론 저는 잘 지켜가려고 노력하고 있습니다. 신선한 물을 많이
마시고, 밤에 푹 잘 자고, 마음을 편안하게 유지하며, 매일 규칙적
으로 산책을 합니다. 잃은 건강을 회복하기 위해서는 참으로 많은
노력과 다짐과 시간과 돈이 필요한 것 같습니다. "건강은 건강할
때 잘 지켜야 한다"는 말은 우리 모두가 가슴에 새겨두어야 할 명
언입니다.

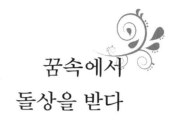

꿈속에서
돌상을 받다

오늘은 항암을 시작한 지 만 1년이 되는 날이랍니다.[*] 까맣게 잊고 있었는데, 아침 식사를 하면서 남편이 말해주었습니다. 오늘이 항암을 시작한 지 1년이 되는 날이자 야채 스프를 마시기 시작한 지도 1년이 되는 날이라고요. '당신 참 고생 많았고 애썼다'고 이야기하는 남편의 얼굴을 보면서 잠시 마음이 뭉클해졌습니다. 저도 남편에게 야채 스프 끓이느라고 애 많이 썼다고, 참 고맙다고 이야기했습니다. 서로 좋은 말을 주고받던 오늘 아침 식탁의 풍경만 보면 잉꼬부부처럼 보이겠지만, 사실은 둘이서 어지간히도 싸웠고 제가 아픈 다음에도 큰소리를 내며 여러 번 다퉜습니다. 어떤 때는 아픈 저를 얼마나 속상하게 하는지 '저 사람이 내

---

[*] 이 글은 2009년 1월에 쓴 것입니다.

배우자가 맞나' 싶을 때도 있었습니다. 그러나 그렇게 티격태격하면서도 이틀에, 어떤 때는 사흘에 한 번씩 끓이는 야채 스프 만드는 일을 남편이 멈춘 적은 없었습니다. 지난 1년 동안 제가 한 번도 거르지 않고 51번의 항암을 또박또박 받아왔던 것처럼, 남편은 하루세 번씩 마실 수 있도록 가스레인지 앞에서 야채 스프와 현미차를 꾸준하게 만들어왔습니다.

암 진단을 받자 주변에서 여러 명이 거의 동시에 '야채 스프 만드는 법'을 보내주었습니다. 무, 당근, 우엉, 표고버섯, 시래기 등 다섯 가지 야채를 넣어 끓인 물인데, 걸쭉한 스프라기보다는 그냥 보리차 같은 음료수에 가깝습니다. 겁이 많은 저는 이 야채 스프를 무작정 마시기 시작한 것이 아니라, 만드는 법이 적힌 종이를 들고 병원에 가서 항암 교육을 하는 의료진에게 항암과 병행해도 되는지를 문의해보았습니다. 재료와 물의 비율로 보아서 농축액이 아니고 또 일상적으로 먹는 재료들을 사용해서 보리차처럼 끓인 거니까 병행해도 무방할 것 같다는 답변을 듣고 나서 마시기 시작했습니다. 제가 몸으로 느끼는 효과는, 어떤 것이 어떤 결과를 가져왔는지 알 수가 없으니 이게 야채 스프의 효과라고 단언할 수는 없겠습니다만, 여하튼 제 몸으로 느끼는 바로는 소화가 잘되도록 돕고 식욕을 돋워주는 것 같았습니다. 저는 위가 좋지 않아서 조금만 급하게 먹어도 잘 체했고 또 신경을 쓰면 위경련 비슷한 증상이 있어 고생을 많이 했었습니다. 그런데 야채 스프와 현미차를 먹고부터는 위가 아주 편안해졌습니다. 항암 중에는 잘 먹는 것이 매우 중요한데, 야채 스프 덕분에 잘 먹고 잘 소화시켜왔다는 느낌입니다.

아침 식탁에서 1년이란 말을 듣고 보니 어젯밤에 꾸었던 꿈이 퍼뜩 생각났습니다. 꿈에 대해 별 생각을 안 하고 있었는데 제 상황을 알고 떠올려보니 참 신기한 꿈이었습니다. 꿈속에 나타난 사람은 외국 어떤 나라의 외교관인 듯싶었습니다. 깔끔한 모습이었고 단정한 옷차림에 정중한 태도를 취했었지요. 제일 좋은 돌상을 마련해주고 싶어서 한국 전통 방식으로 차린 돌상을 주문했다면서 저를 어디론가 데리고 갔습니다. 돌상이 차려진 곳으로 가니 커다란 상 위에 여러 음식들과 더불어서 한가운데에 찬란하고 아름다운 황금빛이 나는 커다란 수박이 놓여 있었습니다. 황금빛이 나는 떡고물 같은 것으로 수박 껍질을 장식한 것 같았는데, 가까이 가서 살펴보니 간간이 보이는 수박의 원래 색깔인 싱싱한 초록색과 그 위에 덧바른 황금색이 잘 어울리면서 너무도 곱고 황홀해보였습니다. 감탄하며 보고 있으니 그 외교관은 제게 맛을 보라면서 내용물을 조금 떼서 접시에 담아 주었습니다. 달거나 짠 자극적인 맛은 없었지만 담담한 맛 속에서 좋은 재료로 정성들여 만들었구나 하는 것을 느꼈습니다. 수박뿐만 아니라 다른 음식들도 다 정갈해 보이고 상차림 또한 매우 깔끔해서 신기해하면서 보고 있다가 잠이 깼던 것 같습니다.

항암 돌날을 맞아 꿈속에서 곱고 환하게 차려진 돌상을 받았습니다. 부드럽고 귀해 보이던 황금빛이 지금도 눈에 선합니다. 꿈속에 나타난 대상들이 무엇을 상징하는지는 알지 못합니다. 하지만 제게 제일 좋은 돌상을 마련해주고 싶었다는 이야기를 꿈속에서 들었으니, 무조건 제일 좋은 꿈일 거라고 생각합니다. 좋은 꿈을 꾸었으니 제 병이 온전하게 잘 나을 것이라고 생각합니다. 저는 건강해질 것입니다. 그렇게 믿습니다. 쉽지 않은 항암의 길을 묵묵히 걸어와서 돌날을 맞은 오늘, 밖에는 풍성한 눈이 내려 쌓이고 있습니다.

앞으로의 생활을
계획해볼 수 있는 축복

이번 주 내내 '감사해'와 '고마워'를 입에 달고 지내고 있습니다. 마음에 충만하게 고여 오는 즐거움과 기쁨 덕분에, 비에 젖은 산길에서 미끄러져도 '흙아, 고마워' 소리가 나오고 산책길에서 만난 강아지가 제게 뛰어올라 옷을 버려도 '괜찮아, 고마워' 소리가 나옵니다. 무엇이 저를 이토록 즐겁게 하는 것일까요. 매주 항암을 받았던 지난 1년간의 생활은 주사를 맞고 와서 몸을 추스르는 데 며칠, 그리고 백혈구 수치를 높여 주사를 맞을 수 있도록 몸을 관리하는 데 며칠, 주로 이 두 가지 일로 채워지곤 했었습니다. 지난주부터 매주 받던 치료를 마치고 3주일에 한 번씩 주사를 맞기 시작했습니다.* 그러니까 이번 주에, 치료를 시작한 이래 처음으

---

* 이 글은 2009년 2월에 쓴 것입니다.

로 병원에 가지 않아도 되는 일주일을 보내고 있는 셈입니다. 게다가 부작용까지 덜하니 얼마나 고맙고 감사한지 모릅니다.

먼저 미용실에 다녀왔습니다. 제가 맞던 항암제를 맞으면 탈모 상태가 지속된다고들 하는데, 저는 하도 오래 맞으니까 강한 약에도 몸이 어느 정도 적응을 했는지 머리카락이 조금씩 자라고 있었습니다. 새로 자라는 머리카락은 아기 머리카락처럼 가늘고 힘이 없는 데다 곱슬머리처럼 굽어 있기까지 했습니다. 앞머리가 모양새를 잡을 만큼 길지가 않아 외출할 때는 모자를 씁니다만, 그래도 미장원에서 머리카락을 다듬으면서 사각사각 들리는 가위소리를 듣고 있자니 아, 이게 살아 있는 소리구나 하는 미세한 감동마저 느껴졌습니다. 며칠 전부터는 다 빠졌다가 연하게 돋았던 속눈썹이 더 진하게 자라느라고 눈가가 살근살근 가렵습니다. 서점에도 다녀왔습니다. 서점의 이 코너 저 코너를 돌면서 비록 몇 십 분 동안이지만 책을 구경할 수 있는 체력이 생긴 것이지요. 읽고 싶은 책들을 그동안 주로 인터넷으로 주문하다가 서가의 책들을 직접 만져보고 뽑아 읽으니, 손끝에 느껴지는 책들의 감촉이 참으로 기쁘고 즐거웠습니다.

이뿐만이 아닙니다. 3주일에 하루씩만 주사실에 가면 되니까 새로운 인생이 시작되고 있는 것 같아서 새 계획표를 만들어보고 있습니다. 일주일에 한 번 정도, 두어 시간씩은 동네 도서관에 가볼까, 또 일주일에 한두 번씩 외국어를 배워볼까, 아픈 어깨를 쓰지 않고도 배울 수 있는 댄스가 있을까…… . 제가 하고 싶은 일들을 메모하면서 어떻게 하루하루를 신나게 보낼까 궁리하는 즐거움을 누리고 있습니다.

저는 병이 나은 것이 아니고, 계속 치료를 받아야 하는 상황입니다. 이렇게 한 가지 약만 맞는 단계로 접어들었다가 암이 재발하거나 전이되어, 또는 약에 내성이 생겨 더 큰 고생길로 접어드는 경우를 많이 봐왔습니다. 현재 암이 저와 사이좋게 잘 지내고 있는 중입니다만, 언제 어떻게 병이 진행될지 모르니 살얼음판을 딛는 심정으로 신중하게 생활해야 한다는 것을 잘 알고 있습니다.

그럼에도 불구하고 병원에 가지 않아도 되는 일주일을 자주 맞이할 수 있다는 것은 얼마나 큰 축복인지요. 또 앞으로의 생활을 계획해볼 수 있다는 것은 얼마나 큰 즐거움인지요. '살고 싶다'는 희망에 '살 수 있다'는 가망성, 그리고 '살고 있다'는 충만한 존재감이 더해져서 감사하고 행복합니다.

사람을 살리는 마음 한 자락,
밥 한 그릇

비가 내리고 있습니다. 이런 날에는 금지된 것들에 대한 욕망이 생겨납니다. 기름에 노릇노릇하게 구워진 부추전과 빈대떡, 뽀얀 막걸리가 먹고 싶어집니다. 설탕과 크림이 듬뿍 들어간 뜨거운 맥심 커피도 한잔 마시면 참 좋겠습니다. 욕망을 느낀다는 건 그만큼 몸 상태가 나아졌다는 것을 의미하기도 하겠지요. 감사한 마음으로 제 욕망과 타협합니다. 기름기 많은 음식 대신에 야채 한 접시로, 인스턴트커피 대신에 홍삼차로 제 혀의 욕망을 달래고 있습니다.

며칠 전에 이웃 한 분이 조직검사 결과 갑상선암 진단을 받았다는 이야기를 전해 들었습니다. 제가 가깝게 아는 분은 아니지만 그 소식을 듣는 순간 저도 모르게 마음속에서 기도하게 되더군요. 그분이 충격을 잘 극복하고 잘 치료받고 이겨내기를 바라게 되더군요. 갑상선암이 암 중에서 가장 예후가 좋고 거의 100퍼센트 생존하는 암이라 할지라도, '암'이라는 단어를 듣는 순간에 저를 강타했던 불안, 두려움, 낙담 등이 뒤섞인 그 낯설고 막막한 감정이 아마 그분의 마음을 때리고 지나갔을 겁니다. 제 나이가 이제 서서히 몸이 고장 나기 시작하는 때인 것일까요. 요즘 주변에 보면 몸이 아픈 분들이 상당히 많습니다.

　제가 아픈 이후 갖게 된 욕망 한 가지가 있습니다. 병이 나기 전에는 잘 느껴보지 못했던 욕망이지요. 그것은 사람들과 만나고 사람들 속에 섞이고 싶은 욕망입니다. 대학을 졸업하고 바로 잡지사에 취업을 한 이래 25년이 넘는 시간 동안 일을 손에서 놓아본 적이 거의 없었습니다. 한 가지 일만 해본 적도 거의 없었던 것 같습니다. 직장에 다니면서 대학원 공부를 한다든지, 시간강사 일을 하면서 글을 쓰고 번역을 한다든지, 집에서 살림을 하면서 원고를 쓰고 영어 과외를 한다든지 하는 식으로 두어 가지 일을 동시에 해왔었지요. 일을 하다 보니 만나게 되는 사람들이 많았고 이런저런 사회적 관계 속에서 사람들과의 교류가 있어왔습니다. 그때는 오히려 혼자 있을 수 있는 시간을 그리워했던 것 같습니다. 분위기가 마음에 드는 카페에서 커피를 마시면서 나 홀로 조용히 앉아 있는 시간을 좋아했습니다. 그러나 아프게 된 후엔, 대부분 일로 맺어졌던 사회적인 관계들은 더 이상 이어지지가 않더군요. 사람들과 활발하게 만나고 교류하면서 제 존재를 확인하고 싶은 욕망을 때때로 느낍니다.

　동시에 제가 갖게 된 상반된 욕망이 있습니다. 그것은 사람들과의 만남을 아주 조심해야 한다는, 몸에서 들려오는 본능적인 소리 같은 것입니다. 스트레스를 받으면 몸 상태가 썩 안 좋아지기 때문에 스스로를 보호하려는 본능에서 생겨난 욕망인 것 같습니다. 사람들 중에는 타인을 위로할 줄 모르는 사람들이 가끔 있습니다. 탈모가 되고 눈썹과 속눈썹까지 다 빠져 모양새가 영 이상했던 적이 있었습니다. 화장 펜슬로 눈썹을 그리고 비니를 썼지만 원래의 자연스런 모습과는 아무래도 달랐겠지요. 어떤 분이 '사람 사는 게 다 허무한 건데 젊을 때 짧게 살다 가는 것도 괜찮은 인생이니 너무 살려고 추하게 발버둥 치지 말라'는 조언을 하더군요. 그분은 '추하게'를 발음하면서 제 머리와 눈썹 부분을 유심히 보았고, 머리카락까지 빠지는 지경이면 자기는 차라리 안 살고 말지 구차스럽게 살고 싶지는 않다고 하더군요. 또 어떤 분은 제가 치료 받는 병원을 두고, 서울에 좋은 대형 병원이 많은데 서울 변두리에서, 그것도 '국립'에서 치료받는 것을 보니 생활 형편이 많이 어려운가 보다고 저를 동정했습니다. 다른 어떤 사람은 유방암은 아무것도 아니라며 감기처럼 다 낫는다고 한마디 해놓은 다음에, 자기는 요즘 체중이 부쩍 증가하고 있어 병 생길까 봐 걱정이 되어죽겠다는 이야기를 반복하고 또 반복했습니다.

이런 경우들은 가치관이나 입장의 차이, 편견, 정보의 부족, 또는 자기중심적인 사고 등에서 비롯된 것일 수도 있습니다만 대부분 '위로하는 법'을 잘 몰라서 생겨나는 것 같습니다. 제가 느끼기에 위로하는 법을 모르는 분들의 공통점 중의 하나가 자기주장이 매우 강하고 집요하다는 것입니다. 머리카락은 다시 자라면 되는 것이고 이렇게 힘든 고비를 넘기고 오래 사는 사람들도 많다는 제 이야기에, 그분은 그렇지 않다고, 듣기 좋으라고 말은 그렇게 해줘도 암에 걸리면 다 빨리 죽더라고, 자기 주변의 누구도 죽었고 또 누구도 죽었다고 하며 주장을 조금도 굽히지 않았습니다. 제 생활 형편을 동정한 다른 분도, 제가 다니는 병원이 암 치료에는 아주 좋은 병원이며 썩 만족하고 있다는 제 이야기에, 그래도 자기가 아는 사람들은 경제적 형편이 되면 다 '삼성'이나 '아산'으로 가지 '국립'이나 '시립' 자 붙은 곳에서 치료받지는 않는다면서 끝까지 저를 불쌍해했습니다. 또 다른 사람도 마찬가지였습니다. 체중 증가 이야기에 부쩍 피곤해진 제가 이제 좀 쉬어야겠다고 했음에도 불구하고, 자기는 이렇게 말하는 것으로라도 에너지를 소비해서 체중을 줄여야 한다며 저를 한참을 더 붙잡고 있었습니다.

　　암 환자인 저는 얼마나 살고 싶은지 모릅니다. 건강할 때는 인생이 허무하다고 생각한 적이 있었지만 암 환자가 되고 보니 허무하더라도 사는 게 좋고, 괜찮은 인생이 아니어도 괜찮으니 길게 살고 싶고, 발버둥 치더라도 살아 있어서 아이 곁을 지켜주고 싶습니다.

저처럼 많이 아픈 사람에게 위로가 되는 말은 살 수 있고 그러니까 잘 이겨가야 한다는 격려가 아닌가 싶습니다. 제가 삶에 대해 이런 강렬한 욕망을 갖고 있는 것처럼, 또 오늘처럼 비가 오는 날에는 음식에 대한 욕망이 생기는 것처럼, 아픈 사람이라고 해서 욕망이 어느 날 갑자기 사라지거나 줄어드는 것은 아닙니다. 다만 병을 다스려가기 위해 어떤 욕망들은 마음에서 놓아버리기도 하고 포기하기도 하고 또 어떤 욕망들과는 적정선에서 타협하는 것이지요. 사람들을 만나고 사람들 속에 섞이고 싶은 욕망과, 위로할 줄 모르는 집요한 사람들로부터 피하고 싶고 스트레스를 받고 싶지 않은 욕망 사이에서 균형을 잘 잡아야 한다는 것을 느낍니다.

연락이 오면 즐겁게 달려가는 곳이 있습니다. 같은 아파트 단지, 또는 옆 단지에 옹기종기 살고 있는 이웃들과의 모임입니다. 오래전에 학부형으로 만난 사이인데 제가 늦은 나이에 출산을 해서 이웃들의 나이는 저보다 보통 대여섯 살, 많게는 열 살 정도 어립니다. 일주일에 한두 번씩 누군가의 집에 모여 차를 마시거나 밥을 먹기도 하고 가끔 산책을 함께 하기도 합니다. 이 이웃 친구들의 작은 배려는 저를 기쁘게 합니다. 등을 기댈 수 있는 편안한 자리를 제게 양보해주는 것, 뼈의 통증 때문에 짐을 들지 못하는 저를 위해 산에 갈 때 물병과 도시락을 대신 들어주는 것, 제 모습이 영 이상해졌을 때도 어떻게든 예쁜 점을 찾아내서 크게 칭찬해주고 다 함께 웃어주는 것, 신문이나 잡지를 읽다 암을 잘 극복한 사람들의 이야기가 있으면 제게 가져다주는 것, 길을 걸을 때 제 아픈 어깨가 다른 사람들과 부딪치지 않도록 조금 덜 붐비는 쪽을 제게 양보해주는 것 등 이런저런 따뜻한 배려 덕분에 저는 과로하지 않으면서 즐거운 시간을 보낼 수 있습니다.

주변에 아픈 사람이 생겼을 때 잘 낫기를 바란다고 한마디 하는 것, 병 치료 과정에서 몰골이 말이 아니거나 통증이나 공포감 때문에 표정이 일그러져 있어도 괜찮다고 따뜻하게 위로의 말 한마디 건네는 것이 그 사람의 마음에 희망을 심을 수도 있고 그 사람을 살릴 수도 있는 것입니다. 봄이 오고 있습니다. 머지않아 산과 들에는 꽃이 피고 새들이 날고 나무들의 잎이 푸르러질 것입니다. 유행가 가사에 나오는 것처럼 길어봤자 구십, 백을 넘기기 힘든 우리네 인생, 가진 것 없는 사람들에게도, 몸이나 마음이 아픈 사람들에게도, 삶의 물살이 거세게 스치고 지나간 자리에서 희망과 의욕을 잃은 사람들에게도, 가끔씩이나마 마음 한 자락, 밥 한 그릇 따뜻하게 내어줄 수 있는 삶이기를 스스로에게 바라봅니다.

상상 속에서
가장 좋은 것을 선택하다

그동안 통증을 잘 느끼지 못했던 무릎 관절이 비명을 지를 만큼 아프기 시작했습니다. 아마 그전에도 통증이 계속 있어왔을 텐데 감각이 마비되어 잘 느끼지 못하고 지내다가, 이제 서서히 마비감이 풀리면서 통증 역시 느껴지는 것이 아닌가 싶습니다. 1년 동안 맞았던 항암제의 부작용 중 하나가 관절 통증이고 몹시 아프다고, 그 후유증이 몇 년씩 심하게는 평생 가기도 한다고 환우들이 이야기를 해도, 저는 아픈 것을 못 느끼니까 운 좋게도 그 부작용은 피해가나 보다 생각했었습니다. 몸이 제법 가벼워지고 기운은 조금씩 생기는데, 관절 통증으로 잘 걷지를 못하게 되니 엉금엉금 산길을 걷고 온 다음에는 주로 앉아서 하는 일에 에너지를 쏟게 됩니다. 읽고 쓰는 일이나 텔레비전을 보는 일, 또 인터넷을 하는 일 등이지요.

심한 마비감이 있지만 통증을 느끼지 못하고 마음대로 걷고 사는 것과, 지금처럼 통증 때문에 잘 걷지는 못해도 손과 발에 온전한 감각을 느끼면서 사는 것, 이 중에서 어느 쪽이 더 나을까를 아주 잠시 생각해보다가 생각의 방향을 얼른 돌렸습니다. 이것 아니면 저것인 것이 아니라 또 다른 선택들이 있으니까요. 몸의 감각을 온전하게 느끼면서도 통증 없이 잘 걸어 다니는 모습, 그게 제가 제일 바라는 것이니까 그런 모습을 상상하기 시작합니다. 그렇게 될 것이라고 믿고, 마음껏 돌아다니는 모습을 선명한 이미지로 만들어서 그려보기 시작합니다. 모든 일이 마음먹은 대로 되어가지는 않는다 하더라도 자꾸 생각하고 바라는 방향으로 비슷하게는 흘러가는 것 같습니다. 그러니 가장 좋은 쪽으로 상상하는 것이 바람직하겠지요.

어제 친구들의 메일을 받고 나서도 그랬습니다. 긴 세월 동안 우애를 나눠온 절친한 친구들입니다. 호주에 사는 친구들과 남아프리카공화국에 사는 친구가 올해 호주에서 한 번 모일까, 아니면 암스테르담의 학회에서 만나는 건 어떨까, 이야기하는 것을 읽으면서, 나도 건강했으면 호주에 가볼 수 있었을 텐데, 어쩌면 남아프리카공화국까지도 가볼 수 있었을 텐데 하는 생각이 들면서 제 처지가 아주 잠깐 슬퍼지려 했습니다. 하지만 금방 생각을 바꾸었습니다. 잘 나아서 올해는 아니더라도 몇 년 뒤쯤 호주에서, 남아프리카공화국에서 내가 좋아하고 나를 좋아하는 친구들과 즐겁게 만날 수 있을 거라고 믿기 시작했습니다. 시드니의 커피 향이 좋은 카페에 친구들과 앉아 있거나, 친구가 재직하고 있는 학교 교정을 느릿느릿 산책하거나, 낯선 아프리카의 풍경 속을 달리는 제 모습을 그리다 보니 기분이 가벼워지고 밝아졌습니다.

현재 주어진 삶을 갑자기 완전하게 바꾸는 것은 가능하지 않다고 하더라도, 최소한 어느 쪽을 보고 나아가느냐 하는 것은 전적으로 제 선택에 달려 있다고 생각합니다. 그리고 그 선택의 자유를 잘 활용해서 마음을 긍정적인 쪽으로 향하게 하려면, 반복적이고 일관성 있는 연습이 필요한 것 같습니다. 자꾸 노력하고 연습을 해야 익숙해지고, 익숙해지면 즐길 수 있게 되는 것은 운동뿐만이 아니라 마음이나 상상도 마찬가지인가 봅니다. 희망을 진심으로 부르면 희망이 달려오고, 기쁨을 진심으로 원하면 기뻐지는 것일까요. 적어도 제 체험으로는 그렇다는 믿음이 생깁니다.

어느 누구인들 일부러 어둡고 눅눅한 길을 선택하기야 하겠습니까마는 문제는 자신도 모르는 사이 부정적인 생각이나 상상을 하는 데 있는 것 같습니다. 무심하게 있다 보면 어느새 우울한 생각을 하거나 과거의 좋지 못한 기억들에 빠져들고 있는 저를 종종 보게 됩니다. 우리 마음을 점령하고 있는 것의 상당 부분이 이미 지나간 것, 되돌릴 수 없는 것, 잊어버리는 편이 오히려 나은 것들이 아닌가 싶습니다. 밝아지고 경쾌해지려는 노력을 자꾸 하다 보니 어두운 감정의 질곡에서 빠져나오는 나름의 방법들을 조금 터득하게 되었습니다. 우선 저는 좋은 문장들을 기억하고 있다가 마음이 과거의 어떤 일들 때문에 우울해지려하면 이 문장들을 눈앞에 선명하게 떠올립니다. 가령 믿음을 가지고 한 발 나아간 다음에는 모든 옛것을 뒤로 하고 되돌아보거나 후회하지 말자는 내용의 글을 떠올립니다. 그러면 과거에 발목 잡혀 있던 마음이 고개를 돌려 미래를 향하면서, 모든 옛것들로부터 해방되는 느낌을 맛보게 됩니다. 또 하나의 방법은 저를 아끼고 사랑하는 사람들, 제가 자존감과 행복감을 느끼도록 저를 격려하는 사람들을 떠올리는 것입니다. 가령 K선생님을 떠올립니다. K선생님은 제가 단발머리 철부지 중학생일 때 담임 선생님이셨습니다. 반장이다 보니 학급 일 때문에 방과 후에 남아 있게 되는 경우가 있었는데, 그때마다 선생님은 꼭 밥을 사주셨습니다. 선생님을 따라 그 시절에 참으로 여러 곳을 가보았습니다. 광화문의 국수 전문점에서 메밀국수를 처음 먹어본 것도, 꽃들이 아름다운 어느 레스토랑에서 피자pizza라는 낯선 음식을 처음 맛본 것도 K선생님 덕분이었습니다. 앞으로는 영어회화를 할 수 있어야 하는 시대라며 중학생이던 저를 광화문의 영어 학원에 데리고 가서 원어민 회화를 배우도록 주선해주셨고, 영어로 일기와 에세이를 쓰게 해서 일일이 교정을 봐주셨습니다. 선생님은 지난 수십 년 동안 제게 영혼의 양식을 제공해준 분이기도 합니다. 신문과 잡지에서, 시집과 소설집, 수필집 등에서, 또는 선생님이 가르치는 학생들의 글 중에서 좋은 구절을 발견하면 일일이 복사해서 제게 보내주셨습니다. 1년에 몇 차례씩 백과사전 두께만큼이나 되는 복사물들을 선생님으로부터 받아 읽으며, 저는 십 대, 이십 대, 삼십 대, 사십 대를 보냈습니다. 선생님은 정년 퇴임 후 하와이로 이주해서 살고 계십니다. 오래전에는 아들아이와 함께 선생님 댁을 방문해서 즐거운 시간을 보내기도 했었습니다. 지금도 책상 위에는 '반드시 완쾌하라'는 글과 함께 선생님이 보내주신 아름다운 새해 카드가 세워져 있습니다. 이렇듯 K선생님을 비롯한 여러 명의 좋은 지인들을 한 명씩 떠올리다 보면, 마음이 푸근해지면서 근심과 걱정, 불안 등이 저 멀리 밀려가 있는 것을 보게 됩니다.

또 다른 방법은 우스웠던 유머나 재미있던 사진 등을 생각해내면서 억지로라도 소리 내어 크게 하하하 웃어보는 것입니다. 처음에는 잘되지 않았습니다. 당시에는 아무리 우스웠다고 해도 이미 알고 있는 내용이니 새삼 우습다는 감정이 잘 생기지 않았고, 또 혼자서 소리까지 내가며 크게 웃는 일이 영 어색해서 잘되지 않았습니다. 하지만 의식적으로 자꾸 노력하다 보니 어느 순간 정말 웃을 수 있게 되었습니다. 크게 웃다 보면 그래, 웃고 살자, 뭘 그리 심각하게 생각했나 싶어지며 마음이 한결 홀가분해집니다.

암 환우들에게 좋은 보완요법으로 시각요법, 자기암시요법, 웃음요법 등을 여러 곳에서 권하고 있습니다. 우리의 몸과 마음은 밀접하게 연관되어 있고, 암은 단순한 몸의 병이라기보다는 과도한 스트레스나 해소되지 못한 분노, 우울, 허무감, 그리고 마음의 상처

등과도 관련된다고 보기 때문입니다. 마음의 병을 고쳐야 몸의 병이 낫는다든지, 환자의 살겠다는 의지와 마음 자세가 병을 고친다든지 하는 이야기는 동일한 맥락에서 나오는 것 같습니다. 저만 그런 것인지 다른 분들도 그런 것인지 잘 모르겠습니다만, 저는 돌아보면 행복해지고 싶다는 생각을 늘 하면서도 행복을 방해하는 생각들에 사로잡힌 경우가 많았습니다. 많이 늦었지만 제 마음이 밝은 길을 선택하도록 계속 노력하고 연습하고 있습니다. B, C, D 알파벳 순서대로, 인간의 탄생Birth과 죽음Death 사이에 선택Choice이 있다고 하더군요. 선택할 수 있는 이 은총을 마음껏 누려가고 싶습니다.

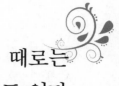

때로는
세월이 약일 수도 있다

5월의 화창한 봄날입니다.● 산에 다녀오는데 개나리, 진달래, 목련, 벚꽃 등은 어느새 다 지고 라일락과 철쭉이 한창입니다. 요즘은 몸 상태가 마치 롤러코스터를 탄 것 같습니다. 어떤 날은 정말 말짱하게 느껴집니다. 햇살이 좋고 꽃길이 좋아 길게 공원길을 걷습니다. 그런데 또 어떤 날은 영락없이 중환자가 됩니다. 병원 응급실에 다녀오기도 했습니다. 몸 상태가 이렇게 개었다 흐렸다 하니 마음도 덩달아 흔들리는 때가 생깁니다. '이렇게 잘 낫고 건강해지나 보다' 하는 희망에 찬 마음과, '이러다 어떻게 되면 어쩌지' 하는 불안한 마음이 형광등 불빛 깜빡이듯 오가기도 합니다. 불안감에 휘둘릴 때는 울기도 하지요. 그래도 살고 싶으니까

──────────

● 이 글은 2009년 5월에 쓴 것입니다.

울면서도 산에 갑니다. 눈물을 흘리며 산길을 걷다 보면 어느 순간 내가 뭣 때문에 이렇게 울고 있지 싶어집니다. 집에서 출발해서 불과 몇 십 분의 시간이 흘렀을 뿐인데, 눈물을 뚝뚝 떨어뜨리던 때의 심정은 슬그머니 사라지고, 저는 화사한 봄꽃들을 보며 즐거워하고 있습니다.

시간이 약이라는 말이 떠올랐습니다. 불과 얼마간의 시간이 저를 이렇듯 두려움과 불안에서 건져 올리기도 하는데, 며칠, 몇 달 또는 몇 년은 우리에게서 얼마나 더 많은 것들을 해결해줄 수 있는 시간인 것일까요. 시간이 약일 수도 있다고 생각하니까 내가 할 수 있는 최선을 다한 다음에는 안타까워하지도 말고 아쉬워하지도 말고 그냥 세월에 맡기자는 마음이 되더군요.

그런 것 같습니다. 세월은 많은 것을 변화하게 하고 잊게 하고 때로는 상처를 아물게도 해주는 것 같습니다. 항암 치료가 언제 끝날지 병원에서도 모르고 저도 모르고 아무도 모른다고 해도 세월은 알고 있을 수도 있겠지요. 병원에서는 의료진이 최선을 다하고 있고, 저 역시 할 수 있는 최선을 다하고 있고, 나머지는 세월의 몫인지도 모릅니다. 제 힘으로, 제 노력으로 할 수 있는 것들을 한 다음에는 세월에게 '이제는 너의 몫이다' 하며 넘겨주어야겠습니다. 머리카락이 한 주먹씩 덥석덥석 빠졌었는데 시간이 흐르다 보니 미용실에서 헤어드라이어로 말려야 할 만큼 머리카락이 자라고 있듯이, 끊임없이 변화를 가져오는 세월의 힘을 믿고 의지하고 싶어

집니다. 누군가는 세월이 마음까지도 뺏어간다고 애연하게 노래합
니다만 우리 마음에 차라리 뺏겼으면 하는 어떤 것들이 사라져준
다면 그것 또한 약이 아니겠습니까.

음식 생각,
엄마 생각

제가 자랄 때 저희 집은 몇 번 이사를 다녔는데, 결코 그 동네에서 잘사는 집은 아니었지만 먹을 것만은 제일 많던 집 중의 하나였습니다. 어머니는 누구든지 오면 밥부터 먹이던 분이었고 또 갈 때가 되면 꼭 밥을 먹여 보내던 분이었습니다. 친척이든 손님이든 동냥을 온 사람이든 배가 고픈 채 저희 집 문을 나서는 사람은 본 기억이 없습니다. 살림이 유달리 넉넉해서라기보다는 어머니의 심성이 그러했던 것 같습니다. 지금도 잊지 못하는 것 중의 하나는 여름철의 과일입니다. 어머니는 참외 같은 과일을 접으로 구입해서 목욕탕 욕조에 물을 받아 거기에 띄워놓고 누구든지 마음껏 건져 먹게 했습니다. 과일을 싸게 구입하기 위해 새벽이면 집 근처에 있는 과일 도매상에 다녀오곤 했었지요. 엄청 많은 참외가 둥둥 떠 있던 목욕탕 풍경이, 그래서 친구들과 배드민턴을 치거나 고무줄놀이를 하다가 우르르 달려 들어와 목욕탕에서 함께 참외를 건져 껍질째 먹던 즐거움이 생생합니다. 수박도 한 통만 사는 법은 거의 없었습니다. 옛날에는 수박이 요즘처럼 크지 않았으니까 그랬겠지만 대여섯 통을 사서 그냥 절반만 갈라 한 사람 앞에 반 통씩 수저와 함께 주셨습니다. 수저로 수박을 파서 마음껏 먹고 수박 껍질에 물을 담아 놀던 기억이 납니다. 복숭아와 자두도 목욕탕 욕조 안에 둥둥 떠 있었습니다. 어릴 때 친구들은 지금도 제 어머니 이야기를 합니다. 밥을 실컷 먹고 나면 커다란 쟁반에 겁나게 많은 과일을 주고 또 조금 있으면 부추전 같은 것을 만들어주는데 배가 불러도 너무 맛있어서 안 먹을 수가 없었다고 합니다. 그렇게 자라서인지 제가 과일을 좋아하고 또 많이 먹습니다. 대학교 때 영어를 가르쳤던 어떤 학생의 어머니는 대학 입시를 마친 뒤 제게 점심을 사주면서 농담으로 선생님에게는 과외비보다 과일 값이 더 들었다고 할 정도로 잘 먹습니다.

고운 백설기 위에 대추로 꽃을 만들고 건포도로 '축 생일'이라고 새긴 떡 케이크, 큰 통에 담아와 살을 파서 먹여주던 빨간 꽃게들, 겨울철 내내 약간 살얼음이 끼도록 창고에 보관하면서 간식으로 꺼내주던 홍시, 비 오는 날이면 만들어주던 부추전, 고소한 깨소금이 가득 들은 솔향기가 풍기는 송편, 이 세상 어디서도 더 맛있는 돼지고기는 먹어본 적이 없는 어머니의 삶은 돼지고기 등 어머니를 떠올리면 덩달아 떠오르는 음식이 한두 가지가 아닙니다만 그

중의 하나가 바로 돼지 족발입니다. 어머니는 족발을 사오면 새 면도날을 꺼내서 정성들여 깨끗하게 족발 면도부터 시켰습니다. 갓 면도를 마친 오동보동한 족발들이 물속에 뽀얗게 나란히 들어앉아 있는 모양이 얼마나 예뻤는지 모릅니다. 그 뒤의 조리 과정은 제가 잘 모르지만 도마 위에 먹음직스럽게 삶아진 족발을 얹어놓고 먹기 좋은 크기로 잘라서 새우젓과 함께 주셨지요. 부드러운 고기 부위도 맛있었지만 오돌오돌하면서 고소한 발톱 부분을 뜯는 재미가 참 좋았습니다.

저는 식사를 잘하는 편입니다. 암 환자의 다수가 암이 원인이 아니라 암으로 인한 영양실조로 사망에 이른다는 통계를 봤지만, 이렇게 식사를 잘하고 있으니 영양실조 같은 것은 저와는 상관없는 일일 거라고 여겨왔습니다. 잘 먹으니까 얼굴도 뽀얘지고 통통해져서, 저희 집에 묵주기도를 하러 왔던 성당 교우들 중 어떤 분은 다른 교우에게 '아저씨하고 아줌마 중에서 누가 암 환자냐'고 묻기도 했다고 합니다. 그런데 병원에서 영양 상태가 부실하다는 이야기를 듣고 왔습니다. 적혈구, 평균 혈색소량MCH, 헤모글로빈hemoglobin, 호중구好中球 등 여러 지표들이 정상치에서 벗어나 있어서 지금보다 훨씬 더 '잘' 먹어야만 한다고 합니다. 많이 먹는 것이 문제가 아니라 영양가를 따져 더 '잘' 먹어야 한다는 것인데, 암 환자가 된 후 이렇게 잘 먹을 수가 없다 싶을 정도로 먹어온 저로서는 더 이상 어떻게 먹어야 하는 것인지 난감합니다.

오늘 아침에는 샐러드와 카레라이스를, 점심때는 또 샐러드와 추어탕을 먹었습니다. 그 중간에 과일을 먹고 추어탕 국물을 한 대접 더 먹었습니다. 먹고 산에 다녀오고 또 먹고 산책하고 그러고도 더 잘 먹기 위해 수첩에 먹고 싶은 것들, 먹을 수 있을 만한 것들을 적어보고 있는데, 그 첫 번째로 떠오른 것이 바로 어머니의 돼지 족발이었습니다. 저희 집 근처에서 맛있는 족발을 파는 곳 중의 하나가 대형 편의점 즉석 코너에서 조리해서 파는 족발입니다. 저녁에는 〈가요무대〉를 보며 오돌오돌한 돼지 족발을 뜯어야겠습니다. 어머니의 애창곡들이 흘러나오면 더욱 좋겠지요. 돼지 족발과 더불어 어머니가 몹시도 그리워지는 날입니다.

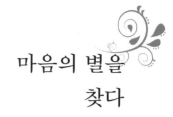

마음의 별을
찾다

요즘은 날이 더워 아침 일찍 산에 가는 편이지만, 게으름을 피우고 싶은 날이나 몸이 곤해 늦잠을 잔 날은 오후 늦게 가기도 합니다. 0.5리터짜리 생수 병을 들고 이 산등성이 저 산등성이를 돌아다니다 보면 어느새 속옷이 땀으로 축축하게 젖어 있습니다. 암 환자들은 체온이 정상 체온보다 낮은 편이고 땀을 잘 흘리지 않는 공통점이 있다고 합니다. 저 역시 땀이 잘 나지 않았습니다. 작년 이맘때는 탈모 때문에 무더위에도 불구하고 머리 전체를 가리는 모자를 썼었고 그 때문에 머리가 아플 정도로 열이 나는데도 땀은 잘 흐르지 않았습니다. 그러다 언젠가부터 서서히, 등산을 많이 하는 친구 말에 의하면 비로소 땀구멍이 열리기 시작한 것이라고 하는데, 속옷이 촉촉이 젖을 정도의 땀을 흘리게 되었습니다. 머리카락이 제법 자라 이 더위에 모자를 쓰지 않아도 되고,

또 땀을 흘리는 것이 좋다고 하는데 이렇게 땀이 솟아주니 참 감사합니다. 산아 고맙다, 나무들아 고맙다, 맑은 공기야 고맙다, 이렇게 혼잣말을 하면서 즐거운 마음으로 산을 돌아다닙니다.

그러나 가끔은 마음이 아픈 일을 경험하기도 합니다. 매일 산에 다니며 자주 봐오던 사람들 중의 누군가가 어느 날부터 갑자기 보이지 않는 것이지요. 항암 중인 사람들은 외모에서 표가 나서이기도 하지만 아픈 사람들끼리는 서로를 알아보나 봅니다. 산에서 자주 스치게 되는 사람들 중에는 제게 불쑥 무슨 암이냐고 물어오는 분도 있었고, 제가 맨발로 다니는 것을 보고 암 환자는 감염 위험 때문에 병원에서 맨발 산행을 못 하게 하니 신발을 신으라고 조언해주는 분도 있었습니다. 그늘에 앉아 쉬다가 지나가는 저를 불러서 과일 한쪽 먹고 가라며 말을 건네는 분도 있고, 아무 말도 나누지 않았지만 마주칠 때마다 서로 반갑게 고개 숙여 인사하던 분도 있었습니다. 대부분이 암 환자들이었습니다. 이렇게 낯익었던 사람들 중의 누군가가 차츰 몸이 바짝 말라가고 잘 걷지 못하는 모습을 보게 되다가 그다음에는 가족의 부축을 받아 힘겹게 한걸음씩 겨우겨우 걷는 모습을 보게 되다가 어느 날부터 보이지 않기 시작하면 마음이 무겁게 내려앉습니다. 그 사람들의 모습을 마지막으로 보았던 벤치나 길을 지나게 되면 저도 모르게 마음속으로 성호를 긋고 기도하게 됩니다. 꼭 살아 계세요. 꼭 살아 계시기를 빕니다.

암으로 인한 사망률은 통계로 발표되는 것보다 실제로는 더 높은 것 같습니다. 가령 암 환자들이 조심해야 하는 것 중의 하나가 감기인데, 건강한 사람들은 며칠 앓다 건강을 회복하지만 암 환자는 급성 폐렴 등으로 진행되면 다급한 상황을 맞이하기가 쉽다고 합니다. 암이란 병 자체가 몸의 면역력이 몹시 저하되어 있는 상태이기 때문에, 작은 것이 원인이 되어 급속도로 병세가 악화되는 것이지요. 이런 경우 사망 원인은 암이 아니라 폐렴으로 잡힌다는 이야기를 암 카페에서 읽은 적이 있습니다. 또 몸의 작은 상처도 그렇습니다. 건강한 사람들은 약을 바르고 회복하지만 암 환자는 작은 상처가 감염의 원인이 되어 목숨을 잃기도 합니다. 이런 경우에도 사망 원인은 암이 아니라 패혈증 같은 것으로 파악된다고 합니다. 이렇듯 사망 원인은 다른 병명으로 잡히지만 실제로는 암 환자이기 때문에 사망에 이르게 된 경우를 합치면 암으로 인한 실제 사망률은 훨씬 높아질 거라는 이야기를 들었습니다.

암 환우들과 그 가족들이 여러 정보를 주고받는 카페에 가입한 지 1년 6개월쯤 되었습니다.* 불과 18개월 남짓한 동안에 참 여러 사람이 병을 이기지 못하고 떠나는 것을 보았습니다. 건강한 사람보다 더 건강해보이던 분들이, 유럽 여행을 다녀오고 2박 3일씩 산을 타던 분들이, 작은 것이 원인이 되어 몇 달 만에 유명을 달리하

---

* 이 글은 2009년 7월에 쓴 것입니다.

는 것을 마음 아프게 보아왔습니다. 전이와 재발이 잦은 유방암의 경우 10년 생존율을 따지기도 하지만 대부분의 암은 수술 후 5년이 지나면 완치 판정을 받게 됩니다. 그러나 이렇게 완치 판정을 받아 잘 지내던 분들이, 또는 완전 관해가 되어 잘 지내던 분들이 어느 날 전신에 암이 퍼졌다든가 해서 세상을 떠나는 일이 가끔씩 일어납니다. 그렇다 보니 산에서 자주 마주치다가 어느 날부터 갑자기 안 보이는 사람이 있으면 마음이 덜컥하는 것이지요. 또 암 카페에 환우의 부고가 연이어 올라오는 날이면 참 스산해집니다.

마음이 편안하지 않은 날에는 우울감에서 벗어나기 위해 희망을 주는 이야기들을 찾아 읽습니다. 유방암이 뼈로 전이되었음에도 잘 극복하고 건강하게 생활하고 있는 연극인 이주실 선생에 대한 잡지 기사, 간암이 폐로 전이되어 시한부 선고를 받았지만 암을 완치한 전 서울대학교 병원장 한만청 선생의 책 등을 꺼내서 다시 읽습니다. 암을 훌륭하게 잘 치유했거나 또는 암과 더불어 잘 살아가고 있는 사람들을 여러 명 떠올렸음에도 불구하고 우울감이 가시지 않으면, 저는 운동화를 신고 동네 공원으로 나갑니다. '어두울 때는 밝게 만들어라' 하는 내면의 소리가 들려오는 때면 자꾸만 걷습니다. 심호흡을 하며 걷다 보면 마음이 차츰 밝아지는 것을 자주 경험합니다.

지난주부터 아파트 단지 건너편에 있는 주민자치센터에서 일주일에 한 시간씩 댄스를 배우기 시작했습니다. 동네를 벗어날 체력은 못 되기 때문에, 또 하루에 움직일 수 있는 체력의 한도가 산에 다녀오는 것 빼면 최대치로 잡아도 두세 시간 남짓이기 때문에, 이 체력으로 할 수 있는 일이 무엇이 있을까를 찾아보다 댄스 수업을 등록했는데 참 잘했다는 생각이 듭니다. 여기서는 초보에게 춤의 기본 스텝을 익히게 해주는데 한쪽 팔에 힘을 못주는 저도 배우는 데 큰 무리가 없어 보입니다. 왕초보인 저는 기본 스텝 두어 가지를 연습하기 시작했을 뿐이지만, 박자에 맞춰 몸을 움직이는 일이 그냥 걷는 것과는 또 다른 즐거움을 느끼게 해줍니다.

며칠 뒤에는 제가 다니고 있는 병원에서 환우들을 위한 무료 특강을 개최합니다. 우주학을 전공한 분이 와서 '마음의 별 찾기, 우주로의 여행'이라는 제목으로 별에 대한 강의를 한다고 합니다. 움직이는 것이 자유롭지 못한 환우들, 병실에만 머무르는 환우들을 위해 마음 안에 우주를 담고 별을 찾을 수 있도록 우주 이야기를 들려준다고 합니다. 저는 '마음의 별 찾기'라는 제목이 썩 마음에 와닿아서 책상 위에 있는 달력에 이 강연을 적어놓았습니다. 몸 상태만 괜찮으면 강연에 가보려 합니다. 비록 몸이 아파 행동반경은 제한되어 있고 체력이 달리긴 합니다만 마음속의 우주에서 별을 찾는 일이야 누구인들 못 하겠습니까. 어떤 게 어떤 거였는지는 까맣게 잊었습니다만 큰곰자리, 작은곰자리, 사자자리, 처녀자리, 오리온자리, 페가수스자리, 안드로메다자리, 물병자리 등 별자리 이름은 듬성듬성 생각납니다. 마음의 오리온자리에는 무엇을 앉히고 또 사자자리에는 무엇을 앉히고 이렇게 상상을 하며 즐겁게 우주 지도를 그려갈 수 있을 것 같습니다. 사람들이 어느 날 문득 저 하늘의 별이 되어 떠나는 것을 보고 있습니다. 어느 날 홀홀 정말 거짓말처럼 이 세상을 떠나는 것을 보고 있습니다. 오늘 우리가 살아가고 있는 하루는 세상을 떠난 누군가가 그렇게 간절히 살고 싶어 하던 하루라는 말이 몹시도 절절하게 느껴지는 순간들입니다.

텔레비전 연속극 〈그저 바라보다가〉 속의 우체부 아저씨는 이렇게 말합니다. "세상에 나쁘기만 한 일은 없습니다. 아래로 떨어질 수도 있다고 마음먹으면 그곳이 절벽 끝이 아니라 다이빙대일 수도 있습니다. 그 아래는 시원한 바다일 수도 있습니다." 때로는 마음에 폭풍우가 오기도 하지만 제가 서 있는 곳이 가파른 절벽이 아니라 다이빙대라고 생각하며, 그 아래는 시원한 바다일 수도 있다고 생각하며 이 더없이 소중한 하루하루를 웃고 지내려고 노력하고 있습니다. 원, 투, 쓰리, 포, 스텝을 밟으면서 웃고, 속이 상해도 웃고, 눈물이 나도 웃고, 불안해도 웃고, 그저 한줄기 햇살처럼 웃으면서 마음의 별을 찾아가고 싶습니다.

아픈 것이
벼슬인 것처럼

사람들이 제게 자주 하는 이야기 중의 하나는 '마음을 편하게 갖고 마음을 잘 다스리라'는 것입니다. 다 내려놓고 건강만 신경 쓰라는 것이지요. 제가 조금 짜증을 내거나 우울해하거나 화를 내면, 그렇게 하면 병이 도진다면서 마음을 편하게 가지라고 거듭 강조합니다. 맞는 말입니다. 병을 다스리는 데 제일 중요한 것 중 하나가 마음을 다스리는 일임은 누차 들어왔고 또 경험하고 있습니다.

그러나 여러 능동적인 행동을 통해 스트레스를 해소할 창구를 훨씬 더 많이 찾아낼 수 있는 건강한 사람들도 자기 마음을 잘 다스리지 못하는 경우가 대부분입니다. 그런데 환자이기 때문에 마음을 더 잘 다스려야 한다고 이야기하고 그렇지 못할 경우에 그래갖고 병이 낫겠느냐는 식으로 말하는 것은 또 하나의 억압이기도 합니다. 건강한 사람들도 자기에게 상처를 크게 준 사람들을 용서하기가 힘든 법인데, 아프기 때문에 무조건 다 용서하고 마음을 비워야 한다는 이야기는 원론적으로는 맞는 말이겠지만, 그렇지 않아도 불안하고 낯선 감정에 시달리는 환자에게 오히려 스트레스를 가중시킬 수도 있습니다. 마음을 다스리라고 충고하기보다는 환자가 마음을 다스릴 수 있도록 편안하게 차 한 잔 같이 마셔주는 배려가 더 도움이 될 것 같습니다. 우울해하는 환자에게 그러면 병이 안 낫는다고 지적하기보다는 그냥 기운 내라면서 손 한 번 잡아주는 것이 더 용기를 줄 수도 있습니다.

어제 주사를 맞고 왔습니다.● 작년에 맞던 파클리탁셀 성분의 항암제보다는 부작용이 덜한 편이지만, 요즘 맞고 있는 표적 치료 항암제도 투약 후 며칠 동안은 몹시 곤합니다. 좀 과장해서 말하면 몸이 땅으로 꺼지는 듯한 느낌이 있답니다. 어제는 외래 주사실 침상에서 똑딱똑딱 떨어지는 주사액을 바라보다가, 지금까지 61번이나 주사를 맞는 동안에 남편과 아들아이 외에는 단 한 번이라도, 아주 잠시라도, 주사실에 들러준 사람이 아무도 없었구나 하는 생각이 문득 스쳐갔습니다. 주사실에서 여러 명의 가족이나 친지들에게 둘러싸여 있는 환우들을 크게 부러워한 적은 없었던 것 같은데도 갑자기 그런 생각이 들었습니다. 그러자 뒤이어 외래 주사실뿐

─────────

● 이 글은 2009년 8월에 쓴 것입니다.

만이 아니라 4기 암 진단 후에 영상의학과에서 또 핵의학과에서 그렇게 여러 번 검사를 받고 외래를 보는 동안에도, 고열로 응급실에 실려가 있던 동안에도, 나하고 잠시라도 같이 있어주었던 사람은 남편 외에는 없었다는 기억이 떠올랐습니다. 처연한 감정에 한 번 발목이 잡히자 자꾸 더 처연한 쪽으로 생각이 흘러갔습니다. 항암 초기에 먹으면 토하고 화살 맞은 짐승처럼 바닥을 긁고 힘겨워할 때, 그리고 그 뒤에도 계속해서 지금까지, 제게 한 번이라도 밥을 해준 사람 역시 남편 외에는 없었구나 싶었습니다.

이럴 때 긍정적인 방향으로 생각을 돌리려면, 고집 세고 살갑지는 않은 남편이지만 그래도 병원에 따라다녀 주고 밥을 해줘서 참 고맙구나, 여기까지만 생각하고 그만 멈춰야 하는데, 얼른 링거 병에 스마일 마크가 붙어 있는 것을 상상하면서 웃고 감사해야 하는데, 어제는 불현듯 서러움마저 느껴지는 거였습니다. 찌개를 끓여다 주거나 반찬을 갖다 준 이웃 친구들도 있었고, 직접 밥을 해주지는 않았어도 여러 차례 장을 봐서 날라준 큰언니도 있었고, 먹을 거 챙겨서 찾아준 동생 내외도 있었고, 두어 달이지만 집안일을 해준 도우미 아주머니도 있었는데, 어제는 제가 도움을 받고 신세를 졌던 일들은 까맣게 잊은 채 마음이 자꾸만 토라지려고 했습니다. 여느 날처럼 씩씩하게 김밥을 먹고 잡지를 뒤적거리면서 주사를 맞았지만 마음 깊은 곳이 조금씩 욱신거리는 듯했습니다. 관심을 가져달라는 것처럼 비춰져서 상대편에게 부담감을 줄까 봐 아프다는 소리나 힘들다는 말도 잘 안하고 생활해왔는데 아무도 내 마음을 몰라주는 것 같았습니다.

그러나 암 환자로 살면서 아리고 고독했던 순간들을 돌아보고 곱씹어본들 무엇하겠습니까? 누가 저더러 아프라고 한 것도 아닌데요. 자기 몸을 잘 돌보지 못해서, 건강을 잘 챙기지 못해서 아픈 건데요. 그동안 주변 사람들 놀라게 하고 신경 쓰이게 한 것만도 어딘데, 아픈 게 무슨 대단한 벼슬인 것처럼 뭔가를 서운해 한다는 것이 우스운 일이겠지요.

그런데도 하룻밤을 자고 났음에도 불구하고 어제 토라졌던 마음은 쉽게 풀리려고 하지 않네요. 환자에게 '마음을 편하게 갖고 마음을 잘 다스리라'고 자꾸들 이야기하는 것은 어쩌면 '환자인 너도 힘들지만 옆에 있는 사람들도 힘드니 네 마음 네가 알아서 하고 우리를 힘들게는 하지 마라'는 뜻일지도 모른다는 생각마저 드는 것을 보니, 어제 먹먹하던 마음의 여진이 다 가시지 않았나 봅니다. 가을은 밤에 먼저 찾아오나 봅니다. 창문을 통해 들어오는 밤바람에서 선선한 기운이 느껴집니다. 어서 내일이 밝아오면 좋겠습니다. 산에 가서 걸어야겠습니다. 걸으면서, 아픈 것은 벼슬이 아니라는 것을 잘 깨닫고 와야겠습니다.

병은
충분히 쉬어가라는 의미

계절이 너무도 아름다워 푹 빠져 지내고 있습니다. 오늘은 도토리를 아홉 개나 주웠습니다. 산에 상수리나무가 많으니 도토리를 줍겠다고 마음먹었다면 훨씬 더 많이 주웠겠지요. 타다닥 떨어지는 소리가 나고 바로 제 발 밑으로 굴러오는 도토리만 줍는데도 매일 몇 개씩의 도토리를 줍게 됩니다. 도토리와 밤이 풍성한 덕분에 종종 만나는 다람쥐와 청설모도 살이 올랐습니다. 해마다 가을을 맞이하지만 올해처럼 좋은 날씨가 계속되는 가을은 흔하지 않았던 것 같습니다.* 어디서나 청명하게 높은 하늘과 맑고 부드러운 구름, 투명하게 반짝이는 햇살을 만나게 됩니다. 빨간색, 흰색, 분홍색의 코스모스와 다양한 모습의 국화가 가을볕 속에

---

* 이 글은 2009년 10월에 쓴 것입니다.

피어 있습니다. 올 가을은 밤도 아름다운 것 같습니다. 추석 무렵의 둥근 보름달을 보셨는지요. 환한 달 속에 정말 계수나무가 박혀 있고 이태백이 놀고 있는 것처럼 느껴졌습니다. 사람들의 모든 소망을 다 들어줄 듯한 넉넉한 보름달이었지요.

풍요로운 계절 덕분일까요. 저는 요즘 무척 잘 웃습니다. 실없이 웃어대는 사람을 두고 '허파에 바람이 들었다'고 하는데, 제가 그렇습니다. 허파에 바람이 든 사람처럼 별일 아닌데도 자꾸 웃음이 나옵니다. 어떤 때는 속상한 일을 빌미 삼아서 실컷 울어보려고 작정해도 울음은 나오려다 그치고 맙니다. 누구에게나 동일한 용량의 눈물과 웃음이 주어진다면 아마 제게 주어진 눈물 그릇은 거의 비워지고 웃음 그릇만 채워져 있는 게 아닌가 싶습니다. 암 환자는 웃어야 산다고 해서 웃으려고 해도 눈물이 먼저 쏟아지던 때가 있었는데, 요즘은 웃어야 산다는 생각을 떠올리지 않아도 그냥 웃고 있는 저를 봅니다. 도토리를 주워도 웃고 다람쥐와 까치를 만나도 웃고 숨이 차도 웃습니다. 가을 햇살이 투명하게 제 몸을 뚫고 들어오는 것을 느낍니다. 산의 맑은 공기가 제 몸의 피를 깨끗하게 해주는 것을 느낍니다. 선선한 바람에 나뭇잎들이 반짝 흔들리면 제 마음에도 덩달아 바람이 스쳐갑니다. 도토리 껍질을 까고 있는 다람쥐를 만나면 제 배가 부른 것 같고, 커다란 소나무를 감싸 안으면 나무의 따스한 기운이 제게 팔베개를 해주는 것처럼 느껴집니다. 제가 나무가 되고 햇살이 되고 가을이 되는 것 같습니다.

제 생활 중 많은 부분을 차지하는 것이 걷는 일입니다. 기운이 있으면 나가서 걷습니다. 오전에는 산의 흙길을 걷고 점심 식사 후에는 동네 공원을 걷고, 저녁 식사 전에는 또 다른 방향에 있는 공원을 걷습니다. 가끔씩은 저녁 식사 후에도 걸으러 나가기도 합니다. 또 댄스 연습을 합니다. 주민자치센터에서 댄스 스포츠를 등록해서 라틴 댄스인 '룸바rumba'를 배우고 있습니다. 기본자세와 스텝을 익히는 초급반입니다. 그동안 잘 사용하지 않던 몸의 근육들을 움직이며 음악 속에서 땀 흘리다 보면 몸이 즐거워하는 것이 느껴집니다. 체력이 되는 날은 집에서도 댄스 연습을 조금씩 합니다. 예전의 제 성격으로는 서툰 솜씨로 사람들 앞에서 춤추는 일은 절대 하지 못했을 텐데, 요즘은 아들아이가 집에 와 있으면 '엄마 요즘 댄스 배운다, 봐라' 하면서 아이 앞에서 서투른 스텝을 밟아보기도 합니다. 엄마가 수술도 못 받는다는 말에 토끼 눈처럼 빨갛게 되어 울었던 아이는 엄마가 춤을 춰도, 밖으로 수시로 나가도, 모든 게 좋기만 한지 얼굴이 환하게 밝아졌습니다.

도토리 풍성한 산의 다람쥐처럼 잘 먹고, 푹 깊게 자고, 최대한 많이 걷고, 즐겁게 춤추고, 가끔씩 이웃 친구들과 도시락을 싸서 가까운 들판으로 소풍을 다니면서 이 가을을 보내고 있습니다. 20년 넘게 만나온 친구가 얼마 전에 저를 보고, 지금까지 봐온 모습 중에서 요즘 모습이 제일 밝다는 이야기를 했습니다. 맞는 말인 것 같습니다. 얼마 전에는 제게 용기를 주는 글을 읽었습니다. 인터넷에서 어떤 분이 쓴 글을 읽었는데, 병이 나는 것은 쉬어가라는 의미라고 합니다. 병은 힘들던 시기에 안에서 생기고 자라던 것이 힘든 고비를 넘기면서 밖으로 표출된 것이고, 따라서 좀 쉬면서 자신의 삶을 한 번 정리하고 지나가라는 의미로 받아들여야 한다고 합니다.

그렇다면 마찬가지로 우리 삶에 어떤 힘든 일이나 고통이 생기는 것 역시 힘들던 시기에 내재되었던 문제들이 힘들던 시기를 지나면서 그 문제를 해소하고 가라고 표면으로 드러난 것으로 볼 수도 있겠지요. 병 중에서도 다소 무거운 병인 암이 제 삶에 나타난 것은 조금 더 오래 충분히 쉬어가고 삶을 조금 더 깊이 정리하고 지나가라는 의미일 거라고 받아들이게 되었습니다. 이 평온함은 어디서 오는 것일까요. 이해인 수녀님이 최근에 쓴 시를 보았습니다. 암 치료 중인 수녀님은 치료를 무사히 잘 마치고 현재 건강을 회복하는 중이라고 합니다. 몸과 마음이 제각기 흘린 눈물이 서로 만나 친구가 되었다는 수녀님의 시는 글자 하나 더할 것도 덜어낼 것도 없이 제 마음을 그대로 표현하고 있었습니다. 저 역시 제 몸과 마음이 흘렸던 눈물이 만나는 것을 느끼고 있습니다. 어떻게 보면 제 안에서 불협화음을 일으키던 몸의 언어와 마음의 언어가 암이라는 병을 매개로 하여 서로를 이해해가고 융합해가는 것 같습니다.

지난날을 잊어보고
새롭게 살아보기

낙서하듯이 그림을 그립니다. 유화나 수채화처럼 물감과 붓이 필요하고 솜씨가 필요한 그림을 그리는 것이 아닙니다. 그냥 아가들이 아무 곳에나 선을 긋고 그림 비슷한 것을 그리듯이 저 역시 그렇게 가볍게 그립니다. 신문에 껴들어온 광고지 뒷면, 관리비 고지서 등 아무 종이나 괜찮습니다. 필기구도 볼펜, 사인펜, 연필 등 무엇이나 손에 가까이 잡히는 것을 집어 듭니다. 재주가 있는 사람이 아니어서 매우 서툰 그림이 그려지지만, 주제만은 분명한 편입니다. 제가 '하고 싶은 일', '바라는 일', 그리고 '살고 싶은 삶'을 그리는 것이지요.

외래 주사실에 가는 날이면 혈관을 잘 찾고 안 아프게 주삿바늘을 꽂는 간호사가 주사를 놓아주는 모습과 통증 없이 들어오는 주삿바늘에 기분이 좋아져서 활짝 웃는 제 얼굴을 그립니다. K선생님이 보내주신 마카다미아 너트macadamia nut를 먹다가 불현듯 선생님이 그리워지면, 건강해진 제가 선생님 내외분을 만나고 있는 장면을 그려보기도 합니다. 몹시 반가워하는 선생님 내외분과 밝게 웃는 제 모습이지요. 멀리서 저를 찾아와준 것만도 고마운데 밥값까지 슬그머니 계산해버린 지인에게 미안해지면, 일이 잘 풀려 그 사람이 매우 행복해하는 모습을 그리지요. 내가 살아 있다는 것을 아무도 기억해주지 않는 것 같고 또 내 인생이 다시 일어설 수도 있을 거라고 아무도 기대해주지 않는 것 같은 스산한 날에는, 무수히 많은 스마일 마크를 그렸습니다. 방긋방긋 웃는 스마일 마크가 종이의 앞·뒷면을 빼곡하게 메울 때쯤 되자, 꼭 그 스마일 마크처럼 방긋 웃는 인생이 저를 기다리고 있는 것 같았습니다.

이렇게 시시때때로 낙서하듯이 그림을 그리다 보면, 정말 그렇게 되어갈 것 같은 좋은 기분을 느끼게 됩니다. 식이요법, 명상, 기도, 웃음, 운동 등과 더불어 암 치유를 돕는 보조요법 중의 하나로 권장되는 것이 '시각 요법' 또는 '시각화 기법'이라고 불리는 것입니다. 몇 가지 자료를 읽어보니, 시각요법은 긴장을 푼 상태에서 자신이 원하는 바를 생생한 이미지로 만들어서 마음의 눈으로 관찰하는 요법으로 설명되는 것 같습니다. 장소와 시간에 구애받지 않고 혼자 상상하는 작업이라 누구나 손쉽게 할 수 있다는 강점을 가지고 있지요. 가령 몸이 아픈 사람이라면, 몸을 이완시키고 마음을 편안하게 가라앉힌 상태에서 건강해진 자신의 모습을 명료한 이미지로 그려본다는 것이지요.

사람마다 성격 차이가 있어서 선호하는 이미지는 제각각 다르다고 합니다. 군대가 적을 무찌르듯이 암세포를 공격하는 강력한 이미지가 편안한 사람이 있는 반면에 암세포를 부드럽게 끌어안고 따뜻한 빛으로 치료하는 이미지가 편안한 사람도 있다는 것이지요. 저는 어떤 경우에도 밝고 따뜻한 이미지를 상상하는 것이 저를 평화롭게 한다는 것을 경험하고 있습니다. 시각요법에 관한 글을 읽기 훨씬 전부터 본능적으로 해온 것이지만, 제가 산길을 걸을 때 자주 하고 있는 상상 역시 '시각화 기법'의 범주에 들어가는 것이겠지요.

시각요법은 원하는 바를 간절히 상상하고 소망함으로써 무의식을 변화시켜 스스로를 치유해갈 수 있다는 가능성을 전제로 한다는 점에서 '자성적 예언'과도 맥이 닿아 있습니다. 인간의 상상력이라는 마음이나 생각의 힘이 현실을 변화시켜갈 수 있는 것일까요? 저는 일정 부분 가능하다고 믿고 있습니다. 타인을 변화시키거나 사회 현상을 변화시키기는 어려울지 모르나, 최소한 자신의 삶만큼은 방향을 바꿔갈 수 있다고 생각합니다. 자기 몸과 마음으로, 자신의 에너지로 살아내고 있는 것이 바로 자기 삶이니까요.

그리기 놀이를 통해 조금씩 변화하는 저를 느끼고 있습니다. 미래에 불쾌한 일들이 발생하는 것을 바라지는 않게 되니까 그림을 그릴 때면 주로 밝고 좋은 모습들을 상상하게 됩니다. 밝게 상상하는 습관이 들수록 마음의 근육에는 다 잘될 거라는 낙관의 힘이 쌓여가게 됩니다. 저는 이런저런 상황에 대한 제 마음의 반응이 조금씩 유연해져가는 것을 느끼고 있습니다. 더불어 행복감을 느낄 수 있는 감수성이 더 계발되고, 그 결과 더 자주 감사함을 느낄 뿐만 아니라 힘든 중에도 마음의 여유를 되찾는 속도가 빨라지고 있음을 경험하고 있습니다. 무엇보다 생생하게 느끼는 것 중 하나는, 가능하면 좋은 생각과 밝은 상상을 하려고 노력하는 것이 현격하게 삶의 질을 높여준다는 것입니다.

저는 미워하는 것이 많던 사람이었습니다. 지금도 시시때때로 뭔가를 미워하려는 마음이 생기곤 하지요. 그러나 이제는 무조건, 정말 아무 조건 없이 무조건 용서하라는 말을 조금쯤은 이해하게 되었습니다. '용서'는 철저히 자기 지향적인 마음의 행위임을 느끼고 있습니다. 내가 미워하는 타인을 위해 내 용서가 필요한 것이 아니라, 내 자신을 먼저 생각할 수밖에 없는 인간이기에 내 평안과 안녕을 위해 용서라는 마음 행위가 필요한 것이지요. 뭔가를 미워하면 그 미움이 가져오는 집착 때문에 미운 대상을 마음에서 놓기가 힘이 듭니다. 그러나 무조건 용서를 하면 마음에서 떠나보낼 수가 있고 미움이 떠나버린 자리에서 삶의 무게는 그만큼 가벼워집니다. 자성적 예언이라든지 시각화 기법 같은 것은 이미 상처 입은 것, 이미 상실한 것들에 고착되어 있던 우리 마음의 일부를 미래를 바라보는 에너지로 전환시켜주는 것 같습니다. 지난날을 잊어보고 새롭게 살아보라고 등을 밀어주는 것 같습니다.

부쩍 추워진 날씨라 옷을 단단히 껴입었습니다. 저녁 식사 후에 산책을 나가 집 근처를 한 바퀴 돌고 오다가 건널목 근처에서 맨바닥에 주저앉아 있는 걸인을 보았습니다. 이 추위에 무릎이라도 따뜻하게 덮어줄 담요 조각조차 갖고 있지 않은 것일까요. 그이는 때 묻은 플라스틱 바구니만큼이나 때 탄 얇은 옷 속에서 덜덜거리며 추위에 떨고 있었습니다. 주머니에 있던 돈을 바구니에 조금 넣어주면서, 이런 때는 상상이 무슨 힘을 갖는 것일까 하는 생각이 스쳐갔습니다. 그렇지만, 그럼에도 불구하고, 상상이 자기 자신을 구원하는 것 외에는 다른 곳에서 효력을 발휘할 수 없다고 할지라도, 저는 계속 상상해갈 것입니다. 스스로조차 구하지 못한 채 살아오던 삶에서 벗어나서 다시 한 번 살아보고 싶으니까요.

7. 암과 더불어 웃고 행복하게

오뚝이가 제게 물어오는 것 같았습니다. 제 마음 안의 오뚝이는 어떻게 되었느냐고. 두 해 동안의 병원 치료로 이렇게 지쳐버리면 앞으로 남은 먼 길을 어떻게 가겠느냐고. 삶은 좌절하거나 주저앉는 것이 아니라 그냥 사는 것이고 그냥 걸어가는 것이라고.

아픈 동안
더 복잡해진 세상

집에 손님이 올 일이 있어 근처 중국집에서 메뉴판을 한 장 얻었습니다. 촘촘한 글씨의 메뉴판을 들여다보다 메뉴가 참 복잡해졌음을 알았습니다. 오랫동안 중국집에서 배달을 시켜보지 않아 제 머릿속에 있는 자장면 종류는 자장면과 간자장면, 그리고 삼선자장면이 다였습니다. 그런데 요즘 메뉴판에 적힌 자장면 종류는 무려 일곱 가지였습니다. 쌀자장면, 옛날자장면, 간자장면, 삼선자장면, 사천자장면, 쟁반자장면, 삼선쟁반자장면. 여기다 쟁반자장면 종류는 2인분용과 3인분용으로 나눠져 있었습니다. 더 나아가 1인분에 자장면이나 간자장 등과 더불어 짬뽕, 우동, 볶음밥 등을 함께 주는 짬자면, 우자면, 간짬면, 볶짬면, 탕자면 등 발음하기 어려운 이름의 메뉴가 여러 개 있었습니다. 탕수육도 양념탕수육, 과일탕수육으로 분류되고 크기는 대·중·소로 나눠져 있었습니다. 주문하기 전에 메뉴 공부를 좀 더 해야겠단 생각이 들더군요. 요즘 중국집에서 일하려면 머리 회전이 빠르고 기억력 또한 엄청 좋아야 할 것 같습니다. 약간씩 다른 재료의 저 음식들을 일일이 만들어내는 주방일도 그렇고 4000원부터 시작해 4500원, 5000원, 5500원, 6000원 등으로 가격 차이가 나는 자장면 값을 잘 계산해서 돈을 받는 일도 보통 일이 아니겠습니다.

복잡해졌다고 느낀 것은 자장면 종류만이 아닙니다. 우연히 K은행의 신년 달력을 보게 되었는데 제가 좋아하는 꽃 그림이 밝고 화사하게 그려져 있어 달력을 한 부 얻고 싶어졌습니다. 마침 그 은행의 신용카드를 사용하는 터라 저희 집 근처 지점에 전화를 했습니다. 달력을 한 부 얻을 수 있느냐고 물어보는 것이 제 용건인데, 전화는 지점으로 연결되지 않고 자동으로 은행의 통합 콜센터로 연결되었습니다. 예금 업무는 1번, 대출 업무는 2번 하는 식의 안내가 나오는데, 달력 얻는 일이 해당되는 번호가 없어 기타 업무 해당 번호를 눌러보았습니다. 그랬더니 또 뭐는 1번, 뭐는 2번, 식으로 길게 이어져 전화를 끊고 다시 걸기를 서너 번 반복했습니다. 마지막으로 신경 써서 들어간 곳은 특정 상담원 연결을 원하는 분이 누르라는 곳이었습니다. 신속하고 정확한 상담을 위해 귀하의 주민번호를 입력하라는 안내가 나옵니다. 달력 한 부 얻겠다고 주민번호까지 입력할 마음은 없었기에, 또 상담원이 저희 집 근처 지점에 여분의 달력이 있는지를 알 것 같지는 않았기에, 수화기를 그만 내려놓고 코트를 입고 집을 나섰습니다. 산책 삼아 걸어간 지점에서 달력을 받아 집으로 오면서, 나는 이제 정말 아날로그 세대인가 보다 싶어졌습니다.

새해 달력을 들춰 보다 슬그머니 내년의 제 토정비결이 궁금해졌습니다.* 아픈 사람이 병을 온전히 털고 일어나는 운세이기를 기대하면서 컴퓨터를 켰습니다. 토정비결을 잘 보는 사이트가 어딘가 싶어 네이버에서 '토정비결'이라고 검색어를 쳐보니 이런저런 추천을 받은 여러 개의 토정비결 사이트들이 화면에 떴습니다. 그 중 하나를 눌러보았습니다. 그 사이트에는 토정비결 종류가 무려 여섯 가지가 있었습니다. 신년토정비결, 적중신년운세, 명품새해 운세처럼 비슷비슷한 이름들 속에서 어떤 것을 골라 결제할지 망설이는 저 같은 사람들을 위해, 이 여섯 종류의 토정비결들은 올해의 토정비결을 참고용으로 무료 제공하는 한편 신년토정비결도 맛보기용으로 조금씩 미리 읽어볼 수 있게 해놓았습니다. 저물고 있는 해이지만 올해 토정비결부터 살펴보기 시작했지요. 아, 정말 복잡했습니다. 그냥 좋다, 나쁘다, 뭐를 조심해라 이런 것이 아니라 매달 건강운, 연애운, 금전운, 사업운 등 여러 항목으로 나눠 설명하는 것도 있었고, 제가 개띠임을 알려주는 강아지 그림으로 시작해서 여러 현란한 그림들과 도표를 곁들인 것도 있었습니다. 내년

---

* 이 글은 2009년 12월에 쓴 것입니다.

도 운세맛보기를 하나씩 읽어보다 보니 뭐가 뭐였는지, 어떤 것이 올해 것인지 어떤 것이 내년 것이었는지 헷갈리기 시작했고 머리가 아파 그만 컴퓨터를 끄고 말았습니다. 예전에 여성지 부록으로 나오던 신년 가계부 속에서 간단하게 숫자 세 개로 찾을 수 있던 짧은 토정비결이 그리워졌습니다.

병을 다스려가는 생활 속에서도 가끔은 정보가 너무 많은 것이 문제임을 느끼기도 합니다. 몸에 좋다는 음식, 안 좋다는 음식, 이렇게 하면 병을 고친다는 이야기, 또 이렇게 해서는 절대로 안 된다는 이야기들이 무수하게 돌아다닙니다. 암 진단을 받았을 때 주변에서 해보라고 권해준 것을 만약 다 해봤다면 지금쯤 저는 어떻게 되어 있을까요? 제게 이런저런 정보와 선물을 주었던 지인들의 마음은 감사하게 기억하고 있습니다만, 잘 들어보지 못했던 여러 낯선 식품과 요료법 같은 방법들은 전혀 시도해보지 않았습니다. 주변에서 좋다고 권하는 식품이나 음식 중에서 제가 선택했던 것은 몸에 부작용을 일으킬 염려는 없겠다고 판단한 3가지입니다. 야채스프와 고구마, 그리고 울금입니다. 카레의 원료이기도 한 울금은 가루로 만들어진 제품을 구입에서 가끔씩 음식에 넣거나 뜨거운 물에 타서 차처럼 마시고 있습니다. 병원에서 일정을 정해주는 대로 꾸준히 치료를 받으면서, 산에 다니고 자주 걷고 긍정적으로 상상하고 웃으려고 노력합니다. 병 치료에 있어서도 너무 많은 정보가 오히려 혼란을 줄 위험이 있는 것 같습니다.

하나뿐인 자기 몸을 실험 대상으로 삼지 말고, 어떤 정보든지 잘 살펴보고 선택할 필요가 있습니다. 산에 가는 것과 걷는 것도 마찬가지입니다. 산길을 걷는 것이 아무리 좋다고 해도 암 환우들은 절대로 무리해서는 안 된다고 생각합니다. 제 몸이 몹시 힘든 날에도 기다시피해서 산에 간 적이 여러 번 있습니다만, 그건 제가 다니고 있는 산이 저희 집에서 큰길 두 번만 건너면 되는 가까운 위치에 있어서 가능한 일입니다. 집에서부터 산 입구까지 걸리는 시간이 천천히 걸어도 10분 남짓입니다. 길에서 소모되는 에너지가 별로 없으니까, 그리고 그 길도 평탄한 도로니까 산에 꾸준히 다닐 수가 있었던 것이지요. 만약 산 입구까지 가는 데 차를 타야 하거나 오래 걸어야 하는 상황이라면 오가는 데 지쳐서 그렇게 다니기가 힘들었을 겁니다. 여름철 무더위에, 또는 눈이 쏟아지고 비가 퍼부을 때 바로 집 앞에 있는 산이 아니었다면 다니기가 쉽지 않았을 겁니다. 또 제가 다니는 산은 높이가 100미터가 안 되는 야트막하고 평탄한 산이고 산기슭마다 포장도로와 바로 연결되어 있어서, 걷다가 힘에 부치면 언제든지 금방 되돌아오거나 가까운 산기슭으로 내려가 택시를 타고 집에 올 수 있습니다. 이렇게 믿는 구석이 있으니 기다시피해서라도 가고 날씨가 궂은 날에도 가는 것이지요. 그러니 사람들이 아무리 어떤 게 좋다고 이야기해도 무작정 받아들이기보다는, 이리저리 잘 살펴보고 체력에 무리가 가지 않는 범위 내에서 선택을 내려야 하겠지요.

별것 아닌 일로 세상이 자꾸 복잡해지는 것은 맞지만, 복잡해지는 것이 더 나빠지는 것을 의미하지는 않는 것 같습니다. 가족 모임이 있을 때 그 자리를 제일 빛나게 하는 것은 바로 어린 조카들입니다. 유치원생인 꼬마들이 얼마나 부드럽고 예쁜지, 맑고 고운지, 장난치는 것조차 어찌 그리 귀여운지, 저를 비롯한 가족들의 눈길을 붙잡아놓습니다. 오늘 산책길에서도 조카들의 얼굴이 어른거렸습니다. 유치원에서 배운 영어 단어를 예쁘게 발음하던 첫째의 달콤한 목소리와 제게 다가와 슬그머니 뺨을 대던 둘째의 따뜻하고 부드러운 감촉이 떠올라 저절로 행복한 기분이었습니다. 그러자 아무리 복잡해져도 앞으로의 세상은 무조건 더 좋아지는 세상일 거라고 믿고 싶어졌습니다. 자라는 아이들이 살아가는 세상인데, 좀 복잡해지고 선택할 것이 많아진다고 해도 그게 대수이랴, 이 세상은 무조건 더 좋아질 수밖에 없다는 생각을 했습니다. 모든 게 좋아질 거라고 느끼며 숲길을 걷다 보니 숲에서 나는 향기는 더욱 싱그러웠고, 내년의 제 토정비결은 볼 것도 없이 좋을 거라는 확신까지 생겼습니다.

이탈을 통해
여독 풀기

제게 있는 힘과 지혜와 의지를 다해 항암 주사를 맞아왔고 새해 들어 정기검진이 있었습니다.* 3개월마다 여러 종류의 검사를 받고 있는데 이번에는 혹시나 하는 기대를 했었습니다. 몸 상태도 좋은 것 같았고 항암을 만 2년이나 했으니 이제 좀 쉬라고 하지 않을까 하는 기대였지요. 그러나 지난번과 유사한 검사 결과를 앞에 두고 올해도 계속되는 치료 일정을 받아들자, 잠시 다리에 힘이 빠지는 느낌이었습니다. 입맛도 없는 것 같았고 산에 가는 것도 지친다는 느낌이 들었습니다. 여독을 푸는 과정이었을까요. 며칠 동안 산에 안 가고 그 대신 주민자치센터의 수강생들과 어울려서 밥을 먹고 차를 마시며 시간을 보냈습니다.

• 이 글은 2010년 3월에 쓴 것입니다.

댄스를 함께 배우고 있는 어떤 분이 저를 '교양 덩어리'라고 불렀습니다. 그분은 제게, 하고 싶은 말을 다 하고 다른 사람의 시선 같은 것은 생각하지 말고 마음대로 행동하면 병이 저절로 낫는다면서, '교양을 벗어던지라'는 조언을 해주었습니다. 댄스 교실에서 가장 연장자인 그분이야말로 삶의 어느 지점까지 교양의 표본 같은 생활을 해온 분 같았습니다. 조신한 전업주부로 살면서 아이들 둘을 대학에 입학시킨 다음부터 몸이 아프기 시작했다고 합니다. 그리고 그때부터 완전히 다른 방식으로, 댄스를 배우고 노래를 부르고 전국의 산을 등반하고 여러 운동을 배우고 맛있는 것 찾아다니면서 살기 시작했고 이후 건강을 회복한 분이었습니다. 그러니까 교양을 벗어던지라는 조언은 그분 삶의 절절한 경험에서 나온 말이겠지요.

제가 다니는 주민자치센터의 또 다른 프로그램이 있습니다. 일주일에 한 번 한 시간씩, 가벼운 영어 소설을 읽고 영어로 토론을 하는 반입니다. 이 수업의 구성원들은 대부분 해외에 거주한 경험이 있거나 저처럼 영문학을 전공했거나 또는 영어 공부를 매우 즐기고 꾸준히 하는 사람들입니다. 댄스 교실의 그분은 교양을 벗어던져야 삶이 건강해진다고 이야기하지만, 이 수업에 참여하는 분들은 교양을 쌓을수록 삶이 더 건강해지고 쾌적하게 느껴진다고 여기는 것 같았습니다. 가치관과 취향, 또는 지향하는 바에 따라 사람은 다 다르겠지요. 다만 양쪽 수업의 구성원들과 차를 마시거나 식사를 하는 시간을 갖게 될 때, 거기에서 제 몸이 느끼는 상태는 사뭇 다릅니다.

영어 교실 구성원들은 밝고 따뜻하고 조용한 성격을 가진 분들이 대부분입니다. 진지하게 논리적으로 이야기하고, 웃어도 조용히 웃고, 지적인 성장에 관심이 많고, 교양이 없는 언행을 좋아하지 않으며, 대학원을 다니는 등 더 발전하고 성취하려는 의욕과 열망을 갖고 있습니다. 현재 하는 일, 읽었던 책, 아이들의 유학, 각자의 종교 영역에서의 봉사활동 등이 주요 화젯거리입니다. 모두 좋은 성품의 사람들이라 아무 부담 없이 편안하게 앉아 대화를 즐김에도 불구하고, 한 시간 정도 지나면 제 몸이 부쩍 피로해하는 것을 느끼게 됩니다.

댄스 수업의 사람들은 모이면 조금 시끄럽습니다. 목소리도 큰 편이고 다른 테이블의 사람들이 이야기 내용을 듣거나 말거나 하고 싶은 이야기를 하며 웃어도 크게 웃습니다. 재미있었던 이야기와 농담을 하며 웃기에 바빠 자기 자신에 대해 이야기할 겨를도 없고 또 상대편에 대해 궁금해 하지도 않습니다. 저처럼 말이 느린 사람은 대화에 끼어들 틈이 없어 그냥 이야기를 듣고 있는 편인데, 시계를 보면 어느새 한두 시간이 훌쩍 지나가 있습니다.

양쪽 수업의 사람들은 다 제가 아픈 것을 알고 있고 배려하고 우호적으로 대하지만 표현 방법은 좀 다릅니다. 영어 교실 구성원들은 '요즘 몸은 좀 어떠세요?'라든지 '얼굴이 좋아 보여요' 하는 식으로 저에 대한 관심을 말과 미소로 표현합니다. 댄스 교실 구성원들은 제게 질문 같은 것은 거의 안 합니다. 아픈 사람으로 취급하지도 않는 것 같습니다. 다만 제 옆에 앉게 되면 웃고 떠들면서도 슬그머니 제 손이나 발을 잡고 꼭꼭 주물러서 마사지를 해줍니다. 처음에는 상대편이 제 발을 잡는데 당황했습니다. 이제는 손을 주물러주거나 안고 토닥이는 그분들의 애정 표현 방식에 많이 익숙해졌지요.

저희 집에 오뚝이가 있습니다. 암 진단을 받은 다음 아이 방에 오뚝이를 놓아두었지요. 오뚝이는 아무렇게나 굴려도 어디서든 어떤 때든 오뚝오뚝 다시 일어서잖니. 엄마는 네가 오뚝이가 되기를 바란다. 엄마에게 어떤 일이 있더라도 네가 오뚝오뚝 일어서기를 바란다. 아마 그런 이야기를 하고 싶은 마음으로 슬그머니 놓아두었을 겁니다. 그 오뚝이를 보고 있자니 오뚝이가 제게 물어오는 것 같았습니다. 제 마음 안의 오뚝이는 어떻게 되었느냐고. 두 해 동안의 병원 치료로 이렇게 지쳐버리면 앞으로 남은 먼 길을 어떻게 가겠느냐고. 삶은 좌절하거나 주저앉는 것이 아니라 그냥 사는 것이고 그냥 걸어가는 것이라고.

잠시 동안의 이탈을 통해 여독을 푼 덕분일까요. 저는 다시 잘 먹고 산에 가고 댄스의 기본 스텝을 배우고 영어 수업을 들으며 열심히 주사를 맞고 있습니다. 어제는 병원 외래 주사실에서 주사를 맞는 날이었습니다. 이제는 제 침대만큼이나 익숙해진 주사실 침대에 누워 있으면서, 주사실에서 보고 듣고 느낀 것만 해도 책 한 권은 쓰겠다 싶어지니 이 모든 게 다 내 삶이고 내 경험이고 자산이다 싶었습니다. 주사를 맞고 온 저를 위해 오늘은 이웃 두 명이 저와 함께 산길을 천천히 걸어주었습니다. 솔향기가 좋은 숲길을 거닐다가 산에서 내려와 채식 식당에서 맛있게 점심을 먹으면서, 이렇게 재미있는 이웃들과 어울리면서 함께 나이 들어가는 인생도 참 그윽하겠다 싶었습니다. 다 괜찮겠다 싶고 다 좋겠다 싶은 생각이 자꾸 드는 것을 보니 제가 슬럼프를 빠져 나와 의욕과 용기를 되찾고 있음이 틀림없는 것 같습니다.

슬픔도 기쁨도
체력이 감당할 정도로만

3월의 끝날, 비가 왔습니다.• 유독 비도 눈도 잦게 오던 3월이었지요. 그저 마음이 에이고 아팠습니다. 참 이상하게도 이번 3월에 여러 사람이 멀리 떠나갔습니다. 저와 함께 항암을 받던 환우도 그중 한 명입니다. 저와 같은 병으로, 또 같은 병기로 진단을 받아 동일한 날, 동일한 약으로 함께 항암을 해온 환우였습니다. 나이도 엇비슷해서 매주 대여섯 시간씩 항암 주사를 맞으면서 함께 도시락을 나눠 먹기도 하고 집에서 가져온 과일 등을 나누기도 하고 이야기도 주고받았지요. 그이는 경과가 좋아서 CT상으로 암이 전혀 보이지 않는 상황을 맞이했습니다. 더 이상 저하고 주사실에서 만나게 되는 일은 없었지만, 그 후 언젠가부터 외래 날짜가

• 이 글은 2010년 4월에 쓴 것입니다.

다시 같아져서 병원 복도 등에서 간간이 마주치곤 했습니다. 한참 뒤 암이 재발되었다는 소식을 들었지만 그래도 치료 잘 받고 잘 나을 거라고 믿었던 그이의 부고를 갑작스럽게 만난 날, 제게서 완전히 사라진 줄 알았던 눈물이 쏟아져 내렸습니다. 제가 할 수 있는 일이 무엇이 있겠습니까. 그저 마음을 다스리며 성당으로 걸어가 그이를 위한 연미사를 넣고 오랫동안 비를 바라본 것이 다였습니다. 그렇게 이 3월에는 이런저런 인연으로 알게 된 이름들이 거짓말처럼 이 세상에서 훌쩍훌쩍 사라져갔습니다. 또 그럴 때마다 바깥 날씨는 눈이 오거나 비가 오거나 황사로 온통 황토색이었습니다. 사람을 떠나보내는 일이 힘에 겨워 3월이 어서 지나갔으면 하는 생각을 하고 있었습니다.

아픈 제가 지켜야 하는 일 중의 하나는 감정에 지나치게 매몰되지 않는 일입니다. 슬픔 같은 감정에서 잘 빠져나와야 하는 것이지요. 아마 예전 같았으면 이런 슬픈 일들을 자꾸 겪으면 밥도 잘 못 먹고 잠도 잘 못 자고 훨씬 더 많이 힘들어했을 겁니다. 그러나 이제는 감정에 매몰되는 것도 체력이 받쳐주어야 가능한 것임을 압니다. 슬픔이든 기쁨이든 무게가 무거워진 감정은 지금의 제 체력이 감당해내지 못합니다. 또 슬픈 일들이 연이어 다가와도 거기에서 벗어나는 것은 오로지 저 스스로 해야 하는 일입니다.

슬픔에서 빠져나오는 방법은 사람마다 다 다르겠지만 제가 경험한 것 중 제일 좋은 방법은, 뭔가 아주 작은 일이라도 돕는 일을 하는 것입니다. 사람을 돕든지 자연을 돕든지 스스로를 돕든지 무엇이든 하는 것이지요. 좀 더 소박하게 살면서 형편이 더 어려운 사람들을 위해 소소한 후원이라도 하고, 어려움에 처한 이웃에게 격려하는 문자메시지라도 한 통 넣고, 길거리의 쓰레기라도 주워 휴지통에 넣고, 선한 기도를 하고, 산길에서 만나는 나무들에게 고맙다는 인사라도 자꾸 하고, 자기 자신을 위해 걷는 일이라도 부지런히 하다 보면 마음에서 슬픔이 물러나고 따뜻한 기운이 차오르는 것을 느끼게 됩니다. 봉사를 많이 하는 분들이 봉사는 남을 위한 것이 아니라 바로 자기 자신을 위한 것이라고 이야기하는 뜻을 조금은 이해할 것 같은 기분입니다.

3월의 마지막 날, 성당 친구들이 부활절 계란을 준비하는 일에 동참했습니다. 친구들은 힘들고 손이 많이 가는 일은 자기들이 다 맡아서 하면서, 제게는 편안하게 앉아 부담 없이 할 수 있는 일을 하도록 배려해주었습니다. 저는 곱게 구워진 계란에 예쁜 스티커를 붙이는 일을 했습니다. 별, 꽃, 해, 벌, 나비 등 여러 부드러운 색상의 스티커를 마음 내키는 대로 이리저리 붙이고 놀면서 방글방글 환하게 웃는 계란들을 만들었습니다. 이렇게 제 손을 거쳐 간 계란이 부활절 계란이 되어 누군가에게 사랑을 받는다고 생각하니 기분이 좋아져서, 나중에는 스티커를 붙이면서 이 계란을 가져가는 임자가 건강하고 행복하라고 빌어줄 여유까지 생겼습니다. 수백 개의 계란을 만지는 동안에 제 안에 쌓인 3월의 여러 슬픔이 개운하게 가셔지는 듯한 느낌을 받았습니다. 밖에는 여전히 비가 오고 있지만 마음이 에이고 아프던 것도 사그라지는 것 같았습니다. 구역 반장이 차려주는 콩나물밥과 빈대떡을 푸짐하게 먹고 커피와 과일 등 후식도 먹고 집에 와서 달게 낮잠을 잤습니다.

낮잠에서 깨어난 늦은 오후, 우산을 쓰고 산길을 걷습니다. 고즈넉한 산에는 봄비를 맞으면서 개나리와 진달래가 피어날 준비를 하고 있습니다. 만나고 헤어지고 비도 오고 눈도 오고 바람도 부는 우리네 삶이지만, 변덕스런 날씨 속에서도 저렇게 피어나는 개나리처럼 삶 자체가 얼마나 경건하고 생명력 있는 것인가를 새삼 느끼면서 천천히 산길을 돌았습니다. 어디선가 들은 이야기인데 어릴 때는 충격을 받거나 많이 슬퍼해도 건강한 상태로 회복이 되지만, 나이가 들어서는 충격을 받거나 슬픔 등에 너무 길게 머물러 있으면 바로 건강의 악화로 이어진다고 합니다. 슬픈 일이 있어도 너무 길게 잡혀 있지 말고, 괴로움이 있어도 너무 무겁게 머물러 있지 말고, 잘 털어버리고 잘 빠져나오는 연습, 잊어버리는 연습이 필요한 시기인 것 같습니다. 글을 쓰는 동안 자정이 지나 4월이 되었습니다. 4월에는 더 건강하고 밝은 모습으로, 더 가볍고 경쾌하게 생활하고 싶습니다.

항암 탓인지
나이 탓인지

대학을 졸업하고 나서 잡지사 기자로 사회생활을 시작했습니다. 지금은 수도 없이 많은 잡지들이 있습니다만 이십 몇 년 전만 해도 잡지사 숫자가 그리 많지 않았을 뿐더러 지금보다는 고정 독자층이 훨씬 탄탄하게 형성되어 있었습니다. 스물세 살이던 저는 세상도 모르고 저 자신도 잘 모른 채 젊음 하나로 겁 없이 원고를 썼습니다. 새해를 앞둔 때였던 것 같은데 특집 기사로 '여자 나이 29세'라는 주제를 다뤘던 기억이 납니다. 인기 소설가 K씨, W씨 등이 29세를 맞던 지점이어서 그분들에게 원고를 청탁했고, 광화문의 한 찻집에서 원고를 받으며 함께 차를 마셨던 기억이 납니다. 불과 6년 뒤면 저도 스물아홉이 될 텐데 그때는 스물아홉이 참 까마득하게 멀어 보였습니다. 마흔이란 나이는 더 비현실적으로 느껴졌습니다. 누구나 나이가 들고 사십 대가 되는데 그때는 마흔이란 나이는 영원히 오지 않을 것처럼 여겨졌었지요. 속담처럼 나이 든 사람은 자기가 두 번 다시 젊어지지 않는다는 것을 알고 있지만 젊은이였던 저는 저도 나이를 먹는다는 사실을 잊고 있었나 봅니다.

오늘 참 덥습니다.* 실내에 있으면 괜찮은데 밖에 나가면 한여름 무더위입니다. 공원을 산책하다가 너무 덥기도 하고 여름옷이 좀 필요하기도 해서 공원 옆에 있는 쇼핑센터에 들어가 보았습니다. 마침 하늘하늘한 여름 원피스들을 염가 판매 중이더군요. 몸무게가 많이 증가한 상태라 이런 원피스들을 입을 수 있을까 살펴보다 제 눈길이 한곳에 머물렀습니다. 이십 대 초·중반쯤으로 보이는 여자아이 둘이서 원피스를 골라 서로에게 대주고 있었는데 어떤 원피스를 갖다 대도 눈부시게 아름답고 예쁜 것입니다. 저는 그들의 젊음이 뿜어내는 싱그럽고 어여쁜 모습에 취해서 옷을 고르는 것도 잊은 채 그들에게서 시선을 거둬들이지 못했습니다. 이십 대 때 제가 입고 나갈 옷을 고르고 있으면 어머니가 네 나이 때는 무엇을 입어도 예쁘니 신경 쓰지 말고 입으라는 이야기를 했었는데 정말 그들이 그랬습니다. 무채색 원피스도, 색상이 화려한 원피스도, 어떤 디자인이어도, 제 눈에는 그들이 너무도 예쁘기만 했습니다.

엊그제는 투표를 했습니다. 투표일 전날 저녁에 후보들을 소개

---

* 이 글은 2010년 6월에 쓴 것입니다.

하는 선거 안내문을 살펴봤지만 8명이나 뽑아야 하는 상황인지라 누가 누군지 매우 헷갈렸습니다. 특히 교육위원 선거가 그랬습니다. 저는 각 후보의 경력과 주장을 살펴본 뒤 마음에 딱 와 닿는 사람은 없지만 그냥 이 사람을 뽑아야겠다고 생각하고 그 사람 이름을 외웠습니다. 분명히 이름을 외웠는데, 투표소 안에 들어가서 다른 투표용지에 기표를 마친 다음 교육위원 투표용지를 보니 제가 외워온 이름이 뭐였는지 도무지 기억이 안 나는 겁니다. 교육위원 투표용지에 적힌 여러 명의 이름들이 정말 하나같이 생소해서 잠시 고민을 하다가 그래도 이 이름이 아니었을까 싶은 곳에 기표를 했습니다. 투표장을 나와 집으로 돌아오면서 남편에게 내가 외운 교육위원 이름이 떠오르지 않아 그냥 누구를 찍었다고 이야기하려 하는데, 이번에는 내가 도대체 누구를 찍고 나온 건지 이름도 성도 생각이 나지 않는 겁니다. 이렇게 기억력이 쇠퇴한 것을 두고 저는 항암을 오래 하고 있는 후유증이라고 이야기합니다만, 이웃 친구들은 자기들도 벌써 그렇다며 나이 탓이라고 합니다.

하늘하늘한 원피스를 입어도 옷이 더 예쁘지 사람이 더 예쁘지는 않은 나이, 사람 이름이 잘 외워지지 않는 나이가 되었나 봅니다. 군인을 보면 더 이상 아저씨란 생각이 들지 않고 다 내 자식처럼 앳되어 보이고, 그렇게 비현실적으로 멀게만 느껴지던 마흔 살도 이제는 아직 젊고 창창한 때로 느껴집니다. 아침 식사로 빵보다는 밥과 따뜻한 국을 먹고 싶고, 몸에 꼭 끼는 옷보다는 좀 넉넉한 옷이 편안하고, 하이힐보다는 낮은 굽의 구두를 자주 신게 됩니다. 새로운 사람에 대한 호기심보다는 이미 알고 있는 사람들과의 익숙함이 더 그립기도 합니다.

나이를 먹을수록 현명해진다는 말도 있고 슬기로워진다는 말도 있긴 합니다만, 이웃 친구들과 저는 나이가 들어서 이렇게는 하지 말자며, 만약 어떤 행동을 하면 서로 옆에서 꼬집어주고 일깨워주자는 이야기를 종종 합니다. 나이 들어서 하지 말아야 할 행동들을 하나하나 적어 지금부터 외우자는 이야기를 나누기도 합니다. 가령 자기는 배울 만큼 배우고 센스도 있고 늘 젊게 살기 때문에 누구보다도 젊은 사람을 잘 이해한다고 착각하고 젊은 사람들 자리에 자꾸 끼어들어 많은 말을 하는 주책은 부리지 말자고 다짐합니다.

제가 자랄 때 부모님이 육이오 당시 고생했던 이야기를 꺼내면 까마득한 옛날이야기를 왜 자꾸 하시나 싶었습니다. 왜 자식들이 살아갈 미래에 대한 이야기를 하지 않고 다시는 돌아오지 않을 과거 이야기를 자꾸 하나 싶었습니다. 그런데 이제는 제가 1970~1980년대 이야기를 하고 있습니다. 제 기억에는 바로 얼마 전인 것처럼 생생한 대학 시절도 1970년대 후반과 1980년대 초반이니 어느덧 30여 년 전입니다. 제 청춘이 지나온 자리를 요즘 아이들은 책을 통해 공부하고 있습니다. 살아온 시간의 부피와 기억이 살아갈 시간의 그것보다 더 무거운 나이가 되어갈수록, 방심하지 말고 자기를 잘 들여다보아야겠단 생각을 하게 됩니다. 그리고 다음번 투표 때는 제 기억력을 믿지 말고, 찍을 후보 이름을 종이에 적어서 그 종이를 잃어버리지 말고 잘 갖고 가야겠습니다.

썩 괜찮은 여름휴가,
'하와이 놀이'

밤 3시가 지났습니다. 항암 후유증인 듯싶은 불면증으로 뒤척이다가 빗소리를 들었습니다. 가로등 불빛 속으로 비에 젖은 축축한 도로가 보입니다. 밤 풍경이 상쾌하고 아름답습니다. 차가운 맥주나 독한 코냑 같은 술을 한잔 마시면 참 좋겠습니다. 유리잔에 시원한 생수를 따릅니다. 베란다에서 비 오는 거리를 바라보며 맥주라고 생각하고 마십니다. 생각하는 대로 느껴질까요. 어느 정도는 그런 것 같습니다. 생수가 맥주처럼 느껴지는 밤입니다.

저는 이번 여름에 '하와이 놀이'를 하며 무더위를 견디고 있습니다. 동네를 벗어나지 못한 채 생활하는 게 어느새 3년째입니다. 때로는 좀 멀리 가보고 싶어질 때가 있습니다. 먼 여행까지는 아니더라도 서울이라도 가서 훌훌 돌아다녔으면 싶을 때가 있습니다. 그러나 멀쩡한 것 같다가도 어느 순간 팍 까부라지는 일이 종종 있다 보니 언제든지 집에 돌아와 누울 수 있는 거리 안에서 생활하고 있습니다. 두어 시간 정도 움직이면 피로가 몰려와서 그만큼의 시간을 자거나 쉬어야 또 움직일 힘이 생기니, 예전에 출퇴근을 했던 서울도 지금의 제게는 '가까이 하기엔 너무 먼 당신'입니다. 단조로움이나 무료함을 잘 극복하는 방법 중의 하나가 상상을 통해 여행을 하거나 또 상상을 통해 하고 싶은 일을 하는 것입니다. 그래, 하와이라고 생각하자, 이번 여름은 하와이로 휴가를 왔다고 상상하며 보내자, 마음먹었습니다.

주중에는 하루에 한 시간 정도씩 외출할 일이 있습니다. 저희 아파트 단지에서 코 닿을 거리에 있는 주민자치센터에서 이것저것 배웁니다. 이틀은 댄스 수업, 하루는 영어소설 수업, 또 다른 이틀은 원어민 영어 수업이 있지요. 주민자치센터는 매달 1~2만 원 정도의 매우 저렴한 수강료를 받으면서 다양한 강좌를 개설하고 있는데, 저처럼 시간도 돈도 체력도 한정되어 있는 사람에게는 이 프로그램들이 얼마나 유용하고 감사한지 모릅니다. 수업 시간이 50분 정도이니 오가는 시간까지 더해 한 시간 남짓한 짧은 외출입니다만, 생활의 무료함을 덜어주는 데 큰 몫을 하고 있습니다. 이런 외출 건수가 없을 때는 제가 일을 만듭니다.

가령 어제는 아침 8시쯤 집을 나섰습니다.* 일요일 이른 아침의 산은 한적합니다. 즐겁게 산길을 걷고 서쪽 산등성이로 내려갔습니다. 육교를 건너면 이 지역에서 제일 큰 광장이 있고, 광장 저편에 제가 좋아하는 커피 전문점이 있습니다. 카푸치노 한잔을 사서 야외 테이블에 앉았습니다. 가로수의 무성하게 푸른 잎들, 한가하고 고요한 거리, 반짝이는 아침 햇살, 잔잔하게 들리는 음악, 넓게 펼쳐진 광장, 날아다니는 새들. 마음으로 저쪽 편에 파란 바다가 있다고 상상하면 여기가 바로 와이키키 해변 근방의 카페입니다. 가게의 첫 손님이 되어 텅 빈 야외 테이블에서 혼자 커피 향을 즐기는 아침의 한가한 시간이 평화롭습니다. 제가 앉아 있는 테이블 근처에서 모이를 쪼고 있는 비둘기들도 와이키키 해변의 햇살을 즐기고 있는 것 같고, 저 멀리 솟아 있는 빌딩과 오피스텔 건물은 마치 호놀룰루의 호텔 건물들 같습니다.

　다시 산으로 돌아와 조금 더 산길을 걷고 체조를 하고 집으로 옵니다. 집으로 오는 길에 예쁜 단독 주택가를 지나칠 때는 호놀룰루의 고급 주택가를 지나는 듯한 기분을 느낍니다. 아, 내가 이렇게 건강해져서 하와이를 여행하고 있구나 생각합니다. 감사한 마음이 생기기 시작하면 감사할 일들이 연이어 떠오릅니다. 뼈 전이가 왼쪽 어깨로 오지 않고 등이나 다리나 발목으로 왔다면 이렇게 자유롭게 걸어 다니지 못했을 것입니다. 오른쪽 어깨로 전이가 되었어도 훨씬 많은 생활의 불편을 겪었을 것입니다. 그런데 집안일 안 하

• 이 글은 2010년 8월에 쓴 것입니다.

고 무거운 짐 안 들고 조심하면 일상생활이 대부분 가능하니 얼마나 감사한 일인지요. 잠잘 때는 왼쪽 옆으로는 눕지를 못하니 조금 불편하긴 합니다. 하지만 통증이 심해 마약류 진통제 없이는 잠을 못 자는 경우도 있는데, 저는 약을 복용하지 않고도 큰 통증 없이 잘 자고 있으니 이 또한 감사할 따름입니다.

댄스를 배우는 날도 행복합니다. 경쾌한 음악이 흐릅니다. 아직 서툰 율동이나 기본 체조 동작처럼 어설프게 움직여질 뿐이지만 몸을 움직이는 일은 즐겁습니다. 동작을 할 때마다 제 왼쪽 어깨에 힘이 가지 않도록 배려해주는 댄스 교실 수강생들에게 고마움을 느낍니다. 수강생들은 거의 전부가 저 같은 중년 아줌마들이고 어쩌다 남자 수강생이 한 명씩 올 때도 있습니다. 드물게 있는 남자 수강생과 파트너가 될 때는 상대편 남성이 제가 하와이에서 봤던 그 멋진 남성이라고 상상합니다. 예전에 아이와 둘이 떠났던 하와이 여행에서, 호텔 복도와 엘리베이터에서 몇 십 초 정도 짧게 마주쳤던 그 외국인 파일럿을 지금도 잊지 못합니다. 국적도 항공사도 이름도 모르고 그 사람에 대해 아는 것은 아무것도 없습니다만, 첫눈에 반한다는 것이 무엇인지 그때 강렬하게 경험했습니다. 빨리 장난감 가게에 딱지를 사러 가자는 아이에게 끌려가느라 말 한마디 나눠보지 못한 채 헤어졌습니다만, 여행에서 돌아온 뒤 한동안 저는 그 사람의 유니폼이 어느 항공사 소속인지 알고 싶어서 인터넷 검색을 하기도 했었습니다. 결국 알아내지는 못했습니다. 만약

다시 그 사람을 만나게 된다면, 그렇다면, 절대 그때처럼 헤어지지
는 않을 것입니다. 이렇듯 부담 없이 그리울 수 있는 사람이 있어
즐겁습니다. 음악이 흐르고 저는 하와이의 그 파일럿과 룸바를 춤
니다. 파일럿이 제 손을 잡아주고 저는 이끌리듯이 투 쓰리 포 원
스텝을 밟습니다. 사랑의 춤인 룸바 속에서 그 파일럿을 보고 하와
이를 느낍니다.

　원어민 회화 수업에 참여하는 날은 또 나름대로의 재미가 있습
니다. 호주인 강사가 수강생들을 반갑게 맞아줍니다. 대부분 사십
대, 오십 대인 수강생들과 어울려서 쉬운 대화를 나눕니다. 저는 이
때 하와이에 어학연수를 왔다고 상상합니다. 수업이 열리는 주민
자치센터의 교실은 상당히 넓고 쾌적합니다. 텔레비전 드라마에서
기업체의 중역들이 회의하는 장면이 나올 때 등장하는 그런 공간
입니다. 의자도 편안한 팔걸이 의자이고 테이블도 널찍널찍합니다.
게다가 한쪽 벽면 전체가 유리창이고 유리창 밖은 푸른 나무들로
가득해서, 이 정도면 하와이에서도 틀림없이 특급 시설의 어학연
수 기관일 것입니다. 항암을 하면서 까맣게 잊었던 영어 단어들이
하나둘 기억 속에서 튀어 올라 감사한 마음으로 수업을 받다 보면,
하와이 어학연수를 통해 영어를 아주 제대로 공부하고 있는 듯한
기분이 듭니다.

　수업이 끝나면 가끔씩은 수강생들과 함께 주민자치센터 바로 옆
에 있는 대형 교회에서 운영하는 카페에 갑니다. 이 카페는 분위기

가 색다릅니다. 한쪽에는 공연 시설이 갖춰져 있습니다. 즉석 음악회 같은 것을 열 수 있도록 무대 위에 피아노와 드럼 등의 악기가 자리 잡고 있고, 다른 쪽 벽면에는 언제든지 인터넷을 자유롭게 할 수 있는 컴퓨터들이 여러 대 놓여 있습니다. 게다가 늘 한산하기까지 해서 저희 팀이 갈 때마다 그 넓은 공간을 거의 독차지하게 됩니다. 요즘 교회와 성당, 절 같은 종교 시설에서는 주민들을 위한 봉사 차원에서 안락한 카페를 운영하는 곳이 많습니다. 저희 집에서 걸어갈 수 있는 거리에 있는 것만도 대여섯 군데가 됩니다. 커피 전문점처럼 맛있게 끓여주는 원두커피와 다양한 차 종류, 신선한 주스, 봉사자들이 금방 만든 두툼한 샌드위치와 갓 구워낸 쿠키, 파이 등을 대부분 1000원씩에 판매합니다. 2000원이면 샌드위치와 커피로 식사 한 끼를 해결할 수 있어 근처 학원가의 학생들이 이용하기도 합니다.

맛있는 식사 시간입니다. 항암 초기에는 그 독한 항암제를 맞고 왔는데, 부엌일을 할 줄 아는 게 없었던 남편이 저 먹으라고 차려주는 것이 매번 흰죽과 간장이었습니다. 제가 어지럼증을 견디지 못해 비틀거리면 흰죽과 간장에 김을 구워주면서 '어떻게 해야 하지?', '뭘 해야 하지?' 당황할 뿐이었지요. 집 근처 음식점에서 매일 한 끼 정도 밥과 고기를 사 먹지 않았다면 아마 저는 진작 쓰러졌을 겁니다. 3년째로 접어드니 이제 저보다 더 잘 만드는 음식들도 생겼습니다. 가지나물, 호박나물, 깻잎 조림, 콩나물 무침, 두부구이,

된장찌개, 열무김치가 놓인 식탁에 마주 앉아 식사를 합니다. 유제품을 좋아하지 않고 밥을 좋아하는 저는 하와이에서도 주로 한식집을 찾아다니며 식사를 했습니다. 밝은 음악을 들으면서 하와이의 어느 한국 음식점에서 식사를 한다고 상상을 합니다. 참 맛있습니다. 이렇게 맛있는 한국 음식을 먹고 계산을 하지 않아도 되니 얼마나 고마운지요.

식사 후에는 저녁 산책을 합니다. 아파트 단지 근처의 공원들을 이리저리 거닙니다. 제가 사는 동네의 공원들은 매우 아름답습니다. 무엇 하나 부족함 없이 아름답습니다. 같은 지역, 같은 집에서 오랫동안 살아 재테크는 못 했는지 모르지만, 이 동네에 살기 시작한 이래 다른 지역으로 이사하고 싶은 욕구를 느끼지 못했습니다. 차가 다니지 않는 넓은 공원들을 끼고, 바로 옆에 산과 호수가 있습니다. 맑은 공기와 자연의 혜택에 둘러싸인 이곳은 하와이라고 상상하면 정말 하와이로 느껴지는 곳입니다. 잔디밭에 앉아 석양을 보면서, 반짝이는 호수의 물결을 보면서, 공원의 야외 공연장에서 들려오는 통기타 가수들의 노래를 듣습니다. 1년 365일 규칙적으로 다양한 무료 공연이 이어지고 있어, 빈 주머니로도 얼마든지 문화생활을 누릴 수가 있습니다. 관광객이 된 기분으로 전철역 근처로도 걸어가 봅니다. 불 밝힌 와이키키 거리를 거닐다가 기념품 하나쯤 사는 것도 즐거움이겠지요. 전철역 근처의 상점들과 노점상 매대 위를 기웃거리며 밤거리 풍경을 즐깁니다.

정말 무척 더운 여름입니다. 하지만 '하와이 놀이'를 하면서 이렇게 즐겁게 지내니, 암 환자가 썩 괜찮은 여름휴가를 보내고 있는 셈입니다.

암에게
꽃다발을 선물하다

'**가을바람** 불어와 흰 구름 날아가네'라는 시구처럼 높은 하늘에 맑은 구름이 몽실몽실한 가을날이 계속되고 있습니다. 제가 사는 이곳에는 아직 단풍이 제대로 들지 않았습니다만 머지않아 가로수의 낙엽이 발에 밟히겠지요. 지금 제 옆에는 노란 탱자가 가득 담긴 바구니와 붉은색 꽈리 열매들이 가득한 바구니가 있습니다. 이제 조금 있으면 제가 좋아하는 모과도 한 바구니 제 옆자리를 차지할 것입니다. 암과 함께 하는 생활이 길어지면서 사람들을 잘 만나지 못하는 대신 저는 이렇듯 탱자, 꽈리, 모과 등과 함께 가을을 보냅니다.

며칠 전• 우연히 집 근처의 어떤 카페에 가보게 되었습니다. 한

• 이 글은 2010년 10월에 쓴 것입니다.

공간에서 카페와 꽃집을 같이 운영하더군요. 참 싱그러운 꽃들을 거기서 만났습니다. 화훼 직판장을 비롯하여 여러 농원과 꽃집을 다녀봤지만, 그 집처럼 싱싱하고 품위 있어 보이는 꽃들을 갖다놓은 집은 잘 보지 못했습니다. 커피를 마시면서 이 집을 찾는 주요 고객이 이십 대 젊은이들임을 알게 되었습니다. 만난 지 100일이 되는 날을 기념해서 축하 꽃다발 등을 만드는 손님들이더군요.

꽃들이 너무도 그윽하고 탐스러워 저도 꽃다발을 만들고 싶어졌습니다. 그런데 가격이 만만찮았습니다. 장미 한 송이 가격이 원두커피 한잔 가격이었습니다. 덥석 사기에는 부담스러워 핑계 삼을 일을 찾아보기 시작했지요. 내게는 저 젊은 애들처럼 100일을 맞은 뭔가가 없을까. 그러다 퍼뜩 알았습니다. 암 진단을 받고 1000일이 지났다는 것을. 2년하고도 9개월의 시간이 지나고 있었습니다. 전에 「천 일의 앤Anne of the Thousand Days」이라는 음악을 들으면서, 1000일이면 몇 년인가를 계산해본 적이 있어서 제 기억 속에서 2년 9개월이 얼른 1000일로 연결되었습니다.

암 덕분에 세상을 다시 살기 시작한 지 1000일이 된 것입니다. 이 좋은 날 제게, 또 저와 함께 잘 살아가고 있는 암에게 무엇인들 못해주겠습니까. 만난 지 100일 되는 날에도 저렇듯 꽃다발을 만드는데, 암과 나는 만난 지 1000일이나 되었습니다. 저는 그 꽃집의 꽃들 중에서도 가장 싱싱하고 풍만하고 아름다운 장미를 골랐습니다. 옅은 분홍과 보라색의 장미로 만든 우아한 꽃다발을 저 자

신과 암에게 선물했습니다. 건강한 제 몸의 일부였으나 잘 돌보지
못해 암이 된 세포에게 진심으로 사과하면서, 또 조금씩 낫고 있는
그 노력에 진심으로 감사하면서, 기쁨의 꽃다발을 선물했습니다.

　새해, 생일, 어떤 기념일, 이런 날들은 제게 초심을 돌아보게 합
니다. 꽃다발을 품에 안고 저는 1000일 전의 제 초심을 생각했습니
다. 그때 제 삶에는 무엇이 있었을까요. '희망'이 있었습니다. 희망
밖에는 붙잡을 것이 없던 그때의 마음을 이 맑은 가을날 다시 만나
고 있습니다.

베란다 화분 속의 파[葱]도 내 인생도 환절기

　　김밥을 사가지고 가서 먹으면서, 창밖의 봄 햇살을 보며 깜빡깜빡 졸기도 하면서, 여전히 3주일마다 주사를 잘 맞고 있습니다. 어느새 만 3년의 시간이 훌쩍 지나갔습니다.● 수술을 받지 못하고 방사선 치료도 없이 약 복용도 없이 항암 주사만으로 4년째로 접어들었습니다. 요즘은 주사실에서 다른 환우들과 이야기를 나누지 않습니다. 주사실에서 환우 두 명을 친하게 사귀었는데, 저처럼 유방암 4기였던 그들 중 한 명은 작년 봄에, 다른 한 명은 작년 늦가을에 세상을 떴습니다. 마음이 길게 아파 그 후로는 주사실에서 혼자 김밥 먹고 심심하면 잡지를 읽다 조용히 주사만 맞고 나옵니다. 누군가를 우연히 만나 알게 되고 좋아하게 되고 이

───────────

● 이 글은 2011년 3월에 쓴 것입니다.

해하게 되고 아끼게 되던 어느 날 번개처럼 갑자기 찾아오는 이별 앞에서 휘청거리게 되더군요.

저는 매일 저를 보니 외모가 어떻게 변화하는지 잘 모릅니다만, 옛날 제 모습이 조금씩 나온다는 이야기를 듣고 있습니다. 아마 머리카락이 자라서 예전처럼 단발머리 스타일을 하고 있으니 그렇게 보이는 것 같습니다. 더욱 듣기 좋은 인사는, 아프기 전보다 오히려 건강해지고 밝아졌다는 이야기인데요. 격려 삼아 하는 이야기일 수도 있지만, 제가 예전보다 밝아진 것은 맞는 말 같습니다. 긍정적인 마음으로 지내려고 하루하루 노력하다 보니 스스로도 밝아진 것을 느끼게 됩니다. 제가 워낙 잘 먹고 잘 웃고 지내니 혹시 병원에서 오진한 게 아니냐는 이야기까지 듣습니다. 그렇다면 정말 얼마나 좋을까요? CT 등 여러 검사를 정기적으로 하는데 오진은 아니고요. 주인 닮아 제 몸의 암도 순한 모양입니다. 제 안에서 착하게 잘 지내고 있습니다. 시간이 지나다 보면 새로운 환경에 적응이 되는 법이라서 요즘은 제가 장을 보기도 합니다. 국 끓여 먹고 싶은 냉이를 사고 세일 중인 딸기를 사기도 하지요. 오른팔 한 팔로 들 수 있는 만큼만 사서 집으로 나릅니다. 때로는 장을 봐오다가 길거리에서 호떡이나 떡볶이, 붕어빵 같은 것을 사 먹기도 합니다. 식이요법을 철저히 해야 한다고 이야기하는 사람들이 많지만 저는 입맛 당기는 대로 먹는 편입니다. 먹기 전에 음식에게 감사를 하면 무조건 제 몸에 좋을 거라고 믿고, 편안한 마음으로 먹습니다. 댄스 수업에 가는 것이 큰 즐거움이었는데 별로 배우지도 못한 채 그만 두게 되었습니다. 욕심내서 자이브jive 초급반에 들어갔다가 첫날 수업에서 겨우 30여 분 배우고 발목 관절을 다쳤답니다.

겨울에 베란다에 있는 빈 화분에 파를 심었습니다. 뿌리에 흙이 달린 대파를 두 단 구입해서 심었는데 시들시들해지면서 잎이 노랗게 변하기에 죽는 줄 알았어요. 다시 파내는 것도 일이라 그냥 놓아두었지요. 얼마나 날이 추웠습니까. 그런데 어느 날부터 파가 싱싱하게 일어서는가 싶더니 힘차게 자라기 시작하는 겁니다. 지금은 너무 잘 자라 매일 서너 줄기씩 잘라 국에 넣고 반찬을 만들어도 잘라낸 자리가 표가 나지 않을 정도로 무성히 자라고 있습니다. 그렇구나, 다시 튼튼하게 살아나려면, 다시 싱싱하게 힘을 내려면, 얼마 동안의 진통이 필요한 거구나, 환절기 같은 시간을 견뎌야 하는 거구나, 싶었습니다.

이 아픈 시기가 제 인생에서 환절기에 해당하는 것일까요. 겨울이 가고 봄이 오는 요즘 무렵처럼 감기도 들고 몸살도 앓고 황사도 있고 갑자기 눈이 쏟아지기도 하고 따뜻하다 추워지고 또 비가 오기도 하는 환절기 말입니다. 아마도 저는 요 몇 년 인생의 환절기를 지나고 있는 것 같습니다. 베란다 화분에 심어진 저 파처럼 환절기를 잘 견디고 싱싱하게 살아날 거라고 생각합니다.

환절기 동안에 파는 흙 속에서 무엇을 하고 있었을까요. 저는 요즘 댄스를 못 배우는 대신에 동네 도서관에 가서 잡지를 한 권씩 읽고 옵니다. 도서관의 잡지 열람실에는 한국에서 발간되는 거의 모든 잡지들이 진열되어 있는 것 같습니다. 오늘은 문예지 한 권을 읽었습니다. 마침 대학 때 은사님인 Y선생님의 글이 게재되어 있어 참 반가웠습니다. 풍요로운 우리말의 향취뿐만 아니라 품위와 위엄이 담긴 Y선생님의 글을 읽으면서, 선생님이 제게 해주시던 조언이 떠올랐습니다. 소설가로 데뷔하고 몇 년 지났을 무렵에 선생님을 뵌 적이 있는데, 글이 잘 안 써진다고 아무래도 저는 글에 재능이 없는 것 같다고 말씀드렸더니, 이런 이야기를 해주셨지요. '재능이 있고 없고는 작가가 판단하는 것이 아니고 시간이 판단하는 것이다. 지금 한창 주목을 받고 있어도 시간이 길게 흐른 뒤에 작품이 살아남지 못하면 재능 없는 작가가 되는 것이고, 지금 주목을 받지 못해도 나중에 작품이 한 편이라도 살아남으면 재능 있는 작가가 되는 것이다. 느리게 천천히 가는 것이 좋은 것이니 조급증을 버리고 할 수 있는 만큼만 최선을 다하면 된다.' 선생님 말씀이 얼마나 큰 위안이 되던지, 대학 4년 동안 선생님의 강의를 듣고 배울 수 있었던 행운이 새삼 행복하게 느껴졌었지요. 도서관을 나오면서 문득 이런 생각을 해봤습니다. '글쓰기와 마찬가지로 암을 치유하는 일도 느리고 천천히 가는 것이 좋을 수도 있을 거야. 조급해하지 말고 할 수 있는 만큼만 최선을 다하면 그다음은 시간이 알아서 해줄 거야.' 환절기는 언제 지나가는 것일까요. 틀림없이, 언젠가는 지나가겠지요.

암 4기인 제게는 다른 사람들이 쉽게 갖지 못하는 하나의 커다란 행복이 있습니다. 그것은 큰 걱정거리가 하나 있어서 다른 걱정들은 모두 다 저절로 잊게 된다는 점입니다. '어떻게 하면 살 수 있을까' 하는 딱 한 가지 걱정만 하면 되니까 어찌 보면 삶의 무게가 한층 가벼워지는 것도 같습니다. 괜찮아, 다 괜찮아, 정말 괜찮아, 다 잘되고 있어, 점점 좋아지고 있어, 저 자신에게 하루에도 몇 번씩 하는 이야기들입니다. 어쩌면 환절기를 지나는 동안에 파 역시 흙 속에서 어떻게 하면 살 수 있을까를 궁리하며 스스로에게 말했을지도 모릅니다. 괜찮다고, 다시 일어설 수 있다고, 다시 파랗게 싱싱하게 자랄 수 있다고, 힘내자고. 환절기를 견딘 파는 제게 이렇게 맛있는 반찬을 제공해주고 있는데, 저는 환절기를 견디고 나면 제 푸른 잎사귀로 무엇을 하게 될까요.

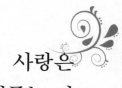

사랑은
얼굴 한 번 보여주는 것

봄꽃이 피었습니다. 비가 옵니다. 꽃이 떨어지고
여린 새 푸른 잎들은 자라납니다. 머지않아 계절이 바뀌겠지요.*

매일 산에 갑니다. 이게 내 인생이려니 하고 산에 갑니다. 충만
한 날이 있고 고독한 날이 있습니다. 구름에 마음을 실어봅니다. 흰
구름 흘러 신촌을 가고 강남을 갑니다. 내 마음 어딘가에 닿을 때
그리움 깊어질까 얼른 구름 타고 돌아옵니다.

어버이날에 부모님과 언니네, 동생네가 모두 모인다는 소리를
듣습니다. 너무너무 보고 싶습니다. 모임 장소가 멀지만 무리해서

---

* 이 글은 2011년 5월에 쓴 것입니다.

라도 갈까, 며칠 동안 고민합니다. 아픈 사람이라 제가 올 거라고 기다리는 사람 없는데 혼자 서성입니다. 어버이날, 산에 갑니다. 아무도 몰래 흰 구름 타고 가서 부모 형제 얼굴 살짝 보고 옵니다.

행복한 초대장을 받습니다. 아름다운 5월의 결혼식에 저도 참석하고 싶습니다. 직접 가서 축하하고 그리운 사람들을 만나고 싶습니다. 가고 싶어 서성입니다. 산길 걸으며 흰 구름 타고 살짝 다녀올까요.

보고 싶은 사람 보며 살고, 가고 싶은 곳 가며 사는 게 얼마나 큰 축복인지 새삼 느낍니다. 정지용 시인의 시, 「호수」가 이해됩니다. 얼굴 하나야 손바닥 둘로 폭 가리지만, 보고 싶은 마음 호수만 하니 눈 감을밖에.

연휴에 친구가 오겠다고 저보고 집에 꼭 있으라고 합니다. 연휴이니 다음에 만나자 해도 꼭 오겠답니다. 약속을 정했는데 그 친구, 나타나지도 않고 전화도 없습니다. 전화해도 받지를 않습니다. 처음이 아닙니다. 네 번째입니다. 저 아프고 나서 네 번 전화가 오고 네 번 약속을 하고 제가 네 번 바람맞았습니다. 산길 걸으며 휴대폰에서 그 친구 전화번호를 삭제합니다. 계절이 바뀌면 그 친구 잊게 되겠지요.

병원을 다니는 시간이 길어질수록 그만큼 더 그리움 참는 법을
배웁니다. 정 그리우면 구름 타고 갔다가 그리움이 병이 되기 전에
돌아오는 법을 배웁니다. 영영 잃어버리는 친구가 생깁니다. 시를
이해하게 됩니다. 사랑이 얼굴 한 번 보여주는 것 그렇게 단순한 것
일 수도 있음을 알게 됩니다.

입장의
차이

　저희 위층에 새 세입자가 이사를 왔습니다. 다음날 저희 집 안방 천정이 물바다가 되었습니다. 위층 집주인이 수리를 했고, 저희는 젖은 이불과 옷을 세탁하고 도배를 다시 했습니다. 얼마 뒤 안방 천정에서 다시 물이 새기 시작했습니다. 저희는 양동이를 갖다놓고 물을 받아내며 흥부네 식구처럼 살고 있고, 윗집에서는 원인을 찾느라고 거의 매일 수리업체 사람들을 보냅니다. 윗집 주인 입장에서는 세입자에게 원망의 눈길이 갑니다. 그전 세입자가 살 때는 멀쩡하던 집이 새 세입자가 이사 오자마자 고장 나기 시작하니 그럴 수도 있겠습니다. 윗집 세입자 입장에서는 하고많은 집들 중에서 하필 물이 새는 집을 계약해서 수리업체에서 연신 들락거리고 정신이 없으니 이사를 잘못 왔다고 불평을 합니다. 저는 새 도배지가 곰팡이로 얼룩지고 까맣게 썩는 것을 보면서 도를 닦습니다. 밖에는 웅장한 빗소리, 안에는 천정에서 물 떨어지는 소리, 밤에 누워 있으면 오케스트라와 실내악 연주가 어우러집니다.

제가 자주 이용하던 가게의 아주머니는 어떻게 알았는지 저희집을 몇 번 찾아오기까지 했습니다. 아주머니가 믿는, 처음 들어보는 생소한 종교 이야기를 하면서, 자기를 따라 그 종교를 믿으면 병이 틀림없이 나을 거라고 제게 아주 간곡히 권유했습니다. 제 입장에서는 아주머니의 권유를 받아들이지 못하는 것이 미안하기도 하고 동시에 아주머니와 마주칠 때마다 같은 권유를 받고 또 어렵게 거절해야 하니까 슬그머니 그 가게를 피하게 됩니다. 아주머니 입장에서는 바쁜 중에 일부러 찾아가서 그렇게 올바른 길을 간절히 알려주는데도 끝끝내 따라나서지 않을 뿐더러 사람 성의를 봐서라도 더 자주 가게를 이용해줘야 할 텐데 발길이 뜸해지는 제게 서운함을 느낍니다.

저희 라인 경비 아저씨는 별명이 '어디가세요'입니다. 밖으로 나가는 주민에게 매번 '어디 가세요?'라고 묻습니다. 집으로 들어오는 주민에게는 '어디 갔다 오세요?'라고 묻습니다. 밖으로 나가다 비 오는 것을 보고 우산을 가지러 들어왔다 다시 나가면, '어디 가세요?' 질문을 두 번 연거푸 받습니다. 아침에 출근하는 주민에게도 어디 가냐고 묻고, 방금 나가서 담배 태우고 들어오는 주민에게도 어디 다녀오느냐고 묻습니다. 어느 주민이 출근하다가 뭔가를 놓고 와서 집에 다시 들어가는데, 경비 아저씨가 어디 갔다 오기에 이렇게 금방 나갔다 들어오느냐고 물어서, 내가 내 집 드나드는데 아저씨에게 보고하고 다녀야 하느냐고 그 주민이 화를 벌컥 냈다는 이야기도 들려옵니다. 경비 아저씨는 주민들이 짜증스러워하는 일이 잦아지자 질문에 변화를 주었습니다. '비가 오는데 어디가세요?', '날씨가 좋아서 어디 가세요?', '저녁때인데 어디 가세요?' 아저씨 입장에서는 주민들과 친해지고 싶어서 꼬박꼬박 말을 거는 것인데, 대답조차 안하면서 냉랭하게까지 대하는 주민들에게 서운함을 느낄 수 있겠습니다. 주민 입장에서는 대답해주는 것도 하루 이틀이지, 못마땅해 하는 표정을 보고서도 여전히 엉뚱한 질문으로 말을 거는 아저씨가 답답하고 피곤하게 여겨집니다.

어떤 이웃은 끈적이는 더위보다는 비 오는 게 차라리 낫다고 말합니다. 다른 이웃은 비가 오면 빨래 말리기가 힘들어서 끈적이더라도 차라리 더운 게 낫다고 말합니다. 저는 비가 내려도 좋고 더워도 좋고 끈적여도 괜찮습니다. 제가 이렇게 살아 있으니까요. 비가 오는 날에는 우산 쓰고 산에 가고, 더운 날에는 모자 쓰고 산에 가고, 끈적이는 날에는 끈적이는 채로 산에 갑니다. 저희 집에는 에어컨이 없습니다. 선풍기 바람만으로 견디기 힘들 때는 냉방이 잘되는 백화점이나 도서관으로 잠시씩 피서를 가고, 열기가 심해 걸어갈 엄두가 안 날 때는 집에서 두어 시간마다 찬물로 샤워를 합니다. 더위 속에 항암을 받느라 체력이 달렸지만 그래도 저희 집 식구 중 덥다는 소리 별로 없이 여름을 제일 즐겁게 보내는 사람은 저인 것 같습니다. 내가 살아 있으니까 이 더위도 겪는 거라고 생각하니 감사하고 견딜 만했습니다. 경비 아저씨가 어디 가느냐고 꼬박꼬박 물어도 어디 간다고 꼬박꼬박 잘 대답해드리고, 집 천정에서 물이 떨어져도 잘 견딥니다. 사느라고 겪는 일이니까요. 그러나 자기 확신 때문에 제게 뭔가를 지나치게 강권하는 가게 아주머니 같은 분은 피하게 됩니다. 암 환자 입장에서는 스트레스 받지 않고 살아야 하니까요.

몸으로
시를 쓰다

얼마 전 성당에서 하는 가정축복식이 있어 신부님이 저희 집을 다녀가셨습니다. 청소를 하고 거실 장식장 위에 싱싱한 분홍 카네이션을 꽂고 일곱 개의 촛불을 밝혔습니다. 양초를 한 개만 켜놓아도 되는 것이지만, 저는 투명한 유리잔 속에 분홍, 보라, 초록, 파랑, 빨강 등 일곱 색깔의 양초에 불을 밝히고 촛불 하나마다 마음속으로 제 소망을 담았습니다. 신부님은 촛불을 보더니 '시를 쓰셨군요'라며 멋있는 농담을 하셨습니다. 구역 반장을 통해 상황을 미리 알고 오신 듯, 신부님은 제게 항암을 얼마나 오래 했느냐고 묻고 또 이런저런 질문을 하더니 기도를 마치고 이렇게 말씀해 주셨습니다.

"자매님은 그동안의 항암으로 보통 사람들이 평생 치를 고통을 다

치룬 셈입니다. 앞으로는 좋은 일만 가득할 것입니다."

이십 대 때 다니던 직장의 선배를 우연히 만났습니다. 선배 역시 이 지역에 살고 있고 저희 집에서 멀지 않은 곳에 작업실을 갖고 있음을 알게 되었습니다. 놀러오라고 하기에 바람이 쌀쌀한 오후, 산책을 마치고 선배의 작업실로 갔습니다. 연립주택의 지하층 전체를 사용하는 작업실은 매우 낭만적이었습니다. 사진 작업을 하는 장비들과 장식장에 진열된 오래된 카메라들, 낡은 책들, 흑백 사진과 클래식 음악, 그리고 넉넉한 소파와 큰 탁자 등 마치 1970년대 종로의 '르네상스' 음악 감상실 같은 곳을 들어선 느낌이었습니다. 선배는 촛불을 켜놓고 있었습니다. 촛불 저편에서 한쪽 귀에 귀걸이를 하고 능숙한 솜씨로 원두커피를 만드는 선배를 보며 저 선배는 이렇게 자기만의 시를 쓰고 있구나 싶었습니다.

예쁜 아가가 태어났습니다. 사진 속 신생아의 부드럽게 감은 눈과 반듯한 이마, 앙증스럽게 감아쥔 손을 경이로운 마음으로 조심스레 쓰다듬어봅니다. 새 생명은 얼마나 따스하게 빛나는지요. 아가의 엄마는 제 아이의 유치원 선생님입니다. 선생님은 얼마 뒤 직업을 바꿔 방송국 성우로 활동하기 시작했지만, 저하고는 나이 차이 많이 나는 벗으로, 제 아이에게는 여전히 좋은 선생님으로 따뜻한 인연을 이어왔습니다. 제가 항암을 시작하던 해에는 결혼식 전날 바쁜 중에도 신랑과 함께 저를 찾아주었지요. 선생님은 이제 아가를 보호하고 사랑하고 위해주며 또 다른 시詩 세계를 열어갈 것이고 시인의 충만한 행복감을 느끼게 될 것입니다.

우리는 저마다 처한 상황 속에서 누구나 다 자신만의 시를 쓰며 인생을 살아가는 것 같습니다. 저는 지난 4년 가까운 세월 동안 제 몸으로 시를 써왔습니다. 내일 저는 100번째의 주사를 맞습니다.• 세 번의 항암을 묶어 1차수로 계산한 적도 있으니 차수로 치면 육 십 몇 차가 되지만, 횟수로만 계산하면 100번째입니다. 마음과 영혼과 체력을 다해 주사를 맞아왔으니 100일 기도를 통해 소원을 이루듯이, 신부님 말씀대로 병이 낫고 앞으로는 좋은 일만 가득하면 좋겠습니다.

깊은 가을을 안고 있는 산을 걸으며 우리가 사는 일 자체가, 산전수전 공중전 다 겪는 우리네 삶 자체가 예술이고 경건한 시詩일 거라는 생각을 해봅니다. 낯설고 새로운 것들과 마주하면서 우리의 시어詩語는 한층 더 성숙해지겠지요.

• 이 글은 2011년 11월에 쓴 것입니다.

가늘고
길게 살기

새해에 제 버킷 리스트bucket list를 들여다봅니다. 해보고 싶은 일들이 담겨 있습니다. 소망을 현실로 만들어주는 것은 무엇일까요. 각자 상황에 따라 여러 답이 있을 수 있겠으나, 제 경우에는 제일 먼저 '체력'인 것 같습니다. 하루에 한두 시간 정도 외출할 수 있던 체력이 꾸준히 산에 다니면서 제법 힘이 생겨서, 이제는 몸 컨디션이 좋은 날에는 서너 시간 정도씩 외출할 수 있게 되었습니다. 올해 저는 지금까지 해왔던 것처럼 꾸준하게 산에 다니고 계속해서 주사를 잘 맞고 병원 검사도 잘 받으면서 건강을 회복해갈 것입니다.• 버킷 리스트에 담긴 내용 중에서 제 체력으로 가능한 것들을 하나씩 천천히 실천해갈 것입니다.

• 이 글은 2012년 1월에 쓴 것입니다.

세월이란 참 알 수 없는 것이어서 어쩌다 그 지경이 되도록 몰랐느냐며 저를 딱해하던 분들이 요즘은 어떻게 그렇게 잘 견디고 있느냐며 제게 조언을 구해오기도 합니다. 가족이나 지인 중에 암 진단을 받는 분들이 생겼기 때문이지요. 제가 경험한 것을 성의껏 답해드리긴 하지만 제가 하는 말이 해답인지 아닌지는 저도 모릅니다. 다만 암을 바라보는 마음 자세가 중요한 것 같다는 이야기는 거듭 강조해드립니다.

이웃 친구 아들이 재학 중인 고등학교에서 재학생들을 위한 진로 특강을 열었는데, 그 학교를 졸업한 한 언론인이 와서 이런 내용의 강의를 했다고 합니다. '이 사회를 더 살기 좋은 곳으로 만들어보겠다는 또는 이 사회를 위해 뭔가 옳은 일을 해보겠다는 정의감이나 사명감을 갖고 언론계를 선택한다면 그건 진로를 잘못 잡은 것이다. 그런 생각을 가진 사람들은 몇 년 안에 대부분 직장을 그만두게 된다. 여기서는 정의감이나 사명감이 아니라, 내가 얼마나 이 세상과 잘 타협하면서 살 수 있는 사람인가, 내가 이 세상에 잘 적응해내려는 자세를 얼마나 갖고 있는가가 중요하다.' 참 냉정하면서도 정곡을 찌르는 면이 있는 내용이라고 느꼈습니다.

이 말투를 흉내 내서 이야기해본다면, 암에 걸렸을 때 우리 몸에서 암을 완전하게 뿌리 뽑겠다든지 또는 암의 원인을 완전히 박멸해서 병으로부터 해방되겠다든지 하는 비장함이나 투쟁심을 갖고 생활한다면 그건 방향을 잘못 잡은 것일 수도 있습니다. 주변에서 보면 그런 분들은 자기 노력에 스스로 지쳐버리는 경우가 많습니다. 가늘고 길게 가려면 비장함이나 투쟁심이 아니라 얼마나 암과 잘 어울려서 살 수 있는가, 암에 잘 적응하려는 마음 자세를 얼마나 갖고 있는가가 중요한 것 같습니다. 제 생각으로는, 암은 나에게 온 선물입니다. 바로 나의 것입니다. 내 몸에서 생겨났고 나와 함께 살고 있습니다. 저는 다른 병은 모르지만, 암에 있어서만은 '투병'이란 말을 가능한 쓰지 않으려고 합니다. 암도 살아 있는 존재라고 여겨지기 때문입니다. 건강하게 지내던 우리 몸의 세포가 어느 날 병이 들어서 사랑받고 이해받고 싶어 한다고 여겨지기 때문입니다. 암을 쫓아내고 박멸할 대상이 아니라, 대화하고 이해해야 할 나의 일부로 받아들이면서 출발하는 것이 좋지 않을까 싶습니다.

마찬가지로 만약 우리네 인생에 어떤 문제가 생겼다고 가정했을 때, 그 문제를 완전히 해결하려는 노력보다 얼마나 그 문제와 잘 타협하면서 살 수 있는가가 중요할 수도 있겠습니다. 자신의 힘과 노력으로 해결되지 않는 문제를 해결하려고 현재의 행복과 기쁨을 유예하는 대신에, 다 내가 살아 있으니까 겪는 문제라고 여기고 살아 있음 자체를 즐기다 보면 문제 역시 어느 날 슬그머니 해결될 수도 있지 않겠습니까. 건강하던 시간이 가고 어느 날 병이 왔듯이 병과 더불어 살다 보면 어느 날 건강이 다시 찾아올 수도 있지 않겠습니까. 제게 위안을 준 글들 중에 다음과 같은 구절이 있습니다.

"행복의 문 하나가 닫히면 다른 문이 열립니다. 다만 우리는 닫힌 문을 너무 오래 바라보느라 열린 문을 보지 못할 뿐입니다."

"절망하지 마십시오. 종종 열쇠 꾸러미의 마지막 열쇠가 자물쇠를 엽니다."

우리가 인생을 살다 보면 어쩔 수 없이 눈앞에서 닫히고 있는 문을 바라봐야 하는 때도 있는 것 같습니다. 그러나 바로 그 순간에 우리 눈에는 보이지 않아도 다른 문 하나가 슬그머니 열리고 있다는 것을 기억해두고 싶습니다. '희망'이라는 열쇠 꾸러미를 잃어버리지 않는 한 언젠가는 자물쇠가 열릴 것이라고 믿으며, 가늘고 길게 인생길을 걸어가고 싶습니다.•

• 이 책에 실린 글들은 2008년 1월부터 2012년 1월까지 쓴 것입니다. 체력이 좀 생긴 2014년부터 원고를 정리하기 시작해 책을 엮었습니다. 저는 항암을 마치고 정기 검사를 통해 '추적 관찰'하는 시기를 살고 있으며, 중학생이던 아들아이는 대학생이 되었고 현재 국방의 의무를 수행 중입니다. 저는 인생의 다음 페이지를 궁금해하며, 아주 조금씩 소설을 쓰고 있습니다.

글쓴이

이 수 경

소설가. 이화여자대학교 영어영문학과를 졸업하고, 동 대학원 여성학과에서 1930년대 여성작가를 연구한 논문으로 석사학위를 받았다. 이후 '문학'과 '여성학', '심리학'을 접목해 공부하며 박사과정을 수료했다. ≪여원≫ 등의 잡지사 기자와 가톨릭대학교, 덕성여자대학교 등의 강사를 거쳐 이화여자대학교 한국여성연구원에서 펴낸 『한국여성연구원 30년(1977~2007)』을 집필했다.

1998년 ≪한국일보≫ 신춘문예에 단편소설 「가위 바위 보」가 당선되어 소설가로 등단했고, 「바람이야기」, 「하얀 기차」, 「당신의 기억색」, 「빈 의자」, 「넉넉함을 위하여」 등 수 편의 작품을 발표했다. 『아버지의 나라: 젊은 작가 17인 신작소설집』, 『1998 신춘문예 당선 작품집』, 『비어 있는 방: 1998 추천작가선』, 『2001 올해의 문제소설』에 작품을 수록했다.

낯선 것들과 마주하기

ⓒ 이수경, 2015

글쓴이 ┃ 이수경
펴낸이 ┃ 김종수
펴낸곳 ┃ 한울엠플러스(주)
편집 ┃ 조인순

초판 1쇄 발행 ┃ 2015년 5월 30일
초판 2쇄 발행 ┃ 2015년 12월 15일

주소 ┃ 10881 경기도 파주시 광인사길 153 한울시소빌딩 3층
전화 ┃ 031-955-0655
팩스 ┃ 031-955-0656
홈페이지 ┃ www.hanulmplus.kr
등록번호 ┃ 제406-2015-000143호

Printed in Korea.
ISBN 978-89-460-6000-5 03810

※ 책값은 겉표지에 표시되어 있습니다.